PARLER, C'EST VIVRE

Psychanalyste formée par Jacques Lacan et Françoise Dolto, Claude Halmos est une spécialiste de l'enfance, connue pour ses interventions sur France Info, dans *Psychologies* et dans *Le Monde de l'éducation*. Elle est l'auteur de nombreux ouvrages dont *L'Autorité expliquée aux parents*, *Pourquoi l'amour ne suffit pas* ou encore *Grandir*.

Paru dans Le Livre de Poche :

L'AUTORITÉ EXPLIQUÉE AUX PARENTS

GRANDIR

CLAUDE HALMOS

Parler, c'est vivre

NIL ÉDITIONS

ISBN : 978-2-253-15702-1 – 1re publication LGF

À Françoise Dolto, qui savait dire la souffrance et l'espoir avec les mots de tous les jours et qui sut se faire entendre du public parce qu'elle le prenait au sérieux.

« … j'ai dit souvent que je tiens la signification scientifique de l'analyse pour plus importante que sa signification médicale et, dans la thérapeutique, son action de masse par l'explication et l'exposition des erreurs pour plus efficace que la guérison des personnes isolées. »

Sigmund Freud,
lettre au pasteur Oskar Pfister,
18 janvier 1928.

REMERCIEMENTS

Mes remerciements vont à tous ceux qui ont « fait » pendant toutes ces années La Grande Famille :

– aux « témoins » qui, semaine après semaine, ont travaillé à faire de leur histoire un récit pouvant servir à d'autres et qui sont venus sur le plateau le raconter avec pudeur et dignité ;

– aux journalistes dont le sérieux, la compétence, les qualités d'écoute et la chaleur humaine m'ont beaucoup appris ;

– aux différents rédacteurs en chef : Marie-France Kosmowski, Arielle Saracco et François-Hubert Rodier, qui m'ont épaulée dans mon travail ;

– aux présentateurs : Jean-Luc Delarue, Alexandre Devoise et Philippe Vecchi, sans l'amitié et le soutien desquels je n'aurais jamais pu affronter les tempêtes du « direct » ;

– à Christian Vidalie pour la réalisation et à tous ceux qui, dans l'ombre, ont mis leur savoir-faire au service des émissions : les professionnels de l'image, du son, du maquillage, de la coiffure…

Mes remerciements vont aussi à la direction de l'antenne de Canal + : à Alain de Greef et à Nicolas Plisson qui m'ont fait confiance, ainsi qu'à Muriel Brouquet, Virginie Guitton, Caroline Missika, Cécile Moscovitz, Michel Pion, Régine Robin, Élisabeth Roudinesco et Alain Vanier pour l'aide qu'ils m'ont apportée.

Préface

Avoir peur de l'eau, des chiens, des autres ou de la vie sociale. Avoir honte de son physique, de sa famille ou de ses choix sexuels. Craindre de ne pas être « normal ». Se sentir un père ou une mère « incapables » parce que son enfant ne mange pas, ne dort pas ou échoue à l'école. Avoir, à l'adolescence, envie de fuir ou de mourir parce que l'on se heurte à ses parents comme à un mur. Être écrasé, jour après jour, par la tristesse et par l'angoisse alors que rien dans la réalité ne semble justifier ce désespoir… On pourrait décliner sans fin les mille et une figures du malheur ordinaire, dresser à l'infini la liste des questions que chacun tourne et retourne dans sa tête sans oser en parler à personne.

Comment dire à un autre que l'on redoute une chose dont on sait bien, au fond, qu'elle n'est pas vraiment dangereuse ? Comment lui avouer que l'on est si vulnérable qu'une simple critique peut vous donner envie de disparaître et que l'on se sent profondément ridicule ?

Chacun reste emmuré dans sa souffrance, persuadé qu'elle n'est pas assez noble pour être partagée et, surtout, qu'elle n'a pas de véritable raison d'être.

Cette certitude est si forte que, même dans le cabinet d'un psychanalyste – quand on s'autorise à en franchir la porte – on s'excuse souvent de ses plaintes et de ses pleurs.

Comme beaucoup de praticiens je suis amenée ainsi à recevoir chaque jour des hommes ou des femmes qui, avant même de m'expliquer ce dont ils souffrent, me préviennent : « Je sais bien que c'est stupide, mais…

mais avec mon compagnon (ou ma compagne)…

mais avec mes enfants…

mais avec mon patron…

mais avec les garçons (ou les filles)…

… je ne supporte pas… je n'arrive pas… je crois toujours que… j'ai toujours peur que… »

À l'énoncé de leurs douleurs s'ajoute celui de la honte qu'ils ont d'eux-mêmes. Ils se croient faibles ou « anormaux » parce qu'ils s'imaginent que les autres parviennent, sans trop de difficultés, à dire ou à faire ce qui leur demande, à eux, tant d'efforts. Ils sont sûrs que le « spécialiste » qu'ils viennent consulter va sourire de leurs problèmes, les regarder avec condescendance ou même les accabler de son mépris. Ils essaient donc de prévenir l'humiliation qu'ils redoutent en s'accusant eux-mêmes avant que l'autre ne le fasse.

Pourquoi le malheur revêt-il si souvent les habits de la honte ?

Pourquoi ces gens qui éprouvent des difficultés – normales ou excessives, mais toujours estimables – devant telle ou telle épreuve de la vie se sentent-ils tellement « incapables » ?

Pour des raisons qui tiennent parfois à l'histoire de chacun. Il est des familles où l'on apprend, dès l'enfance, qu'il faut « tenir » quoi qu'il arrive et quoi qu'il en coûte, où l'on n'a pas le droit d'exprimer des sentiments et parfois même d'en éprouver ; des familles où hésiter suscite un blâme, où échouer équivaut à une faute impardonnable.

Ces raisons individuelles, « singulières », pour importantes qu'elles soient, ne suffisent cependant pas à expliquer le phénomène, car la société donne, elle aussi, du fonctionnement psychique une bien étrange image qui pèse sur chacun d'entre nous.

Le psychisme a acquis aujourd'hui, de plein droit, une place dans la cité. Dans tous les secteurs, de la famille au monde du travail en passant par la santé et par l'école, on évoque volontiers l'importance des facteurs « psychologiques ». Le terme est même devenu si familier qu'il a été réduit à son diminutif : on parle de « psy », de problèmes « psy », de rubriques « psy »... Grâce à ces trois lettres un peu magiques, on pense pouvoir désormais appeler l'inconscient par son « petit nom », le tutoyer, apprivoiser la bête.

De cette zone étrange, mélange obscur d'irrationnel, de turpitudes enfantines, de violence et de sexe à l'horizon de laquelle se profile toujours l'idée de la folie – « Pourquoi j'irais chez le psy ? je ne suis pas fou ! » –, on tente de faire, depuis quelques années, une chose accessible, compréhensible, normale, presque banale... Et le processus va en s'accélérant.

Cette entreprise de démystification, de démythification et de dédramatisation a eu sans nul doute des effets positifs. En mettant publiquement des mots sur des souffrances dont on ne parlait jusque-là qu'à voix basse, on a permis à nombre de ceux qui les éprouvaient de réaliser qu'elles étaient normales, que d'autres qu'eux y étaient confrontés. Certains sont parvenus ainsi à rompre l'isolement et à parler. Mais l'opération ne va pas sans quelques effets paradoxaux… et pervers.

Car à vouloir, à force de conseils, aider tout un chacun à résoudre ses difficultés psychologiques, on risque de fabriquer une nouvelle illusion, un nouveau mythe. L'idée s'installe peu à peu dans les têtes que l'on pourrait atteindre un « bon état de santé psychique » sur le modèle probablement de la bonne santé physique, qu'il serait possible, moyennant une dose suffisante d'avis éclairés et de recettes éprouvées, d'éradiquer de sa tête l'angoisse et la peur, comme de son corps la douleur.

Comment, dès lors, ceux que la vie fait trébucher pourraient-ils ne pas se reprocher leurs hésitations, leurs errances et leurs craintes ? Ils s'accusent d'autant plus volontiers qu'ils transforment souvent la « bonne santé » élevée par les docteurs de l'âme au rang d'idéal à atteindre, en une norme nécessaire et incontournable. Ils donnent très vite au « vous devriez pouvoir arriver à… (aimer, éduquer, travailler, "relationner" sans problèmes) » qui se voulait encourageant le statut d'une injonction redoutable : « Vous devez y arriver ! » Elle vient redoubler l'incapacité qu'ils se supposent et ébranler encore un peu plus l'image qu'ils ont d'eux-mêmes.

Les parents ne sont pas, eux non plus, épargnés. Sollicités de toutes parts, « pris en main », « guidés »,

« encadrés », ils questionnent souvent : « J'ai lu qu'il aurait fallu faire ceci ou cela, mais je ne le savais pas. Vous croyez que c'est grave ? », ou encore : « J'ai entendu qu'il aurait fallu que je lui dise… » et ils récitent la phrase conseillée par le « spécialiste » qui a pris soin d'énoncer au mot près le message que les parents « devaient » délivrer à leur enfant dans telle ou telle situation. Mais comment dire les mots d'un autre ? Et surtout comment, après de telles recommandations, ne pas se sentir coupable lorsque l'on est resté sans paroles et parfois même sans voix ? Comment croire que cela arrive aussi aux autres, que c'est une sorte de lot commun et inévitable ?

Il est toujours terrible pour un psychanalyste de rencontrer ces patients écrasés par la confrontation avec un idéal social venu s'ajouter à ceux qu'ils avaient déjà construits dans leur histoire personnelle (ou occuper la même place). Non seulement ils croulent sous la douleur psychique mais ils prennent de plus prétexte de son existence pour se dévaloriser. C'est d'autant plus grave que, pour certains, cette douleur est la dernière chose à laquelle ils puissent, dans le naufrage de leur vie, se raccrocher pour avoir encore un peu le sentiment d'exister. Que peut-il donc leur rester s'ils voient la valeur de cet ultime point d'appui niée par la *vox populi* ?

À ces patients « dénarcissisés » (comme nous disons dans notre jargon de psychanalystes pour exprimer qu'ils ont perdu l'estime d'eux-mêmes), à ces « victimes de l'idéal », il faut aujourd'hui rappeler, en préalable à tout travail thérapeutique, un certain nombre d'évidences salutaires : en premier lieu que la vie est difficile pour tout le monde et tout le temps.

Elle est sans doute relativement simple pour les animaux qui, « programmés » par l'instinct, échappent aux questionnements et aux états d'âme (sauf quand la fréquentation trop poussée de la névrose humaine les a fait sortir des rails tracés par les lois de leur espèce). Mais pour les hommes et les femmes la vie ne peut être que compliquée puisque, la recevant sans « mode d'emploi », ils doivent sans cesse l'inventer et la réinventer. Tout en étant tributaires de la façon dont leurs propres parents – et les générations qui les ont précédés – l'ont fait avant eux et de ce qu'ils ont pu – ou non – transmettre.

Qui peut, en effet, prétendre savoir *a priori* comment aimer un autre, cohabiter avec lui, donner la vie, supporter les ruptures ou accepter la mort des êtres chers ? Chacun cherche son chemin. L'erreur, l'angoisse et le doute ne sont pas des maladies honteuses mais des maux inhérents à la condition de l'être humain qui, doté du langage et de la pensée, ne peut user de ces deux facultés sans risquer la souffrance, ce qu'a fort bien compris la sagesse populaire qui stigmatise à sa façon ceux qu'elle appelle les « imbéciles heureux ».

Pris dans le langage, nous sommes sans le savoir prisonniers des mots, ceux que nous disons et ceux qui nous habitent. Notre statut d'« êtres parlants » nous condamne, en effet, à ne jamais pouvoir regarder, toucher, sentir, éprouver des sensations ou des sentiments sans que, aussitôt, ils s'énoncent en nous grâce à des mots. Ces mots, avec lesquels nous pensons en permanence ce que nous sommes en train de vivre, viennent frapper à notre insu les mots identiques que notre histoire a déposés en nous, et font resurgir inconsciemment avec eux les joies mais aussi les craintes et les douleurs qui y sont attachées.

Des « je t'aime » des amants aux « on t'aime » des parents, les mots jouent à saute-mouton par-dessus l'âge et les années. « L'inconscient ne connaît pas le temps », écrivait Sigmund Freud… De ce fait, la démarche la plus simple à effectuer ou la remarque la plus anodine peuvent provoquer des tempêtes dans nos têtes parce qu'elles réveillent les émois enfouis de l'enfant que nous avons été. Nul n'est à l'abri de ces variations du « climat intérieur », pas même (et probablement surtout pas) ceux qui s'en gaussent.

Toutes les souffrances sont donc légitimes, il n'y a pas lieu d'établir entre elles une hiérarchie, de faire une distinction entre celles qui seraient justifiées et celles qui ne le seraient pas. Si quelqu'un souffre, c'est qu'il a des raisons pour cela même si, consciemment, il ne les connaît pas. Elles sont toujours beaucoup plus complexes qu'il ne le croit.

Si ce livre a un sens, c'est d'essayer de faire entendre cela et de dire aussi que pour peu qu'il s'en donne les moyens, chacun peut trouver en lui la capacité de prendre son destin en main, de chercher lui-même pourquoi sa vie dérape. Car l'angoisse n'est pas une maladie – même si elle fait très mal –, et on peut l'extirper de soi sans pour autant se faire, sa vie entière, la proie des diagnostics et des médicaments.

Ce livre a pour point de départ mes interventions hebdomadaires sur l'antenne de Canal + dans l'émission

La Grande Famille, de 1992 à 1997. À l'époque, la proposition qui m'avait été faite de participer à une émission où des « témoins » viendraient raconter leur histoire m'était apparue tellement saugrenue que j'avais commencé par refuser. Je ne connaissais pas La Grande Famille, diffusée pendant mes horaires de travail et je n'avais alors comme référence en matière d'interventions dites « psy » sur le petit écran que les « reality shows » dont la vogue battait son plein. Cette télévision qui, après avoir montré des corps tout ce qu'elle pouvait montrer, entreprenait de dénuder les âmes me semblait détestable. Quant à la démarche des « spécialistes » qui lui apportaient leur caution et prétendaient en quelques heures – quand ce n'était pas en quelques minutes – interpréter les rêves ou les conduites des participants, elle me paraissait relever ni plus ni moins de l'escroquerie.

Trouver la cause – ou plutôt les causes, car elles sont toujours multiples – des problèmes dont chacun souffre implique un travail sur soi, car nul ne peut « décoder » les difficultés d'un autre à sa place. Ce travail est toujours long et besogneux, tout psychanalyste le sait. Le reste relève d'un exercice pour baraques foraines, et je ne voyais pas, quant à moi, ce que j'aurais été faire dans cette « foire au malheur ».

De plus, j'appréciais assez peu que l'on pervertisse ainsi (au sens étymologique du mot : *pervertere*, détourner de son chemin), ce qui était probablement une attente du public. En effet, si je ne pense pas qu'il y ait une demande pour ce type d'émission (contrairement à ce qui a été souvent avancé pour expliquer leur audience), car c'est à l'évidence l'offre qui, dans ce cas, crée la demande, je crois, en revanche, qu'il existe chez beaucoup de téléspectateurs un vrai désir de savoir, de comprendre, de mettre des mots sur ce qui fait le quotidien de la souffrance de chacun : l'amour – celui du cœur et celui du corps – les enfants, la mort…

Exhiber des couples en mal de sexe et de mots, leur faire singer leur détresse sur un plateau est un « détournement » de ce désir (au sens où l'on parle de « détournement de fonds »). C'est aussi grave et aussi vain que le serait le projet de montrer à quelqu'un des ébats amoureux, en prétendant, par ce moyen, lui dévoiler les mystères de la sexualité humaine. Au sortir de l'expérience il y a fort à parier qu'il n'aurait rien appris – car on n'a jamais vu que l'énigme du désir se laisse prendre au piège du regard –, mais qu'il serait devenu un peu plus voyeur et donc un peu plus malheureux et un peu plus aliéné encore qu'auparavant.

La journaliste de La Grande Famille qui m'avait contactée ne se laissa pas décontenancer par mon refus. Elle insista et me proposa, avant de donner une réponse définitive, de visionner des cassettes. J'acceptai de mauvaise grâce et, à ma grande surprise, je découvris une chose à laquelle je ne m'attendais pas : une émission dans laquelle on ne donnait pas à « voir » mais à « entendre ». Sur ces plateaux, en effet, il n'était pas question de cirque et de parade. Des gens parlaient, sérieusement, difficilement, avec pudeur et retenue. On leur permettait de garder secret ce qui leur semblait trop douloureux, on évitait les larmes, on respectait leur dignité. L'interviewer ne cherchait pas à les « montrer » au public. Il les écoutait et son écoute dessinait des contours à leur témoignage. On en percevait tout à coup la profondeur, il devenait « audible ». Pour le téléspectateur, l'interviewer était comme un « passeur » qui lui apportait sur sa rive ce que les témoins déposaient sur la leur. Ce fut cette impression de vérité et le souci éthique manifeste qui animait cette émission qui emportèrent ma décision. Je m'engageai dans l'aventure. Non sans m'imposer, à moi-même, quatre conditions :

– ne jamais faire référence directement à ce que disaient les « témoins » ou répondre à des questions portant sur leur « cas » en particulier (c'était d'ailleurs la règle absolue de l'émission) ;

– donner des explications générales sur un sujet en essayant qu'elles soient aussi sérieuses que si je m'adressais à des spécialistes (l'exercice était difficile, car le peu de temps imparti au « chroniqueur » – trois minutes – ne permettait pas de tout dire et obligeait à s'en tenir à « ce qui ne pouvait pas ne pas être dit ») ;

– traduire tout cela dans un langage simple que tout le monde puisse comprendre (ne jamais faire mention d'un concept par exemple sans expliquer sa signification) ;

– effectuer un travail sur la « forme » pour que ce message (forcément difficile pour un public non spécialisé) ne soit pas indigeste.

La télévision est un spectacle. Tout spectacle a ses règles et, si l'on choisit d'y participer, il faut les accepter : on n'est pas obligé, pour être sérieux, d'être ennuyeux. Au contraire. Travailler sur la « forme » permet en général de ne pas céder sur le fond. C'est d'autant plus important que la télévision tient souvent comme règle implicite que ce qui est sérieux étant forcément ennuyeux, on ne peut s'assurer une audience qu'en reculant chaque jour un peu plus les limites de la vacuité voire, dans certains cas, de la stupidité. Je ne crois pas que cette alternative soit inéluctable. Il est possible – moyennant un travail et une recherche qui demanderaient à être plus poussés qu'ils ne le sont actuellement – de rendre attrayants des sujets réputés arides.

Une téléspectatrice m'a écrit un jour : « Vous accordez aux gens le bénéfice non pas du doute mais de l'intelligence. » C'est l'un des plus beaux compliments que l'on m'ait jamais faits et la preuve que, quand on a de l'estime pour ceux à qui l'on s'adresse, ils savent l'entendre.

Malgré les conditions que je m'imposais, ma participation à cette émission ne m'a jamais paru sans risques. En effet, à vouloir par le biais d'un média expliquer au plus grand nombre « les choses de l'inconscient » on peut faire croire :

– qu'il existe des explications universelles alors que le malheur de chacun s'enracine toujours dans son histoire particulière et que chaque cas est unique ;

– que ces explications peuvent être simples (alors qu'elles sont d'une complexité extrême) ;

– et, surtout, on peut donner à penser à ceux qui souffrent que d'autres qu'eux-mêmes seraient susceptibles de détenir les clefs de leur salut, qu'il suffirait donc de s'en remettre à eux.

On peut aussi, happé par un phénomène de mode, participer, sans le vouloir, à la transformation de l'inconscient et de la psychanalyse en d'aimables gadgets sans intérêt ni importance. Je ne peux, malgré mes efforts, prétendre avoir évité tous ces risques. Mais l'expérience me semble néanmoins positive.

J'ai essayé, au fil de ces années, d'utiliser ce formidable instrument pédagogique qu'est la télévision comme un « outil militant » au service de deux causes :

– celle de la prévention, dans le domaine notamment des enfants, pour essayer que l'on fasse un peu moins violence à leur psychisme et à leur corps ;

– celle de la lutte contre les idées reçues qui conduisent chaque jour au rejet et à l'exclusion de ceux que l'on considère comme différents de soi, « étrangers » : à sa couleur de peau, à sa patrie, à sa classe sociale, à sa façon de penser ou à ses choix sexuels…

J'ai tenté de donner à ceux qui m'écoutaient non pas des « recettes » mais des pistes de réflexion qui leur permettent de trouver eux-mêmes des réponses à leurs questions et dont ils puissent faire des armes pour se battre contre leurs difficultés.

Françoise Dolto – à qui ce livre est dédié – disait volontiers qu'elle avait accepté de faire des émissions sur France Inter parce qu'elle pensait que tous les parents avaient en eux, beaucoup plus qu'ils ne le croyaient, la capacité d'aider leurs enfants. Forte de cette conviction qui ne l'a jamais quittée, elle exigeait des parents qui lui demandaient son aide à la radio qu'ils ne restent pas passifs. Elle leur enjoignait de se mettre au travail et de lui écrire ce qu'ils pensaient de leur enfant, de la genèse de ses troubles, de ce qui pouvait les provoquer. Fidèle en cela à la vérité de la psychanalyse elle imposait, à ceux qui la consultaient sur les ondes, de devenir actifs, de prendre eux-mêmes en main leur vie et celle de leurs enfants.

Mon travail sur Canal + et aujourd'hui ce livre s'inscrivent dans la même démarche. Chacun cherche son chemin mais chacun peut trouver sa route pour peu qu'il se mette au travail et qu'une boussole l'aide à s'orienter. Si ce livre pouvait servir de boussole à certains de ceux que la vie a fait s'égarer, il aurait atteint son but et rempli sa fonction.

« La jalousie »

Comment définir la jalousie ?

Il est très difficile de donner une définition de la jalousie car il en existe plusieurs sortes, certaines banales et d'autres très graves. La littérature atteste d'ailleurs de cette diversité puisqu'elle nous donne à voir aussi bien les maris jaloux et inoffensifs du théâtre dit « de boulevard » que l'Othello de Shakespeare qui finit dans le sang.

Ces jalousies – quand elles sont exacerbées – ont cependant toutes un point commun : elles n'ont en général pas grand-chose à voir avec ce qui semble les motiver. Leurs racines se trouvent toujours dans le passé de ceux qui les éprouvent : ils ne font, sans le savoir, que remettre en scène des épisodes de leur passé en donnant à leurs partenaires actuels la place de ceux d'autrefois. Donner à ces jaloux des gages de fidélité ne sert donc à rien et ne les calme en aucune manière car le présent n'est pas en cause : il n'est qu'un écran sur lequel ils projettent ce qu'ils ont vécu auparavant.

Existe-t-il une jalousie que l'on pourrait qualifier de normale ?

Freud distingue trois sortes de jalousies.

La première est la jalousie que l'on peut dire « normale » et qu'il appelle « concurrentielle ». C'est celle que l'on éprouve lorsque l'on est trompé. Elle est faite de la douleur et de l'humiliation provoquées par la perte du partenaire, des reproches que l'on se fait parce que l'on n'a pas su le garder et de l'hostilité envers le rival.

Dire qu'elle est normale n'implique pas pour autant qu'elle soit simple. Elle dégénère en effet souvent en une lutte avec le rival pour déterminer lequel des deux est supérieur. La possession du partenaire finit par ne plus être que le prétexte à une rivalité entre deux personnes du même sexe.

Quelles sont les autres formes de jalousie ?

– Il y a la jalousie que Freud appelle « projetée ». C'est celle qui surgit lorsque l'on a soi-même des envies d'infidélité mais qu'elles doivent rester inconscientes parce que l'on ne pourrait pas les assumer. Il arrive alors que l'on projette ces envies sur l'autre, en lui attribuant les désirs que l'on ressent soi-même sans le savoir. Tout se passe comme si l'on disait : « Ce n'est pas moi qui ai envie d'aventures, c'est mon (ou ma) partenaire. »

– Il faut citer enfin la jalousie délirante qui fait partie des symptômes de la paranoïa. Elle est fondée comme la précédente sur la projection, mais les envies d'aventure au lieu d'être hétérosexuelles sont homosexuelles et celui – ou celle – qui en est le siège se bat contre cette homosexualité inconsciente qu'il (ou elle) refuse.

Il (ou elle) est de ce fait conduit à opérer un double retournement. Un homme dira : « Ce n'est pas moi qui aime cet homme, c'est ma femme, et d'ailleurs, je n'aime pas cet homme, je le hais. »

La personne, dans ce cas, délire. Cela peut la mener jusqu'au meurtre.

Qu'est-ce qui peut, dans le passé d'une personne, provoquer de la jalousie à l'âge adulte ?

La jalousie peut avoir différentes causes :

– Elle peut renvoyer à tout ce qui a pu être vécu comme un abandon :

• un manque d'attention ou de soins maternels pour le bébé que l'on a été ;

• la naissance mal vécue d'un frère ou d'une sœur ;

• ou la mort de l'un des parents, car l'enfant pense souvent dans ce cas que le parent décédé l'a « laissé tomber » et il lui en veut.

– La jalousie peut plonger ses racines dans des séparations qui font partie du trajet normal de tout enfant mais qui ont pu être mal vécues (le sevrage, l'entrée à l'école…).

– Enfin, elle peut aussi être l'écho des souffrances que provoquent toujours les parents lorsqu'ils n'expliquent pas à leurs enfants que, en tant qu'adultes et en tant que couple, ils ont besoin d'avoir une vie en dehors d'eux.

Faute d'éclaircissements les enfants croient souvent que leurs parents les quittent parce qu'ils ne les aiment pas. Ils souffrent sans toujours pouvoir l'exprimer et deviennent bien souvent des adultes frustrés et possessifs.

La jalousie n'est-elle pas aussi pour certaines personnes une composante de leur vie amoureuse ?

Il arrive que la jalousie fasse partie intégrante de la vie amoureuse de certaines personnes. Certains hommes par exemple ne peuvent désirer une femme que s'ils fantasment qu'elle a des relations avec d'autres.

– Soit parce qu'ils ont besoin de penser qu'elle est une femme de « mauvaise vie », et il faut pour le comprendre se rappeler que certains petits garçons pensent cela de leur mère lorsqu'ils découvrent qu'elle a une vie sexuelle parce que, faute là aussi d'explications, ils en sont choqués.

– Soit parce que ces jaloux ont des désirs homosexuels qu'ils ignorent. Imaginer que leur femme les trompe devient alors pour eux une façon de partager, en imagination, le lit d'un autre homme… par femme interposée.

« Je me trouve moche »

Pourquoi en arrive-t-on à se trouver « moche » ?

Quand on interroge une personne sur les raisons pour lesquelles elle se trouve « moche », elle répond en général : « Je me trouve “moche” parce que je suis “moche”. » Elle en est persuadée.

C'est néanmoins faux pour plusieurs raisons :

– D'abord parce que cette affirmation postule l'existence de critères objectifs de la beauté alors qu'il n'y en a pas. Il n'y a pas de beau en soi. Est déclaré beau ce qui est regardé comme tel et les critères varient selon les civilisations, les époques et en fonction du goût de chacun : chacun de nous est libre de trouver « moche » la star la plus « officiellement » belle.

– Cela suppose également que le regard de l'autre soit objectif, qu'il nous voie tels que nous sommes. Un tel regard n'existe pas, et les problèmes que posent à la justice les témoignages visuels le prouvent : il y a souvent autant de versions que de témoins. On peut donc dire que regarder est une opération dans laquelle l'imagination entre pour une grande part, c'est une construction. Se voir « moche » n'implique pas qu'on le soit. On se trouve « moche » parce que l'on s'imagine qu'on l'est.

Pourquoi a-t-on besoin d'imaginer que l'on est « moche » ?

Parce que l'on ne s'aime pas. C'est un problème de narcissisme. Le narcissisme – l'amour de soi – est quelque chose qui se construit depuis l'enfance, dans un rapport avec les autres. La solidité du narcissisme de chacun dépend de la façon dont il a été considéré par ceux qui l'entouraient, regardé par eux. Ce n'est jamais sans problèmes, et se trouver « moche » est parfois une façon de parler de ces problèmes. Jean-Paul Sartre, par exemple, raconte dans son autobiographie *Les Mots* [1] comment dans son enfance il a découvert un jour, parce qu'on lui avait coupé les cheveux, qu'il était laid. (Il précise même : « laid comme un crapaud ».) Mais ce qui est intéressant c'est qu'il a découvert cette laideur dans les yeux de sa mère.

Vous voulez dire que l'on se voit comme on a été vu ?

Bien sûr. Tout le monde sait que l'amour rend les femmes belles et que les peintres transfigurent les

1. Jean-Paul Sartre, *Les Mots*, Paris, Gallimard, coll. « Folio », 1977.

objets qu'ils représentent. La beauté est comme de l'amour ou du désir que l'on aurait « emmagasiné ». Quel que soit son physique, si l'on a charmé les autres depuis l'enfance on se sentira toujours charmant… et on imposera ce charme au regard des autres. Car, dans ce domaine, la rencontre avec l'autre est toujours un rapport de forces, comme dans un entretien d'embauche…

Y a-t-il des moments dans la vie où ces problèmes sont plus difficiles à vivre ?

Oui. Les périodes de mutations physiques. L'entrée dans la maturité, l'entrée dans la vieillesse et surtout l'adolescence.

Beaucoup de femmes se sentent « moches » à partir de l'adolescence. En fait c'est la féminité en elles qu'elles trouvent « moche » parce qu'il n'y a pas eu auprès d'elles, à l'adolescence, une femme adulte pour les accompagner, leur parler, pour donner un sens à leurs transformations physiques et pour les aider à supporter d'être désormais regardées par les hommes comme un objet de désir.

Quels conseils donner ?

Il faut arrêter de croire à l'objectivité des miroirs : les miroirs sont des objets obéissants qui nous montrent seulement ce que nous voulons voir et il faut se demander ce qu'est ce « moche » que l'on voit lorsque l'on se regarde. On peut aussi lire ou relire le conte de Perrault *Riquet à la houppe*[1] qui raconte si bien comment l'amour peut rendre beau.

1. Charles Perrault, *Contes*, Paris, Flammarion, 1989.

« Mes parents divorcent, tout va bien »

Beaucoup pensent que le divorce est une mauvaise chose pour les enfants. Est-ce exact ?

On associe souvent le divorce à des notions d'échec, de honte ou de culpabilité. C'est regrettable. Le divorce est un acte tout aussi respectable que le mariage, et il témoigne d'une attitude responsable vis-à-vis du couple et vis-à-vis des enfants quand la vie commune n'est plus possible.

Pour les enfants, le divorce est beaucoup plus structurant que la vie entre deux parents qui se disputent car un enfant qui sent ses parents malheureux essaie toujours de les prendre en charge et c'est autant d'énergie perdue pour construire sa propre vie. La situation est encore plus dramatique quand les parents prétendent que c'est à cause des enfants qu'ils ne divorcent pas. La raison invoquée n'est évidemment jamais la bonne : le problème des enfants sert à masquer la peur qu'ont les parents d'affronter une séparation ou d'envisager une nouvelle vie. Malheureusement les enfants croient ce qui leur est dit et peuvent se sentir responsables (et coupables) leur vie entière du malheur de leurs parents.

Quelles sont les conditions requises pour qu'un divorce se passe bien… ou pas trop mal ?

Il n'y a pas de conditions idéales – ce qui est humain est toujours bancal –, il n'y a pas de divorce sans souffrance. Les parents et les enfants souffrent, c'est inévitable, mais cette souffrance ne sera pas destructrice pour les enfants si on leur donne un certain nombre de repères. Il faudrait pouvoir :

– informer l'enfant du divorce et l'autoriser à en parler, même à l'extérieur de la famille pour qu'il ne le vive pas comme un secret honteux ;

– lui expliquer avec précision ce que signifie le mot « divorcer » : cela veut dire que ses parents se séparent en tant que mari et femme mais que, même séparés, ils resteront pour toujours ses parents comme auparavant ;

– organiser la garde et les visites en pensant en priorité à l'intérêt de l'enfant ;

– ne pas oublier qu'un enfant a besoin de voir ses *deux* parents. Si on l'empêche de voir l'un des deux, c'est comme si on l'amputait d'une partie de lui-même ;

– rappeler à l'enfant qu'il a le droit d'aimer ses deux parents et que, ce faisant, il ne trahit personne ;

– ne pas porter atteinte à l'image que l'enfant a de l'autre parent. On peut avoir des griefs contre son conjoint sans faire pour autant épouser cette cause à l'enfant. Que monsieur X soit un mauvais mari ou madame Y une piètre épouse ne les empêche en aucun cas d'être un bon père ou une bonne mère pour leurs enfants ;

– essayer, en dépit des conflits, de trouver une base d'accord à propos de l'éducation de l'enfant et lui en faire part. L'enfant qui vit avec l'un des parents doit savoir que l'autre est partie prenante des directives qui lui sont données et des limites qui lui sont imposées, et qu'il les fera respecter si besoin est. Rien n'est pire pour un enfant que de sentir l'autre parent complice et consentant quand il rend la vie infernale à celui chez lequel il habite. Il faut le prévenir qu'on ne lui permettra jamais de jouer l'un des parents contre l'autre ;

– ceci étant posé, veiller à le mettre et à le remettre sans cesse à sa place d'enfant : il n'a pas à être le confident de l'adulte et il n'est pas apte à juger des raisons du divorce. L'amour entre adultes est lié à la sexualité, qui est incompréhensible pour qui n'en a pas encore l'expérience ;

– enfin, il faut souhaiter que, le divorce passé, les adultes continuent à vivre et ne s'enferment pas dans un tête-à-tête avec l'enfant. Sinon il risque de croire qu'il peut, à lui tout seul, remplacer la femme de son père ou le mari de sa mère.

Le remariage des parents est-il un problème pour l'enfant ?

Que ses parents divorcés refassent leur vie est sans doute la meilleure chose qui puisse arriver à l'enfant. C'est pour lui la preuve que l'on peut surmonter une épreuve et cela constitue donc, en tant que tel, une remarquable leçon de vie et un exemple constructif. C'est aussi l'assurance que ses parents se prennent très bien en charge eux-mêmes, qu'ils n'ont pas besoin de lui et qu'il peut sans inquiétude construire sa propre vie. À l'occasion du remariage l'enfant doit en outre comprendre que le conjoint n'est pas choisi en fonction de lui. S'il l'aime tant mieux ! S'il ne l'aime pas… Tant pis ! C'est souvent par jalousie que les enfants font des difficultés lors des remariages ; parce qu'ils comptaient bien (au moins inconsciemment) prendre la place de la « femme de papa » ou du « mari de maman ». Leur céder serait leur faire le cadeau le plus empoisonné qui soit.

Pour en savoir plus :

Françoise Dolto, *Quand les parents se séparent*, Paris, Le Seuil, 1988.

« Je hais mon frère ou ma sœur »

Comment expliquer que, arrivés à l'âge adulte, des frères et sœurs continuent à mal s'entendre ?

Il faut, en la matière, distinguer deux types de situation :

– les amitiés – ou les inimitiés – plus ou moins fortes entre frères et sœurs qui sont courantes et normales car elles tiennent à la personnalité de chacun : on a avec les membres de sa fratrie plus ou moins d'affinités ;

– les rancœurs inextricables, qui prennent le relais de conflits nés dans l'enfance et l'adolescence :

- le frère ou la sœur, dans ce cas, n'est pas détesté pour ce qu'il est – pour sa personnalité – mais pour ce qu'il représente, pour les souvenirs douloureux que sa présence évoque ;
- et, surtout, contrairement aux apparences, il ne s'agit pas d'une histoire à deux – entre un frère et une sœur par exemple. Ces conflits sont toujours le produit d'une histoire familiale, et les parents ont toujours en la circonstance un rôle déterminant.

Pourquoi le rôle des parents est-il aussi important ?

Dans n'importe quelle communauté humaine, pour que la vie soit possible, il faut :

– que chacun ait une place qui soit vivable ;

– que chacun soit protégé par des lois et des règles de vie ;

– qu'il y ait une autorité qui garantisse tout cela.

Il en est de même dans une famille, et la seule autorité qui puisse être efficace en la matière est celle des parents.

Si les parents ne jouent pas ce rôle, s'ils ne garantissent ni les places de chacun, ni les règles de vie, les enfants se trouvent plongés dans un univers où règne la « loi de la jungle », où chacun est à la merci d'un plus fort que lui.

Une partition va donc se faire inévitablement entre les « victimes » et les « bourreaux », les uns se trouvant de plus condamnés à détester les autres sans comprendre qu'ils sont comme eux piégés par le laisser-faire des parents et victimes de leur attitude irresponsable.

Laisser croire à un enfant qu'il a tous les droits ou le laisser « sadiser » son frère ou sa sœur est aussi dangereux – sinon plus – pour lui que pour sa victime. Il risque de le payer sa vie entière.

Quelles sont les causes de conflits entre frères et sœurs ?

Les conflits graves entre les frères et les sœurs surviennent en fait chaque fois que les places et les fonctions de chacun ne sont pas clairement définies et garanties :

– quand les parents n'expliquent pas à un enfant, à la naissance d'un autre, qu'il y aura de la place pour les deux ;

– quand ils comparent les enfants entre eux en disant que l'un est « bien » et l'autre « pas bien » ;

– quand il y a trop d'injustices ;

– quand les parents laissent un grand « commander » un petit ;

– quand ils laissent un petit « embêter » un grand en l'empêchant de se défendre « parce qu'il est le plus grand » ;

– quand ils laissent un grand se prendre pour le père ou la mère et « faire la loi » aux autres ;

– quand ils obligent un grand à surveiller en permanence un petit.

Les exemples ne manquent pas. Ils font malheureusement la trame du malheur ordinaire et quotidien de nombre d'enfants.

Que peuvent faire les parents pour éviter les conflits entre les enfants ?

Les conflits et les rivalités sont inévitables dans une fratrie, mais pour qu'ils ne s'enveniment pas il faut que les parents « individualisent » leurs enfants :

– chacun doit se sentir aimé pour ce qu'il est, pour sa personnalité à lui ;

– il faut tenir compte des différences d'âges : on ne peut pas avoir à six ans les mêmes droits et les mêmes devoirs qu'à treize ans ;

– il faut aussi que chaque enfant ait la possibilité d'avoir un domaine qui lui soit personnel et que l'on respecte : des objets, des moments de solitude, des conversations avec les parents qui ne soient pas perturbées par la présence des autres.

Les parents ont souvent de grandes difficultés à « individualiser » leurs enfants car ils craignent, s'ils respectent leurs différences, d'instaurer des hiérarchies entre eux. Ils ont tort, car poser que Pierre est différent de Paul ne signifie en aucun cas qu'il soit supérieur à lui.

De plus, il faudrait que les parents soient attentifs à ce qui se joue entre leurs enfants et soient à même de leur en parler. Les relations entre eux sont souvent subtiles : certains aînés, par exemple, cachent leur jalousie envers un plus jeune en s'occupant de lui à outrance. Ils l'écrasent littéralement sous le poids de leur sollicitude, et les adultes ne comprennent pas toujours que cette apparente bienveillance est en fait meurtrière et douloureuse pour les deux.

En la matière il peut être dangereux de se fier aux apparences.

« Annoncer son homosexualité à ses parents »

Pourquoi est-il difficile, aujourd'hui encore, d'annoncer à ses parents que l'on est homosexuel ?

Annoncer à ses parents que l'on est homosexuel est une entreprise qui comporte encore aujourd'hui un double risque :

– celui de faire aux parents, sans le vouloir, une peine immense ;

– et, dans certains cas, celui d'être rejeté par sa famille, ni plus ni moins.

On pourrait s'étonner que des parents réagissent de la sorte et considérer qu'ils sont particulièrement monstrueux, stupides ou rétrogrades. On aurait tort.

Malgré l'évolution des mœurs et le travail accompli notamment par les associations, une grande partie de la population continue à considérer l'homosexualité soit comme une maladie, soit comme un vice, ce qui est évidemment dans les deux cas tout à fait absurde. Le pire est sans doute que les tenants de cette position sont persuadés en l'énonçant qu'ils émettent une opinion personnelle alors qu'ils sont, en fait, prisonniers sans le savoir d'une image de l'homosexualité qui a été entièrement fabriquée par la société et dont on peut retrouver les traces dans l'histoire, la médecine et le droit.

Quelle est l'image sociale de l'homosexualité ?

Elle a évolué au cours des siècles.

Dans l'Antiquité grecque et romaine l'homosexualité – en tout cas masculine – est admise, sous réserve de respecter certaines conditions. Les Anciens se préoccupent peu de la distinction entre homosexualité et hétérosexualité, mais considèrent que l'exercice de la sexualité quelle qu'elle soit ne doit pas remettre en cause deux principes fondamentaux :

– la hiérarchie hommes-femmes : à Rome [1], l'homosexualité féminine n'est pas admise car on pense que dans ce cas, la femme s'arroge les pouvoirs de l'homme ;

– la hiérarchie sociale entre les hommes libres et les esclaves.

L'homme libre doit, même dans la sexualité, rester le maître :

– maître de lui-même, donc ne pas se laisser emporter par la passion ou la débauche ;

– maître de l'autre, c'est-à-dire qu'il ne doit jamais être, dans l'acte sexuel, en position passive et il ne

1. *Cf.* Paul Veyne, « L'homosexualité à Rome », in *Sexualités occidentales*, Paris, Le Seuil, coll. « Point », 1982.

doit jamais se mettre au service d'un autre, fût-ce pour lui donner du plaisir.

La relation homosexuelle la plus couramment admise est donc celle qui unit un homme libre, en position active, avec un jeune homme, en général un esclave.

Tout change avec l'apparition du christianisme. L'homosexualité est interdite et devient un péché très grave. Saint Paul, par exemple, distingue dans ses écrits cinq sortes de péchés qu'il classe par ordre d'importance :

– en première position il place les péchés contre Dieu – le blasphème – qu'il considère comme les plus graves ;

– viennent ensuite les péchés contre la vie : le meurtre ;

– et, en troisième lieu, les péchés de la chair qu'il juge plus condamnables que les péchés contre la propriété – le vol – et ceux contre la parole – le mensonge.

Et parmi les « péchés de chair » on trouve à côté de l'adultère et de la prostitution… « les hommes qui couchent ensemble ».

À partir du XIXe siècle, l'Église considère les homosexuels comme des malades et, qui plus est, comme des malades dangereux parce qu'ils risquent de pervertir leur prochain.

En quoi consistait la conception médicale de l'homosexualité ?

La conception médicale de l'homosexualité a été déterminante car, à partir du XIXe siècle, la médecine, comme l'Église, a identifié les homosexuels à des malades mentaux. On pensait qu'ils présentaient des anomalies physiques et souffraient d'une tendance constitutionnelle au vice. C'est l'époque où l'on expliquait les maladies mentales par l'« hérédité-dégénérescence », c'est-à-dire par une tare due à l'alcoolisme ou à la syphilis – donc, en fait, à la débauche – qui se transmettait en s'aggravant de génération en génération.

Cette assimilation de l'homosexualité à une maladie a persisté très longtemps :

– en 1960, on vote en France une loi destinée à lutter contre les fléaux sociaux, parmi lesquels l'alcoolisme, la tuberculose et… l'homosexualité ;

– en 1968 la France adopte une classification de l'OMS – l'Organisation mondiale pour la santé – datant de 1965 et qui répertorie l'homosexualité parmi les maladies mentales.

Cette classification n'est abandonnée qu'en 1981 par le ministère de la Santé. On pourrait ainsi multiplier les exemples.

En revanche, la psychanalyse s'est élevée très tôt contre cette conception de l'homosexualité. En 1935, Freud répond à une mère américaine qui a peur que son fils soit homosexuel. Il lui explique clairement que l'homosexualité n'est ni un vice ni une maladie, que des gens très respectables ont été homosexuels et qu'il est injuste de les emprisonner.

Quelle est la conception juridique de l'homosexualité ?

La conception juridique de l'homosexualité a, elle aussi, évolué.

En France jusqu'à la Révolution, l'homosexualité est considérée comme un crime puni par le bûcher. La Révolution française abolit en 1791 le « crime de sodomie ». C'est le régime de Vichy qui rétablira la discrimination envers les homosexuels par le vote de deux lois :

– une loi sur l'outrage public à la « pudeur » puni doublement s'il est le fait d'homosexuels (loi abrogée en 1980) ;

– une loi sur la majorité sexuelle – l'âge où l'on peut avoir légalement des relations sexuelles – fixée à quinze ans pour les relations hétérosexuelles et à vingt et un ans pour les relations homosexuelles.

La majorité sexuelle ne sera rétablie à égalité qu'en 1982 par une loi votée à l'initiative de Gisèle Halimi et de Robert Badinter.

Il faut signaler en outre que c'est seulement en 1985 que les homosexuels sont mentionnés dans la loi antiraciste qui protège les citoyens contre les discriminations, ce qui n'est pas anodin si l'on se rappelle que des milliers d'entre eux ont été exterminés pendant la dernière guerre, dans les camps nazis.

Que penser aujourd'hui de l'homosexualité ?

Il faut rappeler d'abord que l'on ne naît pas homosexuel ou hétérosexuel : dans les deux cas on le devient. On parvient à la sexualité adulte à l'issue d'une évolution psychologique longue et difficile qui se fait en fonction des paroles qui vont être dites et des images d'hommes et de femmes que l'on va rencontrer. Le rôle des parents est donc primordial.

Il arrive que l'on cherche longtemps sa route : beaucoup d'adolescents par exemple s'imaginent qu'ils sont homosexuels alors qu'il s'agit seulement pour eux d'une phase transitoire dans leur évolution.

Il est essentiel de répéter qu'en matière de sexualité l'idée de norme n'a pas de sens. La sexualité est, en effet, le produit de mécanismes beaucoup trop complexes pour que l'on puisse les réduire à des critères de ce type. Être homosexuel n'est donc ni « mieux » ni « moins bien » qu'être hétérosexuel. C'est seulement différent.

Ce qui est condamnable et condamné à juste titre, ce sont les formes de sexualité où l'on use de contrainte envers le partenaire : le viol et la pédophilie (que la contrainte s'exerce sur l'enfant par la violence ou par la séduction). Mais quand deux personnes majeures et consentantes font ensemble ce qui leur convient sans nuire à personne, nul ne devrait être autorisé à s'en mêler, d'autant que, dans une société comme la nôtre, les motifs légitimes d'indignation ne manquent pas pour qui a envie d'entreprendre une croisade utile à ses semblables.

Que conseiller à ceux qui ont du mal à parler de leur sexualité ?

Le plus souhaitable est de ne pas rester seuls et d'aller dans des lieux pour parler avec d'autres personnes qui rencontrent ou ont rencontré les mêmes difficultés. De nombreuses associations comme le Centre gay et lesbien [1] les accueillent.

Pour en savoir plus :

Philippe Ariès et André Béjin, *Sexualités occidentales*, Paris, Le Seuil, coll. « Point », 1982.

Jeanine Mossuz-Lavau, *Les Lois de l'amour*, Paris, Payot, 1991 : une étude de toutes les lois qui régissent la sexualité.

Robert Badinter, *C33*, Paris, Acte Sud, 1995 : une pièce de théâtre précédée d'un texte évoquant l'emprisonnement d'Oscar Wilde.

Jean-Louis Flandrin, *Le Sexe et l'Occident*, Paris, Le Seuil, coll. « Point-Histoire », 1981.

1. Centre gay et lesbien : 3, rue Keller, 75011 Paris.

« Mon père n'était pas mon père »

Comment expliquer que l'on cache à un enfant qui est son père ?

Cacher à un enfant qui est son père revient à lui cacher sa véritable identité, c'est-à-dire une donnée essentielle à sa vie. Ce mensonge n'est possible que parce que les mères ont sur leurs enfants un pouvoir exorbitant : celui d'être les seules à pouvoir leur dire de façon certaine qui est leur géniteur. C'est ensuite le nom de ce père, s'ils le portent, qui prouvera aux enfants leur filiation car, en permettant qu'il soit inscrit à l'état civil, la société se porte garante des dires de la mère. On comprend ainsi l'importance pour un enfant du nom qu'il porte…

Certains enfants dont les parents se séparent et qui, faute d'explications suffisantes, ont l'impression que le monde s'écroule autour d'eux sont ainsi très rassurés quand on leur explique que, même si leurs parents divorcent et même si leur mère change de nom, eux n'en changeront pas. Ils comprennent qu'ils gardent, malgré le divorce, une identité, une filiation et un père, même si leur mère perd un mari.

Pourquoi est-ce si important de connaître sa véritable identité ?

Chacun sait aujourd'hui que si l'on veut « tenir debout » physiquement, un certain nombre de conditions sont requises : un sol stable, l'action de la pesanteur et un corps en bon état. On ignore encore très souvent, malheureusement, qu'il en va de même pour le psychisme : on ne peut « tenir debout » psychiquement dans n'importe quelles conditions, et les relations aux autres, si elles sont importantes, ne suffisent pas.

Un être humain, en effet, est attaché par des fils invisibles à sa généalogie : c'est pour lui une sorte de sol symbolique. Il sait, dès sa naissance, d'où il vient (parce que sa mère le sait et que son inconscient communique avec le sien) et possède de nombreuses informations sur ce qui s'est passé dans la vie de ceux qui l'ont précédé. D'une génération à l'autre, en effet, des informations se transmettent inconsciemment, et on peut parvenir, en analyse, à brosser le portrait d'arrière-grands-parents que l'on n'a jamais connus.

Comment parvient-on à connaître consciemment son identité ?

On connaît son identité par les paroles de ses parents et des membres de sa famille : « Tu es Untel, fils de Untel et de Unetelle, ton grand-père était… »

À partir de ces déclarations, deux cas de figure sont possibles :

– soit les informations données à l'enfant sont exactes et donc en accord avec son savoir inconscient et… tout va bien ;

– soit elles sont erronées, et un déséquilibre va se créer en lui entre le savoir inconscient qu'il avait déjà et ces informations fausses qui vont devenir son savoir conscient et auxquelles il va se faire un devoir de croire pour ne pas briser la relation avec ceux qui les lui ont données.

Un déséquilibre de cet ordre va invariablement provoquer des symptômes.

Quels sont les problèmes psychologiques posés par les mensonges concernant l'identité ?

Les symptômes dus aux mensonges dits à l'enfant sur son identité sont de nature très diverse et, très souvent, ils ne sont pas rapportés à leur cause initiale : on les constate mais on ne comprend pas qu'ils puissent être provoqués par un problème d'identité. Il peut s'agir :

– de troubles de la petite enfance : troubles du sommeil ou de l'alimentation ;

– de troubles scolaires touchant notamment à l'apprentissage de la lecture et de l'écriture, car l'identité s'écrit ;

– de problèmes de comportement, dans l'enfance et à l'adolescence ;

– d'échecs, de troubles dépressifs et de difficultés lorsque l'intéressé devient parent à son tour, difficultés aggravées chez les hommes puisqu'ils sont appelés à transmettre à leurs enfants leur nom et, donc, en la circonstance, la fausse identité.

Un mensonge lié à l'identité risque de faire des ravages dans les générations qui suivent : on peut ne pas pouvoir écrire son nom parce que ce nom a été, un jour, attribué à tort à un arrière-grand-père que l'on n'a pas connu.

La survenue de problèmes chez un enfant à qui l'on ment est d'autant plus inévitable que les circonstances l'obligent à faire, outre l'expérience du mensonge et de la tromperie, celle de la toute-puissance sans limites des adultes.

Pourquoi des mères cachent-elles à leur enfant l'identité de leur père ?

Les raisons pour lesquelles une mère est amenée à cacher à son enfant l'identité de son père sont nombreuses :

– certaines le font parce qu'elles pensent que cela n'a aucune importance ;

– d'autres mentent comme, sans doute, on leur a menti dans l'enfance ;

– d'autres enfin veulent effacer par ce mensonge un moment douloureux ou un épisode de leur vie sexuelle qu'elles ressentent comme pénible ou même honteux.

Le plus souvent les mères mentent parce qu'elles confondent deux places différentes : celle qu'occupe pour elles un homme en tant que mari ou amant et celle qu'il occupe en tant que père de l'enfant qu'elles ont conçu avec lui.

Une femme a le droit de ne plus vouloir d'un homme comme conjoint pour elle mais, si elle en a fait le père de son enfant, l'enfant en a besoin comme père, le père appartient à l'enfant. L'expérience prouve que bien des hommes qui ont été des compagnons exécrables pour leur femme peuvent être pour leurs enfants des pères très acceptables. Les mères, persuadées qu'ils allaient se conduire avec eux comme avec elles, auraient pourtant préféré dans le souci de préserver leur progéniture qu'ils s'éloignent.

Il faut de toute façon savoir que tous les enfants ont (à condition qu'on ne les en empêche pas) la faculté étonnante de se « fabriquer », dans leur tête, un père satisfaisant avec ce que la vie leur a donné comme géniteur, quel qu'il soit. Si la mère ne « casse » pas l'image de ce père, et si les enfants n'ont pas le sentiment de déplaire à leur mère en l'aimant, ils trouvent en lui des motifs d'admiration auxquels on n'aurait pas songé et qui les aident à vivre et à avoir une bonne image d'eux-mêmes.

Quoi qu'il en soit, et même si la présence du père est impossible, la connaissance de son identité est indispensable à l'enfant. Il peut ensuite être élevé sans dommages par d'autres, mais il faut que son géniteur soit nommé.

Que peut-on dire aux mères qui hésitent encore à révéler à leur enfant l'identité de leur père ?

Ces mères doivent dire la vérité à leur enfant. Ne pas le faire est un abus de pouvoir et c'est aussi grave que d'envoyer quelqu'un en voyage avec une carte routière erronée. Il ne faut pas qu'elles aient peur des réactions de leur enfant : les enfants ont en eux des trésors de compréhension insoupçonnés pour les problèmes de leurs parents.

« L'adoption »

Les enfants adoptés rencontrent-ils des problèmes particuliers ?

Les enfants adoptés ne devraient pas souffrir de troubles particuliers car le fait d'être adopté n'est pas, en soi, perturbant pour un enfant. Quand ça le devient c'est toujours à cause de ce qui n'est pas dit au sein soit de la famille (la vérité sur l'adoption), soit de la société (la vérité sur les origines de l'enfant).

Comment la société peut-elle cacher la vérité à l'enfant ?

Toute adoption d'enfant passe par l'ASE (l'Aide sociale à l'enfance). Elle fait l'objet d'un dossier que l'enfant aura la possibilité de consulter une fois qu'il sera adopté et où il pourra retrouver la trace de ses origines. C'est cependant impossible dans deux cas :

– quand la mère, au moment de l'abandon, a demandé le « secret sur les origines » ; l'ASE est alors tenue au secret ;

– quand la mère a accouché « sous X », c'est-à-dire anonymement ; le dossier est vide et l'enfant n'a pas de nom légal. L'ASE à la naissance lui donne trois prénoms et le troisième lui servira de nom jusqu'à l'adoption. C'est une situation terrible pour un enfant, et il est vraiment problématique que, à notre époque, la loi autorise de telles situations.

Que se passe-t-il au sein des familles ?

Il se produit… beaucoup de souffrances que l'on pourrait sans doute éviter si l'on aidait davantage les familles adoptantes. En effet l'adoption est la superposition de trois drames :

– celui de la mère qui « abandonne ». C'est toujours une femme qui aime son enfant puisqu'elle le confie à d'autres plutôt que de le faire vivre dans de mauvaises conditions ;

– celui de la famille adoptante quand elle vit cette injustice terrible qu'est l'impossibilité d'avoir un enfant ;

– celui de l'enfant, qui doit se séparer du père qui l'a conçu, de la mère qui l'a porté et mis au monde et connaître les institutions avant d'être adopté.

Lors d'une adoption ces souffrances se conjuguent pour fabriquer des problèmes. On peut en citer deux parmi les plus importants :

– le premier est celui qui surgit lorsque les parents ne parviennent pas à dire à l'enfant qu'il est adopté ou le disent trop tard parce que cela équivaut pour eux à lui avouer une stérilité dont ils se sentent honteux et meurtris ;

– le second survient lorsque les parents adoptifs éprouvent de la haine ou du mépris pour les « parents de naissance [1] » de l'enfant. L'enfant ressent toujours ces sentiments même si rien ne lui est dit. Ils l'empêchent de se construire une image personnelle de ses géniteurs et l'amènent, la plupart du temps, à se dévaloriser, car en méprisant les parents dont il est issu c'est une partie de lui que l'on méprise.

Pourquoi est-ce si grave de ne pas dire à un enfant la vérité sur son adoption ?

Un enfant sait toujours inconsciemment qu'il est adopté car les enfants savent tout, même – et surtout – ce qu'on ne leur dit pas. Si l'on parle à l'enfant de son adoption, on lui donne le droit de savoir consciemment ce qu'il sait déjà inconsciemment. Tout va bien. Si, au contraire, on ne lui parle pas (ou si on lui ment), on crée un déséquilibre entre son savoir inconscient et son savoir conscient : l'enfant sait inconsciemment quelque chose mais il lui est interdit de le savoir consciemment et d'en parler. Or les enfants ont besoin d'exprimer les vérités qui les concernent. S'ils

1. L'expression « parents de naissance » est empruntée à Françoise Dolto. Elle désigne les parents biologiques de l'enfant. Françoise Dolto disait souvent que c'étaient les enfants qui lui avaient appris ce terme.

se trouvent dans l'incapacité de les dire avec des mots (si ce n'est pas permis), ils les expriment par le biais de symptômes. C'est en général pour ces troubles qu'ils arrivent en consultation et que l'on découvre en parlant avec eux et avec leurs parents ce qu'on leur a caché et la cause de leurs souffrances. Les difficultés que présentent ce genre d'enfants sont diverses. Ils peuvent avoir des problèmes de langage, des troubles du comportement (êtres violents ou inhibés), des retards de développement (ce qui est, si l'on y réfléchit, assez logique car cacher son adoption à un enfant revient à nier les mois ou les années qu'il a vécus avant que ses parents adoptifs ne l'accueillent). Les retards scolaires surviennent fréquemment : comment un enfant pourrait-il accéder à la connaissance alors qu'on lui refuse le droit de connaître – consciemment – sa propre histoire ?

Existe-t-il d'autres symptômes ?

Ces enfants sont des enfants angoissés. Un enfant croit toujours que si l'on cache une chose c'est parce qu'elle est mauvaise ou honteuse. Par conséquent beaucoup imaginent des horreurs inavouables. De plus, ce mensonge – comme tous les mensonges – tue la confiance envers les parents adoptifs. Les relations se tendent donc peu à peu et les conséquences se révèlent souvent dramatiques surtout à l'adolescence : l'enfant devenu grand pense qu'il a été dupé et trahi, et ne peut le pardonner.

Comment faire pour que tout se passe bien ou, en tout cas, mieux ?

En premier lieu, dire à l'enfant la vérité tout de suite, quel que soit son âge, même s'il est encore un nourrisson, puis en parler avec lui chaque fois que cela s'avère utile. L'adoption ne doit en aucun cas être un sujet tabou mais un élément de l'histoire de l'enfant à évoquer au même titre que les autres.

– Il est bon d'expliquer à l'enfant, dès que c'est possible, ce que veut dire « abandon », et faire la guerre aux idées fausses. Être « abandonné » ne signifie pas :

• que les « parents de naissance » étaient « mauvais », au contraire. Confier son enfant à la société quand on n'a pas la possibilité de l'élever est un acte responsable. Françoise Dolto avait l'habitude de faire remarquer que dans le mot « abandon » il y a le mot « don » ;

• cela ne veut pas dire non plus que l'enfant n'était pas « assez bien » pour qu'on le garde. Il faut expliquer à l'enfant qu'il n'a pas été abandonné à cause de ce qu'il était mais parce qu'il était impossible à ses parents, à ce moment-là, d'élever un enfant quel qu'il soit. Cette explication est essentielle car on se rend compte en psychothérapie que la plupart des enfants adoptés ont une mauvaise image d'eux-mêmes à cause de ce qu'ils imaginent de l'abandon : ils pensent toujours que, s'ils avaient été « mieux » que ce qu'ils sont, leurs « parents de naissance » auraient vécu avec eux.

– Une fois ces explications données, il faut laisser l'enfant élaborer ce qu'il pense de son histoire et cela peut varier au fil des années. Il n'y a pas à porter de jugements sur ses opinions ni à tenter de les modifier. Il a seulement besoin qu'on l'accompagne dans la reconstruction qu'il fait de son histoire.

– Enfin, il faut supporter que les enfants, notamment à l'adolescence, aient envie de rechercher leurs « parents de naissance ». Il ne s'agit pas pour eux de rejeter leurs parents adoptifs mais de retrouver leurs origines au moment où ils vont entrer dans la vie adulte. Cette recherche est, de plus, sous-tendue très souvent par la peur inconsciente de nouer des relations amoureuses avec quelqu'un qui serait, sans qu'ils le sachent, leur frère, leur sœur, leur père ou leur mère biologiques. Du reste, cette crainte a des racines profondes. N'oublions pas que, dans le mythe d'Œdipe, Œdipe est un enfant adopté et que c'est, pour une grande part, la source de ses maux. Au moment de cette recherche, les enfants (ou les adolescents) qui n'obtiennent de l'ASE aucune information nécessitent une aide particulière car ils ont à subir une violence psychique dont on méconnaît souvent la gravité. Ils sont en effet confrontés à une loi qu'ils ressentent légitimement comme injuste et qui autorise la société, dans la plus parfaite impunité, à leur voler une partie de leur histoire. Ils se retrouvent par là même soumis, sans aucun recours, à un arbitraire intolérable. C'est extrêmement destructeur pour eux et beaucoup ne s'en remettent pas. Ils ont donc besoin que la violence qui leur est faite soit reconnue. En parler avec eux et les aider à retrouver le sentiment d'un pouvoir sur eux-mêmes et sur l'existence face à cette instance légiférante qui les nie est nécessaire. Il convient donc de les amener à comprendre que, même si les dossiers de l'ASE sont vides, ils ont, en eux, la mémoire inconsciente de ce qu'ils ont vécu et que personne au monde ne peut leur prendre cette mémoire. Les souffrances qu'éprouvent les enfants adoptés lorsqu'on leur refuse la vérité sur leur adoption sont, en effet, la preuve qu'un être humain sait toujours, au plus profond de lui, la vérité sur son histoire et que l'on ne peut, sans dommages, prétendre le « transplanter » comme un végétal en le privant de son passé.

Pour en savoir plus :
Pour les enfants :
Duvet Pistache et Fanny, texte de A. M. Chapouton, illustré par Penny Ives, Paris, Bayard, 1990.
Pour les parents :
Pierre Verdier, *L'Adoption aujourd'hui*, Paris, Paidos/Le Centurion, 1994.
Pour les enfants et les parents :
Pierre Verdier/Martine Duboc, *Face au secret de ses origines*, Paris, Dunod, 1996.

« Le stress de la rentrée »

En quoi la première rentrée à l'école est-elle particulière ?

Il ne peut pas y avoir de première rentrée à l'école sans difficulté. Elles existent toujours même quand l'enfant ne les exprime pas, car l'expérience est complexe :

– Du fait de la séparation. Les mères en souffrent autant que les enfants et leur angoisse n'a rien de pathologique mais elle risque d'être majorée si l'idée d'école est associée pour elles – du fait de leur enfance – à des souvenirs pénibles. Beaucoup d'enfants refusent l'école parce qu'ils sentent cette difficulté chez leurs parents, alors même que ces derniers n'en ont pas toujours conscience. Ils essaient de les protéger, pensant que, s'ils restent à la maison, leurs parents seront moins inquiets.

– Par ailleurs, l'école – et Françoise Dolto l'a longuement expliqué [1] – fait connaître à l'enfant la

1. Françoise Dolto, « L'école indigeste », in *La Difficulté de vivre*, Paris, Gallimard, 1995.

plongée dans un monde inconnu, c'est un lieu étrange même si on lui en a expliqué le fonctionnement. Rien en effet ne ressemble à la vie qu'il menait jusque-là : il doit se mettre en rang, aller dans une salle précise et ne pas en sortir, écouter une grande personne – la maîtresse – qu'il ne connaît pas mais qui sait, elle, les noms de tous les enfants sans qu'il sache où elle a pu les apprendre. L'écolier se trouve au milieu d'un groupe d'enfants inconnus sans que la maîtresse pense toujours à les présenter les uns aux autres. Il ne peut ni parler ni bouger autant qu'il le voudrait, et encore moins manger… Autant de situations nouvelles auxquelles il faut ajouter toutes les questions qu'un enfant se pose si l'on n'a pas, auparavant, suffisamment parlé avec lui : pourquoi doit-il aller à l'école ? Veut-on se débarrasser de lui ? (question incontournable s'il y a à la maison un plus petit qui reste, lui, « avec maman »). À quoi sert l'école ? Les grandes personnes ont-elles dû aussi y aller ? Est-ce aussi pénible que le travail des parents ? Tout cela est source d'angoisse pour lui !

Comment aider un enfant pour une première rentrée ?

Il faut préparer la séparation. La souffrance due à cette séparation est inévitable, et positive, car elle fait « avancer » l'enfant. Elle peut être cependant largement atténuée si, avant l'école, on l'a mis progressivement dans des lieux de socialisation : la crèche, la garderie, etc.

– L'enfant doit être complètement autonome : c'est-à-dire capable de se laver, de s'habiller, de manger et d'aller aux cabinets seul. Mettre un enfant à l'école alors qu'il n'est pas autonome physiquement revient à mettre un infirme moteur au milieu des coureurs du marathon. C'est une épreuve terrible. Pour être rassuré en dehors de la présence de ses parents un enfant doit être sûr qu'il peut compter sur lui-même dans les moments essentiels de sa vie matérielle. Se débrouiller seul lui donne un sentiment de sécurité et de liberté en même temps qu'une image valorisante de lui-même : il « assure », comme disent aujourd'hui les adolescents.

– L'enfant doit connaître parfaitement son identité : son nom de famille et les noms des membres de sa famille paternelle et maternelle. La connaissance des deux lignées dont il est issu est pour un être humain l'équivalent de ce que sont les racines pour un arbre : ce qui lui permet de résister aux tempêtes. Il faut aussi que l'enfant connaisse son vrai prénom surtout si, à la maison, ses parents lui donnent des surnoms. S'il s'est toujours entendu appeler Titi ou Balou, il ne pourra pas répondre lorsqu'on l'appellera Jacques Dupont, et il ne saura plus qui il est. Beaucoup de difficultés scolaires et de rejets de l'école commencent, à l'insu des parents, par des sentiments de malaise et de porte-à-faux lors des premières années de classe. Il est facile de les « prévenir » en donnant à l'enfant des armes pour les surmonter.

Quels conseils donner aux parents dont les enfants vont vivre une première rentrée ?

– Si le père ou la mère de l'enfant sont angoissés, il est inutile de cacher cette angoisse à l'enfant qui, de toute façon, la sent très bien. Au contraire il vaut mieux lui en parler, lui expliquer qu'elle a pour origine des choses pénibles qu'ils ont vécues « quand ils étaient petits », qu'elle n'a rien à voir avec la réalité d'aujourd'hui. L'enfant sera ainsi tout à fait à même de faire la part des choses.

– Lorsque l'on accompagne l'enfant à l'école il est nécessaire d'expliquer que l'on reviendra le chercher, de préciser à quelle heure on le fera, et d'éviter de partir au moment où il est occupé à autre chose, en croyant lui éviter une épreuve pénible. L'enfant qui n'a pas vu l'adulte partir vit, en effet, son absence comme une disparition magique et c'est pour lui aussi angoissant qu'un cauchemar.

– Si l'enfant en manifeste le désir il faut lui permettre d'emporter avec lui à l'école un objet de la maison. Il n'y a pas à le lui proposer mais à accepter qu'il le fasse s'il en a besoin. Ces objets ont une fonction importante. Françoise Dolto rappelait en effet que, chaque fois qu'il fait une expérience nouvelle, un enfant a besoin de retrouver quelque chose de ce qu'il était avant cette expérience. C'est pour lui un moyen de s'assurer qu'il est toujours le même… dans un monde qui n'en finit pas de changer.

Comment expliquer le stress des plus grands, lors des rentrées suivantes ?

– L'angoisse au moment de la rentrée peut être pour l'enfant un moyen d'exprimer un malaise général, mais elle peut être liée aussi à la scolarité. Beaucoup d'enfants et d'adolescents par exemple vivent dans une peur permanente d'échouer et de décevoir leurs parents. Soit parce que ceux-ci ne jurent que par la réussite scolaire, soit parce que des problèmes survenus à l'école ou au lycée (très souvent à l'insu des parents) les ont amenés à douter d'eux-mêmes et de leurs capacités.

– Il peut s'agir de difficultés qui surgissent avec un enseignant :

• dans les thérapies d'adolescents on retrouve souvent des paroles d'enseignants qui les ont profondément déstabilisés ;

• chez les plus petits les problèmes affectifs avec l'instituteur sont fréquents. À cet égard il est important de leur expliquer qu'ils ne sont pas à l'école pour aimer la maîtresse ou le maître et que ceux-ci ne sont pas là non plus pour les aimer. Ils sont payés pour faire un travail, et ce travail consiste à enseigner. Peu importe qu'on les aime ou pas. Peu importe qu'ils aiment ou pas. L'important est qu'ils expliquent bien ce qu'ils ont à expliquer. Si les rapports sont difficiles on n'aura que plus vite envie de passer dans la classe supérieure. À toute chose malheur est bon… L'expliquer aux enfants est important. Cela leur évite de se désespérer et surtout de s'épuiser à essayer de séduire l'enseignant au point parfois d'y aliéner leur personnalité.

– L'angoisse de la rentrée est due parfois à des problèmes avec « les copains » ou à des problèmes liés aux amitiés nouvelles tissées à l'école. Les frères et les sœurs de l'enfant sont en effet souvent jaloux des liens qu'il peut avoir à l'extérieur et lui en font grief. Pour l'intéressé, rentrée des classes rime alors avec conflits et la perspective de leur retour l'angoisse. Quoi qu'il en soit, l'angoisse d'un enfant ou d'un adolescent au moment de la rentrée a toujours des raisons, et elle cède si on l'aide à les trouver. Il est important de le faire, et de le faire sans tarder, car l'expérience prouve que ce type de souffrances se révèle invivable pour certains.

« Je suis nul(le) pour me vendre »

Pourquoi est-ce si difficile de se « vendre » ?

Ce genre de démarche implique trois choses :

– il faut arriver à évaluer soi-même ce que l'on vaut, réussir à s'accorder une valeur ;

– être capable de soutenir cette évaluation face à un autre ;

– et parvenir à ce que, à son tour, il l'approuve et la reconnaisse.

Dans la réalité il ne s'agit que de définir des compétences et de les chiffrer, mais « dans la tête » cela résonne bien au-delà de cette réalité, car « dire ce que l'on vaut » renvoie, inévitablement, à l'image que l'on a de soi et « le dire à un autre » à tous les problèmes que l'on peut rencontrer dans les rapports avec les autres. L'acte de « se vendre » met donc en jeu un certain nombre d'opérations fondamentales et d'autant plus compliquées qu'elles sont, en partie, inconscientes.

Pourquoi est-il difficile d'évaluer ce que l'on vaut ?

Évaluer ce que l'on vaut renvoie au narcissisme, c'est-à-dire à la façon dont on peut aimer ce que l'on est et s'accorder à soi-même une valeur. Cela dépend évidemment de l'histoire que l'on a vécue :

– de ce que les parents que l'on a eus pensaient d'eux-mêmes, parce qu'il est difficile d'être fier de soi si l'on a des parents qui se prennent pour des « moins que rien » ;

– et de ce que l'on a représenté pour eux, étant entendu que l'amour n'est pas seul en cause, car on peut aimer un enfant comme on aimerait un animal domestique, et cela ne l'aidera pas. Pour qu'un enfant sente qu'il a une valeur il faut qu'il soit sûr qu'il compte pour ses parents, que son existence leur apporte quelque chose, qu'ils l'aiment tel qu'il est, avec les qualités et les défauts qui sont les siens, et qu'ils le prennent pour une personne à part entière et un interlocuteur valable.

De plus, les adultes que l'enfant rencontre en dehors de sa famille – notamment à l'école – jouent eux aussi un rôle : ils vont soit l'aider, soit lui compliquer un peu plus la vie sur ce plan.

Si on arrive à savoir ce que l'on vaut, pourquoi a-t-on des problèmes quand on veut l'affirmer face à un autre ?

Les difficultés sont de plusieurs ordres :

– D'abord l'autre que l'on rencontre n'est pas seulement celui que l'on a en face de soi dans la réalité.

C'est aussi tous ceux que l'on a dans la tête, tous ceux dont on a dû un jour affronter le regard dans des situations où l'on a pu se sentir coupable, jugé ou humilié.

– D'autre part l'autre que l'on va voir a sur nous un pouvoir réel : il peut nous embaucher ou pas, nous augmenter ou pas…

Mais le problème n'est pas vraiment là : il tient à l'importance que l'on va donner ou non à son jugement et cela aussi dépend de ce que l'on a vécu auparavant : si l'on est sûr de soi, on donnera à ses propos une importance relative. Si l'on se sent déjà dévalorisé, elle sera colossale car on sera alors, comme toujours en pareils cas, à la recherche de la reconnaissance que l'on n'a jamais eue. On donnera donc à l'autre, sans le savoir, un pouvoir exorbitant sur nous : celui de nous dire si nous valons ou non quelque chose.

Il s'agit évidemment d'un leurre, mais d'un leurre auquel on croit.

L'attitude de l'interlocuteur peut-elle aggraver les choses ?

L'attitude de l'interlocuteur peut aggraver les choses. « Se vendre » est, de toute façon, un cauchemar pour certaines personnes, mais il arrive qu'il devienne réalité parce que l'autre en « rajoute ». Il est clair que, dans les négociations de travail, la règle du jeu n'est pas de mettre le demandeur à l'aise, mais il y a des limites. On n'est pas obligé parce que l'on refuse à quelqu'un une augmentation ou une embauche de s'amuser, en plus, à l'humilier. Or cela se pratique couramment, notamment en période de crise, et cet usage s'apparente ni plus ni moins à de l'abus de pouvoir.

Il relève chez celui qui s'y livre :

– soit du sadisme pur et simple (chacun trouve son plaisir où il le peut !) ;

– soit de l'aveu d'impuissance, car si certains ont du mal à demander, d'autres ont tout autant de difficultés à dire non parce qu'ils ont, eux aussi, une histoire. Il ne faut pas l'oublier quand on est « demandeur ». Même si, aveuglé par l'angoisse, on a tendance à prendre l'autre pour Superman.

« J'ai été souffre-douleur »

Pourquoi devient-on souffre-douleur ?

Pour devenir souffre-douleur il faut d'abord rencontrer quelqu'un qui soit prêt à faire souffrir l'un de ses semblables.

Les rencontres de ce type sont de deux sortes :

– certaines sont le fait du hasard : on peut par exemple être chargé dans son entreprise du secrétariat d'un patron qui se révèle être un tortionnaire. Dans ce cas on n'est en rien responsable de la rencontre. On pourra seulement s'interroger sur soi-même si, ayant compris à qui l'on a à faire, on persiste à rester à un poste que l'on pourrait quitter ;

– dans d'autres cas, au contraire, on peut être amené, après coup, à se dire que l'on n'est pas innocent, que l'on est sans doute pour quelque chose dans ce qui s'est passé. Il arrive, en effet, que l'on découvre que l'on a été se jeter « dans la gueule du loup », se livrer pieds et poings liés à un bourreau – ami ou conjoint – alors que divers indices auraient dû éveiller notre méfiance. On peut aussi se rendre compte que l'on a laissé s'installer sans réagir situation intenable et se demander ensuite pour quelles raisons on l'a fait.

Pourquoi aller se livrer à un tortionnaire ?

Dans la vie courante, on répond souvent à ceux qui posent cette question : « C'est parce que tu es maso ! » Ce faisant, on fait référence au masochisme sans toujours savoir ce que recouvre ce terme. Le mot « masochisme » a pour origine le nom d'un écrivain autrichien, Sacher Masoch, connu pour ses livres érotiques – notamment *La Vénus à la fourrure* –, et pour sa liaison tumultueuse avec sa femme Wanda, qui a d'ailleurs écrit un livre pour la raconter [1]. On définit généralement le masochisme en disant qu'il est le fait de gens qui trouvent du plaisir dans la souffrance. Cette définition est réductrice car le masochisme est une notion complexe. Freud définit trois sortes de masochismes :

– le « masochisme érogène », c'est-à-dire sexuel : le plaisir ne peut être obtenu que dans la douleur, l'humiliation ;

– le « masochisme féminin » qui n'est pas, comme on le croit souvent, le masochisme de la femme, mais le masochisme lié à une position passive que l'on retrouve aussi bien chez l'homme que chez la femme et que Freud appelle « féminine » en référence à la

1. Wanda de Sacher Masoch, *Confession de ma vie*, Paris, Gallimard, 1989.

position supposée « classique » de la femme dans l'acte sexuel ;

– le « masochisme moral » que l'on retrouve chez beaucoup de souffre-douleur.

En quoi consiste le masochisme moral ?

Dans un article de 1924 qu'il a intitulé « Le problème économique du masochisme »[1] Freud donne une définition très éclairante du masochiste moral. Il écrit : « Le véritable masochiste tend toujours la joue quand il a la perspective de recevoir une gifle. » Il explique ensuite que le masochiste moral n'attend pas de cette gifle une satisfaction sexuelle : il tend la joue parce qu'il souffre d'une grande culpabilité inconsciente et cherche, de ce fait, une punition. Sa culpabilité n'a pas pour cause des fautes réelles qu'il aurait commises. Elle vient du surmoi, cette sorte de conscience morale tyrannique qui se construit en nous, dans l'enfance, à partir des interdits parentaux qui portent, on le sait, pour l'essentiel, sur la sexualité.

1. Sigmund Freud, « Le problème économique du masochisme », in *Névrose, psychose et perversion*, Paris, PUF, 1992.

Peut-on devenir souffre-douleur à cause de ce que l'on a vécu dans le passé ?

On peut devenir souffre-douleur parce que l'on répète ainsi une situation que l'on a déjà connue :

– en s'identifiant à quelqu'un que l'on a vu se laisser maltraiter sans réagir ;

– après avoir été soi-même le jouet d'un frère, d'une sœur… et se sentir tellement dévalorisé que l'on ne peut pas s'autoriser à se défendre quand, plus tard, des situations semblables se présentent ;

– beaucoup de problèmes viennent également du rapport aux parents : certains pères essaient d'écraser leurs fils parce qu'ils sont en rivalité inconsciente avec eux, et certaines mères font de même avec leurs filles qui, très souvent, cèdent et se soumettent par peur d'être détruites.

Il faut préciser en outre que le masochisme moral est une chose que les gens qui en souffrent ont du mal à « lâcher » – on s'en rend compte en analyse – car ils ont appris à y trouver une satisfaction inconsciente. Cette satisfaction leur a sans doute, à une époque de leur vie, permis de « tenir » dans des conditions de vie psychiquement invivables : apprendre à jouir de l'humiliation quand elle est permanente peut être une façon d'y survivre… Il est clair, néanmoins, que prisonniers de ce mode de relation qu'ils font se répéter ils ne parviennent pas, à l'âge adulte, à vivre comme ils le souhaiteraient.

Comment expliquer le besoin d'avoir un souffre-douleur ?

Les bourreaux comme leurs victimes rejouent sans le savoir des situations qu'ils ont déjà vécues :

– un enfant qui voit son père battre sa mère ou l'un de ses frères et sœurs peut par exemple s'identifier à lui. Il le fera encore plus facilement si la société n'intervient pas pour protéger les victimes, car il aura alors devant lui, en la personne de son père, l'exemple d'une toute-puissance sans limites qui ne pourra que le fasciner ;

– certains tortionnaires répètent aussi ce qu'ils ont subi eux-mêmes : nombre de parents bourreaux, on le sait, ont été des enfants victimes…

Mais les individus qui « sadisent » les souffre-douleur ont des types de personnalités très différents :

– ils peuvent agir ainsi parce qu'ils sont dans une sorte de toute-puissance paranoïaque et se prouvent de cette façon qu'ils sont les maîtres du monde ;

– ou parce qu'ils éprouvent sur un mode pervers une jouissance certaine à provoquer l'angoisse de l'autre et à la manipuler.

N'oublions pas, en outre, que des conduites de ce type peuvent alimenter des phénomènes de groupe. L'histoire récente et l'actualité ne nous en donnent malheureusement que trop d'exemples.

Que peut faire un souffre-douleur pour s'en sortir ?

Si l'on veut aider un souffre-douleur à s'en sortir, il faut comprendre d'abord – même si c'est paradoxal – qu'il est le maître du jeu. Il l'est parce que c'est lui qui, sans le savoir, donne son pouvoir au bourreau en acceptant inconsciemment d'être sa victime : si le souffre-douleur refuse de « jouer », il n'y a plus de jeu. Il faut donc que le souffre-douleur s'interroge pour savoir quelles raisons inconscientes le poussent à se mettre ou à se laisser mettre à cette place de victime. A-t-il déjà vécu des situations semblables ou éprouvé des sentiments semblables ? Le bourreau lui rappelle-t-il quelqu'un ? C'est par le biais de ce genre de questions que l'on peut parvenir peu à peu à retrouver les situations passées qui se cachent derrière tel ou tel événement de notre vie présente. S'il s'agit d'une relation professionnelle, il est nécessaire, en outre, que le souffre-douleur s'interdise de rester dans la position de la proie fascinée par le serpent qui va la dévorer. Il faut qu'il se rappelle qu'il est « quelqu'un » dans la société et que, comme tout un chacun, il a des droits. Il doit donc absolument sortir de la relation duelle bourreau-victime et faire appel à la réalité : aux lois, à la hiérarchie de l'entreprise, aux syndicats… C'est indispensable pour signifier à l'agresseur qu'il y a une différence entre sa toute-puissance imaginaire et sa puissance réelle. Ce que, en général, on ne lui a pas appris quand il était enfant. Mettre tout cela en œuvre demande bien sûr de l'énergie et de la persévérance, mais il faut le faire si l'on ne veut pas continuer à alimenter, sans le savoir, la toute-puissance du bourreau et créer ainsi les conditions d'une situation qui n'aura pas de fin.

« J'ai eu une panne sexuelle »

Pourquoi certains hommes ont-ils des « pannes sexuelles » ?

Les « pannes sexuelles » des hommes ont parfois des causes organiques : la fatigue, l'alcool ou la prise de certains médicaments, mais elles ont le plus souvent une origine psychologique et il n'y a pas lieu de s'en étonner car la sexualité n'est pas une fonction isolée : elle engage l'ensemble de la personne et surtout elle se construit depuis l'enfance. Chaque fois que l'on a une relation sexuelle, on remet donc sans le savoir toute son histoire en jeu.

Comment se construit la sexualité ?

Au début du XXe siècle, Freud a fait scandale en découvrant que les enfants – et même les bébés – avaient une sexualité. Elle est différente de la sexualité adulte, que l'on appelle « génitale » parce que le sexe y a la part la plus importante, mais elle existe.

Freud disait du petit enfant qu'il est un « pervers polymorphe », parce qu'il prend du plaisir avec toutes les parties et toutes les fonctions de son corps. Il vit donc de multiples expériences de plaisir et de déplaisir. Elles sont liées aux personnes qui s'occupent de lui et auxquelles il s'attache, et elles vont constituer les matériaux de sa sexualité future d'adulte.

Quel rôle jouent les interdits dans la construction de la sexualité ?

On compte deux sortes d'interdits :

– Il y a des interdits qui ont un sens et qu'il faut poser parce qu'ils aident à la construction de la sexualité : l'interdit de la sexualité entre enfants et adultes et l'interdit de l'inceste. L'interdit de l'inceste doit être clairement posé et les personnes « interdites » – père, mère, frère, sœur, grands-parents… – nommées. De cette façon l'enfant comprend que les relations sexuelles avec elles sont impossibles et il peut, y ayant renoncé, éprouver plus tard du désir pour des personnes extérieures à sa famille. Si l'interdit n'est pas posé, l'enfant reste la proie de sentiments troubles et comme il a confusément l'intuition de l'interdit qui ne lui est pas dit, il se sent coupable. Le désir sexuel peut, de ce fait, rester associé pour lui à cette culpabilité, et cela risque d'être la cause d'impuissances ponctuelles ou durables à l'âge adulte.

On rencontre par exemple des difficultés de ce type chez des garçons que l'on a fait dormir, dans l'enfance et l'adolescence, « en couple » avec leur sœur.

– À côté de ces interdits positifs et structurants, il faut en citer d'autres, comme ceux qui visent la masturbation, qu'il vaudrait mieux ne pas poser parce qu'ils n'ont pas de sens et qu'ils entraînent toujours une culpabilité ravageuse. Ils amènent l'enfant à croire que la sexualité est une chose sale et honteuse et peuvent l'empêcher plus tard de s'épanouir.

Comment se déclenchent les « pannes sexuelles » ?

Le désir sexuel est soutenu par des fantasmes inconscients qui sont comme des sortes de clefs : certaines lui ouvrent la porte et d'autres la ferment. Ces fantasmes sont particuliers à chacun et dépendent de l'histoire individuelle : les géantes à gros seins des films de Fellini, qui ressemblent à des souvenirs d'enfants, en offrent un bel exemple. Chez chacun d'entre nous, certaines choses provoquent du désir et d'autres du dégoût, et ce qui se passe dans la réalité d'une relation sexuelle va éveiller sans que l'on s'en rende compte l'un ou l'autre. De multiples facteurs peuvent entrer en jeu : les partenaires, les lieux, les moments… La pratique de la sexualité est aussi difficile et délicate que celle du violon : les occasions de « couacs » et de fausses notes sont légion.

Quand un homme a une « panne sexuelle », qu'est-ce qui est le plus difficile à vivre pour lui ?

Une panne sexuelle est toujours très difficile à vivre pour un homme pour plusieurs raisons :

– il lui est impossible de la cacher et il imagine souvent, de ce fait, que la terre entière en est le témoin ;

– il se croit jugé par la personne qui se trouve près de lui (même si c'est, le plus souvent, faux) ;

– et, surtout, il redoute que cette « panne » soit le premier signe d'une impuissance définitive. Cette crainte, très angoissante – parce que le narcissisme d'un homme est lié à ses capacités sexuelles – est de plus majorée par la vieille idée selon laquelle un « vrai homme » devrait « bander » tout le temps ;

– par les vantardises et les récits d'exploits quelque peu enjolivés que les hommes échangent volontiers entre eux ;

– par la méconnaissance de ce qu'est vraiment la sexualité.

Il serait très utile d'expliquer aux petits garçons, dès qu'ils sont en âge de l'entendre, qu'il arrive parfois aux « vrais hommes » de ne pas pouvoir « bander », mais qu'ils n'en restent pas moins des hommes pour autant.

Quels conseils donner aux hommes qui ont des « pannes sexuelles » ?

– On peut leur conseiller de relativiser leurs difficultés, et de ne pas imaginer, à chaque fois, qu'ils sont devenus impuissants pour le reste de leurs jours. Il faudrait aussi, si les problèmes se répètent, qu'ils essaient de comprendre ce qui les provoque, en se faisant aider si cela leur semble nécessaire.

– Quant aux adolescents qui rencontrent ce problème, on peut surtout leur conseiller d'aller vivre leur sexualité en dehors de leur famille. Les parents n'ont pas à voir et à savoir ce qui se passe dans le lit de leurs enfants et l'on peut à cet égard rappeler le vieil adage : « Pour vivre heureux, vivons cachés. » Il s'applique fort bien à la sexualité.

« Les têtes de Turc à l'école »

Comment devient-on la tête de Turc d'une classe ?

Il peut paraître surprenant de dire qu'un enfant qui devient la tête de Turc d'une classe est toujours pour quelque chose dans ce qui lui arrive… C'est pourtant exact. Dans ce domaine, la victime est, pour une grande part, l'artisan de son malheur, mais elle n'en sait rien car il s'agit d'un processus inconscient. Il n'est donc pas question de dire à l'enfant que « c'est de sa faute », mais de comprendre ce qui se passe : certains enfants provoquent inconsciemment les agressions de leurs camarades et d'autres ne savent pas du tout se défendre lorsqu'ils les rencontrent. Dans l'un et l'autre cas lorsque l'enfant prend conscience de son attitude, elle change, et il cesse aussitôt d'être pris comme tête de Turc.

Pour quelles raisons un enfant provoque-t-il des agressions ?

Il faut pour le comprendre faire appel à ce que Freud appelle la « répétition », c'est-à-dire le fait que sans nous en rendre compte nous passons notre vie à reproduire ce que nous avons vécu. Il convient donc de s'interroger pour essayer de savoir, dans chaque cas, ce que l'enfant « répète ». Il peut s'agir :

– d'une relation avec un frère ou une sœur (ce genre de choses se passe souvent à l'insu des parents) ;

– d'une relation avec une nourrice ou un enseignant qui, à l'insu là aussi des parents, a à une époque maltraité l'enfant ;

– mais il peut s'agir aussi d'un enfant qui est régulièrement humilié par ses parents, notamment par le biais de punitions qui se résument en fait à des brimades et à des vexations.

Pourquoi certains enfants ne savent-ils pas se défendre ?

Les enfants qui ne se défendent pas peuvent être des enfants qui ont l'habitude d'être passifs, soit parce qu'ils ont fait un mauvais apprentissage de la vie sociale (ils n'ont pas compris les codes en vigueur et sont inhibés), soit parce qu'ils sont surprotégés par leurs parents et croient de ce fait qu'il faut être faibles pour être aimés. Les autres enfants le sentent et en jouent. Il peut s'agir aussi d'enfants chez qui l'injure des copains fait mouche parce qu'elle touche un point douloureux. Il faut alors essayer de comprendre avec eux ce dont ils souffrent : une caractéristique physique, leur nationalité, la couleur de leur peau… et parfois aussi leur nom qui sert de cible aux moqueries. Il est nécessaire d'en parler avec eux car le nom en tant que tel n'est pas en cause. Quel que soit le nom qu'il porte, si un enfant en est fier, s'il sait d'où il vient et à quoi il le rattache, s'il a de l'admiration pour le père qui le lui a donné, il n'en souffrira pas, et saura répondre à ceux qui en rient.

Comment une classe entière en arrive-t-elle à prendre un enfant comme tête de Turc ?

Les enfants ne sont pas des anges et les rapports qu'ils entretiennent entre eux sont parfois durs. Cela ne suffit pas cependant à expliquer ce type de phénomène. Pour le comprendre il faut se rappeler que « aimer » pour les enfants veut dire « s'identifier à », devenir semblables à ce qu'ils aiment. Dès lors, si une caractéristique d'un enfant les angoisse, ils luttent pour éviter de l'aimer de peur de lui ressembler et le meilleur moyen est de le rejeter… Rien de tout cela, néanmoins, ne pourrait prendre une telle ampleur sans la complicité des enseignants. Car il s'agit bien de complicité. Il est impossible en effet qu'un enseignant responsable d'une classe ne se rende pas compte de ce qui se passe et si, s'en rendant compte, il laisse faire, il est complice. Ce qui est très grave. Car les situations de ce type sont aussi dangereuses pour les enfants agresseurs que pour les victimes.

– Il s'agit en effet d'un phénomène de bande qui implique que les enfants s'imitent l'un l'autre. Or, on le sait, un enfant qui en imite un autre se perd et perd sa personnalité : il « devient » l'autre.

– Torturer un enfant plus faible (ou un animal) est une expérience profondément déshumanisante pour des enfants (c'est dans les sociétés animales que les plus faibles sont éliminés). Laisser un enfant, sans limites, en proie à des pulsions sadiques compromet gravement son équilibre psychique et peut hypothéquer son avenir. Bien des criminels adultes en savent quelque chose.

– Par ailleurs, l'enseignant est, pour les élèves, un personnage valorisé qui bénéficie de la caution de la société comme le juge ou le policier. Il est pour eux supposé savoir ce qui est bien et ce qui ne l'est pas. S'il leur laisse accomplir des actes interdits, il cautionne donc, de cette position d'autorité, leurs actes transgressifs. C'est comme s'il leur disait : « Allez-y, c'est bien, c'est comme cela qu'il faut se conduire. » Cela équivaut à leur apprendre à voler ou à se prostituer. C'est une initiation perverse et, pour beaucoup d'enfants, la première école de la délinquance.

Comment aider les enfants dans ce genre de situations ?

– Si l'on est parent d'agresseur, il est nécessaire de poser un interdit vigoureux, d'expliquer à l'enfant pourquoi on le fait et de s'inquiéter de savoir ce qui permet que de tels événements se produisent à l'école.

– Si l'on est parent de victime, il n'est pas forcément judicieux de se précipiter à l'école ou chez les parents des agresseurs. Cela peut avoir un sens dans les cas extrêmes, quand l'enfant est en danger physiquement et que l'appel à la loi s'avère nécessaire. Si ce n'est pas le cas, une telle démarche risque de le dévaloriser encore plus vis-à-vis de lui-même et vis-à-vis des autres qui ne manqueront pas de lui signifier qu'il n'est pas capable de se débrouiller tout seul. Il est préférable de parler avec l'enfant pour l'aider à comprendre ce qui se passe et lui apprendre à se défendre :

– physiquement : il est important d'être capable de se bagarrer et de se faire respecter dans une cour de récréation ;

– mais aussi en paroles. Il faut aider l'enfant à ne plus rester sidéré et passif face aux insultes, à trouver des reparties. On le traite de « serpent à lunettes » parce qu'il est myope ? Qu'à cela ne tienne ! celui qui lui dit cela doit bien avoir aussi un problème qui l'embête… Il faut le trouver et l'attaquer à cet endroit. L'enfant finit par rire, et cette recherche devient un jeu, peu à peu il reprend confiance en lui en comprenant que l'autre qu'il trouvait si terrifiant n'est qu'une baudruche qui éclate d'un simple coup d'aiguille. Certains parents craignent cet apprentissage de la repartie – par les gestes ou les mots – pour leurs enfants. Ils ont peur en effet de les voir devenir à leur tour des agresseurs. Ils ont tort. L'expérience prouve que l'on peut, parallèlement à cet apprentissage, apprendre à l'enfant qu'il existe des modes de relation plus intéressants que ceux qu'il a vécus jusque-là et lui en donner le goût. Mais surtout, grâce au jeu avec les mots, l'enfant apprend peu à peu d'autres plaisirs et l'infinie stupidité des violences dont il a fait l'expérience.

– Si l'on est enseignant, la première mesure à prendre et d'« arrêter le massacre » et de poser des interdits. On peut ensuite, le calme étant revenu, organiser avec toute la classe des discussions pour que les enfants prennent conscience de ce qu'ils font, comprennent le sens des interdits qui sont posés, trouvent des solutions pour résoudre le problème et deviennent capables, pour la suite de leur vie, de faire face, même sans le secours des adultes, à ce genre de situations. Outre leur caractère éducatif indéniable, les discussions de ce type sont une ouverture sur la connaissance. Elles constituent pour les enfants de véritables leçons d'éducation civique et leur permettent de réfléchir sur l'accueil de l'autre, sur le statut de l'étranger et de la différence, sur le racisme. C'est un moyen de développer un véritable intérêt pour l'histoire en donnant l'occasion aux enfants de faire un lien entre ce qu'ils viennent de vivre et ce que d'autres avant eux, ailleurs et dans d'autres temps, ont vécu.

« La dyslexie »

Qu'appelle-t-on dyslexie ?

La dyslexie a été repérée à la fin du siècle dernier et on l'a d'abord nommée « cécité verbale ». Il s'agit d'un trouble de l'apprentissage du langage écrit chez des enfants qui n'ont pas de difficultés sensorielles (ils voient et ils entendent bien). Il se traduit par :

– des confusions entre des lettres ou des syllabes qui se ressemblent quand on les voit (M et N) ou quand on les entend (PE et BE – CHE et SE) ;

– des inversions de lettres ou de syllabes (CAR au lieu de CRA) ;

– des omissions de lettres ou de syllabes.

À ces symptômes peuvent, en outre, s'en ajouter d'autres, comme l'écriture en miroir par exemple. La dyslexie se manifeste d'abord en lecture, elle perturbe ensuite l'écriture et peut, si on n'aide pas l'enfant, occasionner des problèmes d'orthographe (la dysorthographie).

Quelles sont les causes de la dyslexie ?

On parle aujourd'hui, de plus en plus, de dyslexie sans que personne ait vraiment l'air de s'interroger sur le surgissement soudain de cette épidémie qui, curieusement, se développe dans les mêmes proportions que celles des échecs de l'Éducation nationale en matière d'apprentissage de la lecture, au point que l'on est en droit de se demander si cette affection providentielle n'arrive pas juste à temps pour les justifier : il est sans doute plus facile d'affirmer que les enfants sont à soigner que de reconnaître que l'École est malade.

C'est d'autant plus grave pour les enfants à qui l'on met cette étiquette que le mot « dyslexie » étant un mot compliqué qu'ils n'arrivent pas à prononcer et encore moins à écrire, la plupart d'entre eux s'imaginent être atteints d'une maladie grave.

Les hypothèses sur les origines de la dyslexie ne manquent pas. Pour certains chercheurs elle serait d'origine sociale : ils y voient la conséquence de carences culturelles du milieu familial. Les psychologues cognitivistes l'attribuent à un mauvais traitement de l'information par le cerveau. Quant aux tenants des théories organicistes, ils l'expliquent par une malformation cérébrale atteignant la zone du langage. Elle serait due, selon ces chercheurs, à un mauvais développement pendant la période fœtale et l'origine en serait génétique.

S'appuyant sur cette hypothèse – qui n'a jamais été prouvée – ils considèrent la dyslexie comme un handicap irréversible mais préconisent néanmoins, pour

« améliorer » les potentialités, le recours à des rééducations orthophoniques.

La pratique psychanalytique auprès des enfants donne de la dyslexie et de son évolution une tout autre vision et permet d'affirmer qu'elle n'est pas une maladie mais un symptôme lié à deux types de causes : les unes scolaires et les autres psychologiques.

Quelles sont les causes scolaires de la dyslexie ?

La dyslexie – ou ce que l'on nomme ainsi – peut être due à de mauvaises conditions d'apprentissage : il existe, pour chaque enfant, un bon moment pour apprendre à lire, celui où cette activité commence à avoir un sens pour lui, qui ne correspond pas forcément à la date choisie par l'Éducation nationale. De ce fait certains enfants sont – et restent – perdus par rapport à un savoir qui leur a été imposé à une époque de leur vie où ils étaient à mille lieues de pouvoir le recevoir.

De plus, pour pouvoir apprendre à lire, il faut comprendre à quoi cela sert : à communiquer avec des gens que l'on aime et qui sont absents par exemple. Or, pour de nombreux enfants – et Françoise Dolto ne cessait de le répéter – la lecture est seulement un « truc pas drôle », inventé par les grandes personnes et – notamment – par la maîtresse pour embêter les enfants.

La méthode de lecture employée lors de l'apprentissage peut se révéler aussi source de difficultés.

Il existe aujourd'hui trois méthodes de lecture :

– la méthode globale, qui consiste à reconnaître des mots entiers et qui n'est quasiment plus employée parce qu'elle a produit trop d'échecs ;

– la méthode « semi-globale », qui est la plus souvent utilisée : elle consiste à faire reconnaître à l'enfant un mot entier et à le lui faire ensuite décomposer en syllabes et en lettres.

Cette façon d'apprendre est problématique dans la mesure où l'enfant a tendance à deviner le mot. De ce fait il ne raisonne plus et rencontre ensuite des difficultés dans les matières où il doit le faire : les mathématiques par exemple. De plus, la décomposition du mot est souvent mal faite et l'enfant confond les syllabes et les sons qui se ressemblent : il considère par exemple chapeau, château et chameau comme trois mots identiques.

Il semble que la troisième méthode, la méthode « syllabique », qui est aujourd'hui tombée en désuétude, donnait de bien meilleurs résultats. L'enfant devait assembler des lettres pour composer des syllabes et ensuite des mots : B et A – BA – BATEAU. On l'amenait ainsi à raisonner et on pouvait faire appel à son imagination en jouant avec la forme des lettres (le N qui ressemble à un pont) ou leur son (le S qui ressemble au sifflement du serpent).

Quelles sont les causes psychologiques de la dyslexie ?

– Certaines causes sont liées aux parents : si eux-mêmes ont mal vécu l'apprentissage de la lecture ou si, pire encore, ils ne savent pas lire, l'enfant peut se sentir coupable d'en savoir plus qu'eux ou vouloir rester illettré par solidarité avec eux parce qu'il pense que la société les méprise. Il est toujours important, face à des enfants qui se trouvent dans ce genre de situation, de leur expliquer, avec l'aide de leurs parents, les raisons pour lesquelles ces derniers n'ont pas appris à lire. L'enfant est toujours soulagé d'apprendre que le non-apprentissage de ses géniteurs n'est pas dû à un manque de capacités de leur part mais, par exemple, à des conditions économiques dans un pays donné, à un moment donné : « Dans le pays de ton père, quand il était petit, les enfants ne pouvaient pas aller à l'école. » Il est même parfois utile de réfléchir avec les parents à la façon dont ils pourraient remédier à leurs lacunes : trouver pour eux par exemple des cours d'alphabétisation et les soutenir pour qu'ils y aillent.

– Il peut y avoir aussi des problèmes liés à ce que met en jeu l'écrit. Lire et écrire implique d'accepter un ordre qui est celui du langage et qui est arbitraire. On lit et on écrit de gauche à droite, en tout cas dans notre culture, les mots sont décidés une fois pour toutes : une table s'appelle table et pas éléphant – et vice versa –, et ils s'écrivent d'une façon que l'on ne peut pas discuter. Les lettres s'agencent pour former le mot selon un ordre qui est établi et, qui plus est, l'orthographe du mot peut changer si sa place change dans la phrase.

Pour pouvoir lire et écrire, il faut donc que l'enfant ait acquis et accepté la notion d'ordre et celle de place. S'il ne sait pas où il se situe – dans sa fratrie ou par rapport à ses parents –, il ne le peut pas et s'il ne respecte dans sa vie aucune règle et aucun ordre, on ne voit pas pourquoi il se soumettrait à celui des mots.

– Les problèmes d'un enfant en lecture et en écriture peuvent aussi renvoyer à des difficultés qui lui sont personnelles. Un enfant qui ne parvient pas à lire un mot comme il est écrit ou à l'écrire comme il s'écrit peut exprimer ainsi l'existence, dans sa vie, de quelque chose qu'il ne peut pas voir ou savoir :

• Il peut s'agir de questions sur la sexualité qui sont restées sans réponse pour lui : Françoise Dolto faisait toujours remarquer que LIRE est le verbe du LIT. Une petite fille me disait ainsi pour expliquer sa « dyslexie », qu'elle confondait toujours le O et le A « parce qu'elle ne savait jamais lequel avait la queue en haut et lequel avait la queue en bas », et elle ajoutait en rougissant qu'il y avait une autre lettre qu'elle ne savait jamais : c'était le Q…

• L'enfant peut évoquer aussi par son symptôme une angoisse inconsciente touchant à des faits qui lui sont cachés à propos de son histoire, de son origine ou de son identité. (L'identité est quelque chose qui s'écrit sur les papiers dits « d'identité ».)

• Il peut parler des problèmes qu'ont eus ses parents avec tel ou tel épisode de leur scolarité, de choses qui ne sont pas en place dans sa vie, de problèmes avec ses frères et sœurs ou de problèmes œdipiens.

Beaucoup de difficultés s'expriment au moment de l'apprentissage de la lecture et de l'écriture parce que l'écrit se voit et que son existence est durable, il fait trace : « Les paroles s'envolent, les écrits restent », dit le proverbe.

Comment réagir face à un enfant dyslexique ?

Si l'on pense qu'un enfant est dyslexique, il faut l'aider sans attendre. L'échec scolaire est, en effet, pour les enfants, une source de souffrances et d'humiliations que les adultes sous-estiment. Un élève en échec scolaire est comme un adulte qui reste trop longtemps au chômage : il pense qu'il ne vaut plus rien.

Il faut donc consulter au plus vite le médecin traitant pour vérifier la vision et l'audition et, si tout est normal, un centre spécialisé – CMPP ou dispensaire – dans lequel on aura la possibilité de rencontrer un psychanalyste. Il faut, en effet, dans un premier temps, évaluer le symptôme (pour ce faire, il sera demandé à une orthophoniste de procéder à un bilan) et ses causes.

S'il a une origine scolaire, le psychanalyste demandera à l'orthophoniste d'entreprendre une rééducation. Si son origine est psychologique, il pourra commencer, avec les parents et l'enfant, un travail d'investigation pour comprendre d'où il vient, et si cela s'avère utile, s'il le désire et si ses parents sont d'accord, l'enfant pourra entreprendre une psychothérapie. Dans certains cas, elle suffit pour que le symptôme cède : l'enfant n'en a plus besoin car il réussit à exprimer ses difficultés avec des mots. Dans d'autres cas des problèmes subsistent et rendent nécessaire une rééducation orthophonique qui est alors menée parallèlement à la psychothérapie.

Lorsque la prise en charge de l'enfant est organisée de cette façon, on obtient dans la majorité des cas d'excellents résultats, car l'on soigne à la fois le symptôme et ses causes. Malheureusement le problème est souvent traité différemment. En effet, les médecins – généralistes ou pédiatres – et les enseignants conseillent de plus en plus, aujourd'hui, aux parents des enfants qu'ils pensent dyslexiques de s'adresser directement aux orthophonistes. Elles sont de ce fait, amenées, si elles acceptent de prendre en charge l'enfant :

- Ou bien à traiter le symptôme en ne se préoccupant pas de son sens et dans ce cas elles vont : soit (au mieux) le déplacer : l'enfant finira par apprendre à lire, mais exprimera ses difficultés d'une autre façon, soit (au pire) échouer : on voit ainsi des rééducations qui durent des années et qui ne réussissent pas, laissant l'enfant et ses parents persuadés qu'ils ont affaire à un grave handicap.
- Ou bien à se lancer avec les parents et l'enfant dans une pseudo-psychothérapie pour laquelle elles n'ont pas la formation requise, avec tous les dangers que cela suppose et pour un piètre résultat puisque les parents en sortent persuadés qu'ils ont tout exploré, qu'il n'y avait rien à trouver et que donc, là encore, leur enfant est malade.

On ne peut que déplorer ce type de pratiques qui ne s'attaquent qu'au symptôme en oubliant qu'il a un sens. Elles vont dans le même sens que la transformation actuelle de la clinique psychiatrique en une liste de symptômes isolés que l'on essaie soit de modifier par de pseudo-thérapies fondées sur le conditionnement, soit de faire céder par l'absorption, souvent à vie, de médicaments.

On ne compte plus aujourd'hui les familles en souffrance du fait d'enfants qu'elles croient malades, et les adolescents qui se vivent comme des handicapés parce qu'on ne les a pas pris en charge correctement.

Il serait temps que l'on se décide, enfin, à prendre en compte cette souffrance.

Pour en savoir plus :

Gisèle Gelbert, *Lire c'est vivre*, Paris, Odile Jacob, 1994.

Gisèle Gelbert est linguiste, orthophoniste et neurologue. Elle a fait des découvertes passionnantes à propos des mécanismes d'apprentissage.

Paule Cruiziat, Monique Lasserre, *Dyslexique, peut-être ? et après…*, Paris, Syros, 1995.

Un livre écrit par une orthophoniste et une jeune femme dyslexique.

« Je suis la fille de mon prof »

Avoir l'un de ses parents comme professeur, être dans sa classe, est-ce difficile à vivre ?

Avoir l'un de ses parents comme professeur ou comme instituteur n'est pas une chose facile à vivre pour un enfant. Il lui est, en effet, difficile de se repérer dans une situation où une seule personne se trouve assumer deux rôles très différents : celui de parent et celui d'enseignant. Il arrive qu'il ne sache plus à qui il a affaire (si c'est au parent ou à l'enseignant), qu'il ne sache plus s'il est considéré par ce dernier comme son enfant ou comme un élève, où commence l'école, où finit la maison et ce que sont ces deux lieux où il retrouve la même personne.

Quel est le rôle des parents auprès d'un enfant ?

Les parents sont irremplaçables pour un enfant, pour plusieurs raisons :

– il a besoin d'eux pour construire son narcissisme : l'image qu'il aura de lui-même. Celle-ci sera bonne s'il se sent reconnu comme un être de valeur par ses parents et si par ailleurs il peut être fier d'eux ;

– ce sont les parents qui apprennent à l'enfant à devenir un humain en lui enseignant les choses de la vie et les lois des hommes. Par exemple, aucun cours d'éducation sexuelle fait par des professionnels ne remplacera jamais pour un enfant l'apport d'une discussion avec ses parents ;

– ils sont aussi les seuls à être en mesure de donner à l'enfant l'autorisation de les quitter :

• symboliquement d'abord, en devenant ce qu'il a envie d'être et non ce qu'ils auraient rêvé qu'il soit ;

• et réellement ensuite, pour aller construire sa vie hors de la famille.

En fait les parents sont pour les enfants une sorte de port d'attache où ils se sentent en sécurité parce qu'ils sont sûrs de l'amour qu'on leur porte et à partir duquel ils peuvent aller affronter l'extérieur où tout est toujours à gagner et à regagner.

Quel est le rôle des enseignants ?

Le rôle des enseignants est très différent de celui des parents parce qu'ils sont les représentants de l'extérieur et du social. Il n'est pas, avec eux, question d'amour. Il est question de faire ce que l'on a à faire : la tâche de l'enseignant est d'enseigner ; il est payé pour cela. Celle de l'élève est d'apprendre, il est noté pour cela. Les enfants font donc avec les enseignants l'apprentissage de la vie sociale et peuvent ainsi comprendre en quoi elle diffère de la vie privée. Ils découvrent, en outre, grâce à eux, l'existence d'adultes différents de leurs parents et susceptibles de devenir des modèles sur lesquels prendre appui pour construire leur personnalité.

Quel type de problèmes rencontre l'enfant dont le parent est aussi l'enseignant ?

Le problème essentiel est que l'enfant n'a plus d'« extérieur » à sa famille. Une série de conséquences en découle :

– Ses parents qui dirigeaient déjà sa vie privée deviennent également ses maîtres à l'extérieur. Leur parole de ce fait compte double et les difficultés à surmonter pour les quitter vont s'en trouver multipliées d'autant.

– Par ailleurs, la situation comporte un risque pour le narcissisme de l'enfant car il peut craindre que l'évaluation du parent enseignant ne soit pas objective et avoir du mal à appréhender son véritable niveau. De plus, déplaire au parent signifie aussi, dans ce cas, déplaire au professeur et cela est d'autant plus préjudiciable que nombre d'enfants trouvent grâce à leurs professeurs des moyens de se valoriser que leurs parents ne peuvent pas leur donner.

– L'école, en outre, n'est plus dans ce cas le lieu de l'enfant, il ne peut y avoir ni secrets ni vie privée à l'abri des regards familiaux. Cela peut compliquer ses rapports avec les professeurs (parce qu'ils sont les collègues de ses parents) et hypothéquer ses relations avec les autres élèves.

Il est en effet difficile d'appartenir à part entière au groupe des élèves lorsque l'on est « fils de prof » : on est toujours suspect – peu ou prou – d'alliance avec « l'autre camp ».

– Enfin, la situation peut poser à l'enfant des problèmes d'identité, car à l'école d'ordinaire on est seul… mais avec son nom. Or, dans ce cas, la règle du jeu est faussée, on risque de n'être nommé que comme « fils de ». C'est-à-dire n'être jamais soi-même et se sentir, à tout jamais, dépendant de la personne réelle de ses parents.

Quels problèmes psychologiques surviennent dans ce genre de situation ?

Ce type de situations suscite en général chez l'enfant nombre de questions dont il n'ose pas toujours parler et dont les effets pervers peuvent être importants : pourquoi mon père (ou ma mère) m'a-t-il (ou elle) voulu dans sa classe ? que veut-il (ou elle) de moi ?

Dans certains cas, il est amené à en conclure qu'on lui dénie le droit de grandir, et en arriver même à s'installer dans l'idée – à connotation incestueuse – que le parent ne veut pas qu'il le quitte. Cela peut aussi, surtout s'il est petit, lui donner l'idée que la vie n'est qu'une vaste comédie où il n'y a pas de vraies places mais seulement des déguisements dont on change à sa guise, au gré de son bon plaisir et que, par conséquent, tout est possible. Certains enfants vivent ainsi dans un sentiment d'irréalité, enfermés qu'ils sont dans un monde où rien ne leur signifie la différence entre le fantasme et la réalité. Avoir sa maman comme maîtresse n'est pas forcément chose aisée…

Un conseil ?

Un conseil pour le plaisir : celui de lire ou de relire *Le Grand Meaulnes* d'Alain-Fournier. Une histoire de « fils d'instit » qui ne cesse d'être magique.

« L'arrivée du deuxième enfant »

Quels problèmes pose l'arrivée d'un deuxième enfant ?

À l'arrivée d'un deuxième enfant le problème majeur est, évidemment, la réaction de l'aîné. Il est fréquent, en effet, qu'il devienne agressif ou caractériel, qu'il ne lâche plus ses parents d'une semelle, adopte des comportements régressifs, cesse d'être propre, pleurniche pour des riens…

Ces réactions de l'enfant suscitent d'ordinaire beaucoup d'angoisse chez les parents d'autant qu'ils les interprètent souvent de façon erronée. Ils pensent en effet que l'aîné est jaloux, qu'il a peur que l'on ne s'occupe plus de lui, qu'il fait tout cela pour se faire remarquer…

Certains parents sont même déçus de ces réactions et en veulent inconsciemment à leur enfant. Ils se sentent blessés narcissiquement de voir qu'il ne se conduit pas « mieux », et cette idée parvient à gâcher la joie que leur procure l'arrivée de leur deuxième enfant. En fait, il ne s'agit pas du tout de cela.

Comment expliquer la réaction de l'aîné ?

Il faut, pour comprendre cette réaction, se référer à l'œuvre de Françoise Dolto qui a admirablement décrit cette période[1] et se rappeler que, pour un enfant, le premier type d'amour est l'identification. Pour lui, aimer quelqu'un veut dire « devenir comme lui », voire « devenir lui ». Jusqu'à l'arrivée d'un frère ou d'une sœur cette façon d'aimer n'a en général posé aucun problème à l'enfant : son univers était constitué par des adultes et les aimer allait dans le sens de son développement, l'aidait à grandir.

Tout change avec l'arrivée du nouveau bébé car l'identification devient dangereuse. Devenir en effet « comme » le bébé équivaudrait à redevenir petit, à retourner en arrière. L'enfant est donc pris dans un terrible dilemme : comment peut-il aimer cet autre sans pour autant se détruire ? Il cherche des moyens de sortir de l'impasse et il souffre : c'est le sens de cette période que les adultes perçoivent comme « crise ».

Résoudre ce problème est difficile pour l'enfant car il lui faut éviter trois écueils :

– s'identifier à sa mère (se prendre pour elle). On voit ainsi des enfants devenir subitement de véritables nounous pour leur petit frère ou leur petite sœur ;

---

1. Françoise Dolto, « La dynamique des pulsions et les réactions dites de jalousies à la naissance d'un puîné », in *Au jeu du désir*, Paris, Le Seuil, 1981.

– s'identifier au bébé. Certains le font et régressent ;

– s'identifier au père (se prendre pour lui). Certains enfants, devenus magiquement plus que « raisonnables », se mettent ainsi à faire la morale au bébé, à jouer les adjudants-chefs avec lui et les maris avec leur mère.

Ces solutions sont tentantes mais toujours destructrices pour l'enfant car en choisissant l'une ou l'autre il quitte inévitablement sa « place » (d'enfant, de fils ou fille de ses parents, d'aîné, etc.).

En fait, l'enjeu de cette crise, qui n'est pas une crise de jalousie mais une crise d'identité, est que l'enfant en sorte en sachant qui il est et quelle est sa place, et en ayant compris que l'on peut aimer un autre sans, pour autant, s'identifier à lui. Il pourra ainsi aimer des gens différents de lui tout en restant lui-même (ce qui est la clef de la vie relationnelle et sociale) mais il ne réussira pas cette sortie sans l'aide de ses parents.

Comment les parents peuvent-ils aider l'enfant ?

De différentes manières :

– Avant la naissance : en le prévenant le plus tôt possible de l'arrivée prochaine d'un bébé, en lui en parlant et en lui expliquant, surtout, qu'il sera toujours l'aîné, qu'il ira à l'école le premier, qu'il aura des « copains » le premier, des fiancé(e)s le premier, etc. Beaucoup d'enfants ne se rendent pas compte de leur place dans la fratrie et s'imaginent, de ce fait, que le petit va les rattraper.

– Après la naissance, en comprenant qu'il n'est pas possible d'éviter à l'enfant la souffrance qu'il éprouve mais que l'on peut l'accompagner :

- il n'y a pas à changer d'attitude avec le bébé sous prétexte de ménager l'aîné et il n'y a pas non plus à lui donner des compensations : il rencontre une difficulté et il doit la surmonter. C'est à ce prix qu'il deviendra plus fort ;
- il faut l'aider à trouver sa place en prenant garde aux divers moments de la vie quotidienne où il essaie d'en sortir pour jouer au bébé, à la maman ou au papa ;
- et, surtout, il faut l'aider à comprendre qu'il a le droit d'exprimer sa colère et sa souffrance sans se sentir coupable ou jugé, mais qu'il ne peut le faire qu'avec des mots et jamais avec des actes. Il est primordial, en effet, que le père intervienne pour interdire, d'emblée, tout acte agressif : c'est chez les animaux que l'on griffe et que l'on mord ; chez les humains on parle. Cette intervention paternelle est fondamentale car laisser un enfant sans limites, en proie à ses pulsions agressives, revient à lui faire vivre une situation qui est toujours déshumanisante et aussi dangereuse pour lui que pour sa victime potentielle. On peut aider l'enfant à exprimer en paroles son agressivité en lui disant bien qu'il n'est pas obligé d'aimer le bébé et qu'il est libre même de le détester en toute tranquillité car sa haine n'a pas le pouvoir de

le faire mourir. C'est à la fois vrai et déculpabilisant pour l'enfant.

Il est même possible de verbaliser, à haute voix, ce que l'on pense qu'il éprouve. Dire par exemple, à la cantonade : « Oh là là ! ce bébé, dont il faut toujours s'occuper, qui ne fait que dormir, et on ne peut même pas jouer avec lui… etc. » De la sorte, l'enfant se sent compris et soutenu, ce qui l'aide à dépasser le conflit qui l'agite. Il arrive même qu'il le mette en scène en utilisant ses poupées et ses ours. Ce qui est tout à fait permis car les fessées ne font pas de mal aux ours quand ils sont en peluche…

Et si la « crise » se passe mal ?

On rencontre, à l'occasion de la naissance d'un deuxième enfant, deux sortes de problèmes chez les aînés :

– Certains ne manifestent aucune réaction négative et se conduisent même d'une façon spectaculairement positive. Les parents déclarent en général : « Il (ou elle) adore son petit frère (ou sa petite sœur) », et ils s'en montrent ravis. Ils ont tort. Ce calme de l'aîné est des plus suspects et annonce des orages qui éclateront plus tard et plus fort. La « crise » à l'arrivée d'un plus jeune est en effet normale et positive, et elle fait partie des étapes que tout enfant doit franchir. Quand elle n'est pas perceptible, c'est souvent parce que l'enfant a peur de l'exprimer : peur de sa violence, peur de déplaire à ses parents. Il risque alors de garder en lui son ressentiment et de l'évacuer ensuite comme il le pourra soit en « s'écrasant » lui-même – en inhibant ses capacités intellectuelles ou relationnelles –, soit en « écrasant » le plus jeune, par exemple sous le poids d'une sollicitude permanente destinée, sous couvert de l'aider, à le maintenir *ad vitam aeternam* dans un état de dépendance infantilisante.

– D'autres enfants au contraire entrent dans la crise mais s'y enlisent et ne parviennent pas à en sortir. Ils restent agressifs, jaloux, malheureux, ou revendiquent sans fin une place qui n'est pas la leur.

Si cette situation menace de s'éterniser, il est nécessaire d'y mettre un terme en allant avec l'enfant consulter, car il serait stupide de le laisser dans une souffrance dont il peut faire l'économie si on l'aide à remettre les choses à leur place.

« J'ai mes parents à la maison »

Prendre ses parents chez soi, est-ce une bonne solution ?

Il est très difficile de dire si prendre ses parents chez soi est ou non une bonne solution, car il n'y a en la matière que des cas particuliers et surtout parce que la réponse à la question est faussée par des problèmes économiques : très souvent les familles n'ont pas d'autre choix et c'est la source de nombreux drames. Il faut savoir en effet que les « vieux travailleurs », s'ils n'ont pas d'autre pension, perçoivent une retraite qui est de l'ordre de 3 000 à 6 000 francs par mois. Or le séjour dans une maison de retraite coûte dans le même temps entre 6 000 et 18 000 francs[1] par mois. Une partie de cette somme peut être prise en charge mais le reliquat reste exorbitant et impossible à assumer pour la majorité des personnes âgées. La situation est dramatique car si l'on excepte les places dans les services hospitaliers

1. Ces montants apparaissent en francs car l'ouvrage a paru chez NiL éditions en 1997.

de gériatrie – qui ne sont que des séjours temporaires et réservés aux malades – aucune autre forme d'accueil n'est proposée.

Ces chiffres consternants traduisent la place – ou plutôt l'absence de place – que notre société réserve à ceux de ses membres qui ont cessé d'être productifs. Il n'y a d'ailleurs pas besoin de faire de longues études pour prendre conscience de ce problème. Il suffit d'aller faire ses courses dans un supermarché. On croise fréquemment ce genre de malheur dans les rayons… et rarement à celui des produits de luxe.

Quels problèmes rencontrent les familles qui accueillent une personne âgée ?

Il n'y a pas de problème majeur lorsque l'on décide en accord avec ses parents de les prendre chez soi en ayant la possibilité de le faire. Les difficultés surgissent lorsque les accueillir est une obligation à laquelle aucune des deux parties n'est en mesure de se soustraire, et surtout lorsque les conditions matérielles ne sont pas réunies. L'exiguïté des appartements rend en effet le quotidien difficile, interdit à chacun l'intimité et génère des conflits inextricables.

Le manque d'argent quant à lui empêche la famille de s'octroyer l'assistance d'une aide (femme de ménage ou garde-malade) et oblige tout le monde à des contraintes horaires et à un surcroît de travail qui se trouve encore majoré si la personne âgée est invalide.

Quels problèmes psychologiques rencontre-t-on dans ce genre de situations ?

Les situations de ce type représentent des moments que l'on pourrait dire « de vérité » et sont de ce fait très souvent douloureuses. La façon dont les personnes âgées abordent leurs vieux jours raconte en effet généralement et beaucoup mieux que de longs discours ce qu'elles sont et le rapport qu'elles entretiennent avec leurs enfants. Certains parents, en effet, se retrouvent dépendants de leurs enfants parce qu'il n'y avait pas pour eux d'autre solution et les raisons de leur dépendance sont strictement matérielles.

À l'inverse d'autres en viennent à peser sur la vie de leurs enfants alors qu'ils auraient pu faire autrement parce qu'ils n'ont pas su ou pas voulu organiser leur vieillesse ni sur le plan matériel ni sur le plan affectif. Ils sont seuls, pauvres et sans amis parce qu'ils n'ont au fond jamais admis que leurs enfants devraient les quitter un jour pour aller vivre leur vie et ne supportent pas plus qu'ils soient dans la fleur de l'âge au moment où eux-mêmes sont sur le déclin. Ces parents se « débrouillent » – inconsciemment s'entend – pour s'accrocher à leurs enfants telle une pierre à un nageur afin que ces derniers ne puissent pas, libres de toutes entraves, aller là où leur désir pourrait les mener, et ils usent pour cela d'une arme terrible et qui fait mouche à tout coup : la culpabilité. Comment en effet ne pas se sentir en faute face à des gens qui se présentent comme n'ayant plus droit à tout ce dont soi-même on jouit : un corps en bonne santé, des moyens suffisants pour vivre, une vie familiale, affective, sexuelle ? Comment ne pas penser que l'on serait coupable de ne pas partager ces bienfaits avec eux ? Comment ne pas aller même jusqu'à se dire que l'on pourrait les leur sacrifier et se contenter d'une vie qui ne serait pas meilleure que la leur ? Ces parents-là oublient – sans doute parce qu'on ne le leur a jamais appris – que la succession des générations implique que les enfants soient jeunes quand leurs parents sont vieux, que ces enfants seront vieux à leur tour devant leurs enfants plus jeunes, et que nul n'est coupable des déboires occasionnés à ses parents par leur âge.

Ainsi va la vie… mais cette vérité banale est difficile à entendre pour des enfants pris, pieds et poings liés, dans le piège de l'amour, de la culpabilité et d'une règle du jeu faussée depuis l'enfance. De ce fait, beaucoup cèdent et sacrifient leur vie sans aucun bénéfice pour personne… car leurs parents ne sont pas plus heureux après avoir reçu ce cadeau exorbitant. De plus les enfants oublient, ce faisant, que si l'assistance à des parents âgés est un devoir auquel on ne peut se soustraire sans sombrer dans l'inhumanité, le faire au prix de sa propre vie relève – n'en déplaise aux bonnes âmes – ni plus ni moins de la névrose.

Quels sont les problèmes spécifiques posés par les personnes âgées invalides ?

Les soins à donner aux personnes âgées invalides sont toujours source de problèmes psychologiques graves, aussi bien pour elles que pour ceux de leurs enfants qui sont obligés de les assumer. Il serait préférable que ce travail puisse toujours être effectué par des personnes extérieures à la famille, des professionnels payés pour cela. C'est malheureusement souvent impossible pour des raisons financières et de ce fait tout le monde souffre :

– les personnes âgées, parce qu'elles sont légitimement atteintes dans leur pudeur et culpabilisées à l'idée des efforts qu'elles demandent à leur entourage. L'image qu'elles ont d'elles-mêmes se détériore et leur moral s'en ressent ;

– les enfants, parce que cette confrontation avec l'intimité du corps de leurs parents âgés est si angoissante qu'ils ne parviennent souvent à en parler qu'avec de grandes difficultés même quand ils sont en analyse, et on peut le comprendre. Donner des soins intimes à une personne qui fut toujours – et qui reste – « barrée » par l'interdit de l'inceste n'a rien d'évident. De plus, la dépendance totale de la personne âgée invalide – qui n'est pas sans évoquer celle du nourrisson – fait basculer celui ou celle qui s'en occupe dans un monde fantasmatique où les âges et les générations tout à coup se télescopent et où l'histoire semble recommencer à l'envers.

Dans quelle mesure la vision de la vieillesse dans notre société joue-t-elle un rôle dans ce type de situation ?

Les difficultés des enfants qui doivent prendre en charge leurs parents sont d'autant plus grandes qu'ils ne sont plus, aujourd'hui, aidés par un consensus social.

Notre époque a oublié ce qu'était l'accompagnement des gens âgés par les plus jeunes (et inversement celui des plus jeunes par leurs aînés) dans une succession des générations qui avait un sens profond auquel chacun adhérait.

Nous ne savons plus faire avec la vieillesse et avec la mort qui étaient autrefois des choses naturelles. Aujourd'hui la science guérit presque toutes les maladies, et de ce fait la vieillesse et la mort finissent par apparaître comme des accidents de parcours désagréables que l'on devrait pouvoir éviter. La science accroît nos fantasmes d'éternité et nous laisse tous sans paroles et sans répondant devant cette fin de la vie qu'il faudrait pouvoir humaniser.

Comment aider les personnes âgées ?

Il est nécessaire de « donner » aux personnes âgées mais il faut surtout les pousser à donner.

Françoise Dolto disait que les individus n'ont besoin d'être aimés que lorsqu'ils sont petits, et que, ensuite, ils ont besoin essentiellement d'aimer : d'autres personnes, des animaux, des choses… C'est pourquoi il est important d'aider les gens âgés à se trouver des passions et surtout à découvrir à quoi ils peuvent être utiles. Comment aller bien, quel que soit son âge, si l'on a l'impression que l'on ne sert à rien ?

Les personnes âgées ont tendance parfois à se complaire dans l'idée qu'il leur est impossible de faire quoi que ce soit d'intéressant pour les autres, et la société ne les aide pas car elle ne sait pas utiliser leurs compétences. Elles sont pourtant nombreuses et d'autant plus utilisables que la retraite, parce qu'elle laisse du temps disponible, pourrait être le moment où les plus âgés commencent à transmettre à des plus jeunes les savoirs de tous ordres qu'ils ont acquis et qu'ils ne peuvent plus mettre en actes.

Pour en savoir plus :

Maud Mannoni, *Le Nommé et l'innommable. Les derniers mots de la vie*, Paris, Denoël, 1991.

« J'ai dû faire piquer mon animal »

Pourquoi est-il si difficile de faire piquer son animal ?

Être au désespoir quand on doit faire piquer son animal semble incompréhensible à certains. Ils ont tort car c'est une épreuve douloureuse :

– Il s'agit en effet de perdre ce que l'on aime et il en va de ce deuil comme de n'importe quel autre : on sait qui (ou quoi) l'on perd mais on ne sait pas ce que l'on perd en le perdant. Un être, une chose ou un animal représentent toujours pour qui les aime beaucoup plus qu'eux-mêmes, à la fois consciemment et inconsciemment. On pourrait ainsi sans doute retrouver dans l'enfance de chacun d'entre nous des souvenirs de pertes d'objets – qui n'avaient pas d'autre valeur que celle de l'histoire qui les liait à nous – dont la disparition soudaine nous a jetés dans des abîmes de souffrances incompréhensibles pour l'entourage. Une perte peut paraître insignifiante aux autres et être dramatique pour soi…

– D'autre part faire piquer son animal met en jeu l'idée de la mort et ce qu'elle a d'intolérable. Il est peut-être possible d'accepter la mort quand il s'agit de celle, naturelle, de gens âgés car elle s'inscrit alors dans un certain ordre des choses. C'est plus difficile quand elle survient par accident, et totalement insupportable s'il est question de la provoquer soi-même et de détruire ainsi l'un de ses objets d'amour.

À quels problèmes psychologiques doit-on faire face dans ce cas ?

Quelqu'un qui se voit dans l'obligation de faire piquer son animal vit toujours dans un premier temps un conflit interne et douloureux puisqu'il est contraint de faire quelque chose qu'il n'accepte pas. Ce débat difficile avec lui-même est, de plus, aggravé par l'idée qu'il va trahir un animal sans défense qui lui fait une confiance totale. Sentiment d'autant plus angoissant qu'il renvoie chacun d'entre nous, inconsciemment, au bébé sans défense qu'il a été et le conduit à s'identifier plus étroitement encore à l'animal…

Par ailleurs, on ne peut nier qu'il y ait une angoisse terrible à se poser en maître de la vie et de la mort de l'autre quand bien même l'autre en question serait un animal. L'interdit du meurtre est, en effet, l'un des interdits fondamentaux de l'humanité. Comment envisager de faire piquer son animal, quand on l'aime, sans se sentir quelque peu meurtrier ? On est donc pris, au seuil de l'acte, dans un tourbillon d'idées de transgressions et de fautes, et dans une culpabilité très violente, qui ne sont pas sans évoquer

– toutes proportions gardées – ce que racontent les équipes médicales qui ont dû aider, à leur demande, des malades à mourir.

De quoi est fait l'attachement à un animal ?

L'attachement que l'on éprouve pour un animal n'est pas fondamentalement différent de celui qui nous lie à un être humain. Aimer un animal ou un humain revient, en effet, à lui faire occuper consciemment et inconsciemment une place qui est nécessaire à notre équilibre psychique. C'est cela qui nous attache – dans tous les sens du terme – à ceux que nous aimons et nous les fait voir non pas comme ils sont vraiment mais tels que nos sentiments pour eux nous les montrent. D'où cette belle formule de langue française : Voir avec les yeux de l'amour.

L'animal, d'ailleurs, n'est pas aussi éloigné de l'humain que l'on aime à le dire.

Nous sommes tous des sortes d'animaux évolués, et c'est l'éducation, seule, qui nous « humanise ». Les « enfants sauvages » – ces enfants élevés au milieu des animaux – en sont la preuve, comme le montre si bien le beau film de François Truffaut, *L'Enfant sauvage*, inspiré des aventures de l'enfant sauvage de l'Aveyron recueilli, au XIXe siècle, par le médecin Jean Itard.

Beaucoup d'enfants – on s'en rend compte en analyse – sont identifiés à des animaux parce qu'ils ont une mère qui les nourrit, qui les soigne et qui les cajole mais qui ne peut pas leur parler. Elle prend soin de la partie « animale » de leur personne mais elle ne parvient pas à les « humaniser » (le plus souvent parce qu'elle rejoue, sans le savoir, avec eux ce qui s'est passé dans sa propre enfance).

De plus, pour beaucoup de gens, la relation avec un animal est un substitut à des relations humaines inexistantes ou insatisfaisantes et elle se révèle, à ce titre, d'une grande utilité car, quand l'amour des humains vient à manquer, l'affection d'un animal peut permettre à celui qui en bénéficie de se sentir quand même « aimable ».

À ce titre, obliger une personne âgée à se séparer de son animal pour entrer dans une maison de retraite est un acte non seulement cruel mais psychiquement destructeur. On lui retire en effet un point d'appui narcissique et relationnel essentiel. On précipite sa fin et on la prive avant même cette issue finale d'une possibilité de se ressourcer qui lui est indispensable.

En quoi les animaux domestiques sont-ils différents des autres ?

Les animaux domestiques sont, comme tous les autres animaux, mus par l'instinct, c'est-à-dire qu'ils abordent une situation nouvelle comme s'ils la connaissaient déjà, car ils ont en eux la mémoire de leur espèce. Un chien, lors de son premier flirt de chien, ne se pose aucune question… Il y a, néanmoins, une spécificité de l'animal domestique à cause de sa proximité avec l'homme et le langage humain.

N'en déplaise aux ricaneurs, saint François d'Assise n'était pas le seul à parler aux oiseaux. D'autres l'ont fait aussi : des scientifiques, des ethologues comme Lorenz ou Timbergen.

Quant au psychanalyste Jacques Lacan il avait coutume d'écrire le mot domestique : « d'hommestique », et disait de sa chienne qu'elle « parlait », qu'elle produisait des sons modulés non seulement pour obtenir quelque chose mais aussi dans des moments d'émotion intense. Il précisait néanmoins qu'elle ne possédait pas, pour autant, le langage car, à la différence des humains qui, eux, en sont dotés, elle ne pouvait en aucun cas prendre son interlocuteur pour un autre.

Autrement dit, un homme a la possibilité parce qu'il est pris dans le langage de prendre sans le savoir sa femme pour sa mère… un animal, lui, ne le peut pas. Dépourvu de langage, il ne peut donc, à tout jamais, nous prendre… que pour nous. Ce qui, tout compte fait, n'est déjà pas si mal.

Pour en savoir plus :

Pour « embêter » ceux qui croient que les animaux ne sont que des bêtes, quelques livres de Jacques Roubaud, l'un des plus grands poètes contemporains.

Les Animaux de tout le monde, Paris, Seghers, 1990 (recueil de poèmes).

Les Animaux de personne, Paris, Seghers, 1991 (recueil de poèmes).

La Belle Hortense, Paris, Seghers, 1990 (roman).

L'Enlèvement d'Hortense, Paris, Seghers, 1991 (roman).

L'Exil d'Hortense, Paris, Seghers, 1990 (roman).

L'un des personnages de ces trois romans est un chat qui s'appelle Alexandre Wladimirovitch et qui, bien que chat, est un prince en exil…

« Mon enfant est insomniaque »

D'où viennent les troubles du sommeil chez l'enfant ?

Si un enfant n'a pas de souffrance physique particulière – ce dont on peut s'assurer en consultant son pédiatre –, l'insomnie est toujours une manifestation d'angoisse. Le sommeil est, en effet, un état dans lequel on se coupe de l'extérieur : cela nous permet de « récupérer » mais nous laisse sans défense. Pour le supporter il est donc nécessaire de se sentir dans un état de sécurité intérieure totale. Lorsque quelque chose nous angoisse, nous ne parvenons pas à trouver le sommeil.

Qu'est-ce qui peut « insécuriser » un enfant ?

La condition d'enfant et surtout de bébé peut-être en elle-même insécurisante :

– le bébé est impuissant et entièrement dépendant de l'adulte pour sa survie ;

– il ne dispose pas encore du langage pour se faire comprendre, pour exprimer ce dont il souffre et ce dont il a besoin ;

– il se trouve dans un monde où tout est inconnu pour lui tant qu'on ne le lui a pas expliqué ;

– lorsque sa mère sort de sa chambre, il ne sait pas où elle est et ignore même si elle va revenir un jour ;

– par ailleurs, il perçoit l'angoisse de ceux qui l'entourent : une personne angoissée à ses côtés peut l'empêcher de dormir ;

– il ressent les problèmes qu'éprouvent ses parents, les tensions entre eux et même ce qui les agite inconsciemment – alors que eux-mêmes ne le sentent pas forcément ;

– enfin, il perçoit ce que l'on attend de lui et cela aussi peut être source d'angoisses : avoir envie de marcher et savoir que sa mère a besoin d'un bébé à porter peut créer un conflit interne angoissant chez un enfant.

Comment découvrir les causes d'une insomnie ?

Découvrir les causes de l'insomnie d'un enfant est un travail qui peut être long et difficile et il est souvent utile de se faire aider par un psychanalyste. Il ne connaît pas la solution du problème, mais il peut aider à mener l'« enquête » pour la trouver. Il faut cependant apporter deux précisions :

– Qu'un enfant soit angoissé au point d'en être insomniaque n'implique pas que ses parents soient coupables : il nous arrive à tous d'être angoissés sans que personne n'y soit pour rien. Les enfants – et les bébés – sont logés à la même enseigne que les adultes. L'âge ne fait rien à l'affaire.

– Il convient de se méfier des explications « plaquées » – parce que chaque cas est particulier – et des « recettes » soi-disant miracle. Certains médecins préconisent par exemple de donner à l'enfant un foulard imprégné de l'odeur de sa mère et proposent l'objet systématiquement, quel que soit l'enfant. On peut s'en étonner. L'idée du foulard avec l'odeur de la mère vient de Françoise Dolto. Elle conseillait qu'on le donne à des enfants dont la mère était absente (partie, malade...) et qui refusaient de manger. Les bébés, en effet, reconnaissent leur mère à son odeur, et ces bébés pouvaient grâce au foulard retrouver le lien entre la nourriture et l'odeur de leur mère, lien rompu par l'absence de celle-ci et dont la rupture entraînait un refus de la nourriture.

On voit mal que l'on puisse employer ce procédé pour tous les symptômes et pour tous les enfants. On risque en effet de créer chez l'enfant un lien fétichique à un objet dont il ne pourra plus se défaire, au lieu de trouver les mots qui, en nommant sa souffrance, permettront de l'en délivrer.

Quels conseils généraux peut-on donner pour favoriser le sommeil des enfants ?

On peut conseiller d'abord de respecter le rythme de l'enfant. Chaque enfant a le sien et ne peut dormir sur ordre. On ne peut donc exiger de lui qu'il dorme quand on l'a décidé mais on peut imposer que, à une certaine heure, il regagne sa chambre et y joue, en pyjama, tant qu'il n'a pas sommeil.

C'est d'autant plus important que l'enfant a besoin de savoir que ses parents ont entre eux une intimité et qu'il doit la respecter.

Il est bon que l'enfant ait sa chambre et, si ce n'est pas possible, son lit et que les portes soient fermées, chacun ayant droit à son espace.

Il faut à ce propos rappeler que dormir dans la chambre de ses parents est toujours perturbant pour un enfant. S'il n'a pas de chambre, on peut lui installer un coin pour la nuit ailleurs que là où ses parents vivent leur vie de couple.

Il est bien que la chambre – ou le coin – de l'enfant ne soit pas un désert : il est toujours rassurant d'avoir auprès de soi des objets familiers, une lampe que l'on peut allumer, de l'eau à boire, un ours, une poupée.

Il faut savoir qu'à certains moments un enfant a besoin qu'on le prenne dans ses bras, qu'on lui parle et qu'on le berce parce qu'il est angoissé. Contrairement à ce que l'on entend souvent, cela ne lui donne pas de mauvaises habitudes.

Il faut aussi expliquer aux enfants ce qu'est le sommeil et son utilité. Certains le redoutent parce qu'ils ne comprennent pas à quoi il sert ou parce qu'on leur a dit, pour expliquer la mort, que c'est « comme quand on dort ».

Enfin si la lampe à allumer ou la veilleuse ne suffisent pas à calmer la peur du noir, Françoise Dolto proposait de faire jouer l'enfant dans la journée à colin-maillard avec les yeux bandés. C'est une jolie façon d'apprivoiser l'obscurité.

Pour en savoir plus :

Françoise Dolto, « Les troubles du sommeil », in *Les Étapes majeures de l'enfance*, Paris, Gallimard, 1994.

« Papa malgré soi »

Devenir père sans l'avoir choisi : qu'est-ce que cela représente pour un homme ?

Il y a plusieurs façons de devenir père sans l'avoir choisi et la situation est vécue différemment selon les cas :

– Certains hommes se retrouvent dans cette situation sans qu'il y ait eu, de la part de leur compagne, une intention délibérée : on peut penser par exemple à tous les « ratés » de la contraception.

– D'autres se font « forcer la main » par une femme qui désire un enfant alors qu'ils n'y sont pas prêts. Ils ne refusent pas la paternité mais elle les effraie, ce qui est compréhensible, car elle est synonyme de grandes responsabilités et implique pour un homme qu'il devienne l'égal de son propre père. Certains hommes ne le peuvent pas parce qu'ils ont un géniteur qui ne veut rien lâcher de sa toute-puissance et qui entend rester… le seul père à bord. Les femmes qui « obligent » les hommes à la paternité ne se rendent pas toujours compte que, ce faisant, elles

les trompent et qu'il peut être dramatique pour eux de se voir ainsi voler le temps de la réflexion et celui de la décision. Ils peuvent se trouver privés d'une partie importante de leur place d'homme et de père, et cela risque d'hypothéquer leur relation à l'enfant.

– Il faut enfin citer les cas les plus extrêmes et les plus tragiques : ceux des femmes qui veulent vraiment un enfant sans père et qui « utilisent » pour le « faire » un homme qu'elles jettent ensuite comme un objet inutile. Ces situations sont aussi terribles pour les pères que pour les enfants.

Pourquoi une femme voudrait-elle avoir un enfant sans père ?

Le désir chez les femmes d'avoir un enfant sans père renvoie toujours à l'histoire qu'elles ont eue.

Il peut s'agir de femmes qui ont, inconsciemment, des comptes à régler avec les hommes : avec un père trop autoritaire ou trop absent, un frère que l'on a préféré…

Devenues adultes, elles se vengent – sans le savoir – en mettant un homme « hors jeu ».

Elles peuvent être aussi l'instrument de la vengeance de mères ou de grands-mères qui les ont élevées dans la haine des hommes, ou être en rivalité avec les hommes et affirmer de cette façon leur inutilité et leur absence de valeur ; ou encore être restées inconsciemment fixées à l'âge où les enfants pensent que les femmes font les enfants seules : tous les enfants ont cette croyance tant qu'on ne leur a pas expliqué le rôle des pères dans la conception.

Certaines femmes enfin ne font pas vraiment la différence entre un enfant réel et les poupées de leur enfance. Or les poupées occupent dans la vie des petites filles une place particulière. Françoise Dolto par exemple pensait qu'elles servaient de compensation à certaines au moment où elles découvraient la différence des sexes. Si, en effet, à cette étape une petite fille n'est pas aidée par les adultes elle risque de croire que son sexe est « moins bien » que celui des garçons parce qu'il n'est pas apparent. Si on ne lui explique pas qu'il est seulement différent, si on ne lui enseigne pas la spécificité de son destin de future femme et de future mère, elle risque de se vivre comme quelqu'un qui a « quelque chose en moins » et d'essayer de compenser l'infériorité qu'elle se suppose en affirmant sa toute-puissance par la maîtrise totale d'un objet sur lequel elle peut avoir un pouvoir absolu.

La poupée se prête à ce jeu (on peut la manipuler tout son soûl sans qu'elle proteste) et l'enfant réel peut, ensuite, être mis à la même place.

Quand un père devient père sans l'avoir voulu, quelles en sont les conséquences pour l'enfant ?

Ce genre de situations a sans nul doute des conséquences psychologiques pour un enfant car le contexte dans lequel on le fait naître définit toujours la place qu'on lui donne. Il n'est pour s'en convaincre qu'à penser à ceux qui sont conçus pour remplacer un aîné mort.

Cette place qui est donnée à l'enfant va le marquer pour le reste de ses jours, et fixer les termes du contrat qui le lie à la vie.

Or, pour une femme, vouloir un enfant et désirer un enfant de l'homme qu'elle aime sont deux démarches très différentes.

Dans le cas où une femme désire un enfant comme elle voulait autrefois une poupée, elle est maître de sa demande et maître du jeu, seul maître à bord.

Il en va tout autrement si elle désire un enfant d'un homme en particulier, car ce qu'elle désire alors c'est que cet homme ait le désir de lui faire un enfant. Elle se situe donc face à lui dans une position de demandeur. Elle n'est plus maître du jeu et, de ce fait, elle inscrit d'emblée son enfant dans une histoire qui n'est plus à deux, mais à trois, une histoire avec un père qui compte et au-delà de lui, une lignée paternelle.

Plus tard, passé le temps de la conception et celui de la naissance, tout va dépendre pour l'enfant de la place qui est donnée à son père même s'il est absent. Un père absent peut, en effet, exister pour un enfant s'il porte son nom, si la mère parle de lui, explique qui il est et les raisons de son absence.

Un enfant peut donc trouver, même sans la présence physique d'un père, un équilibre si sa mère agit ainsi, si elle ne s'enferme pas dans un tête-à-tête avec lui et, surtout, si elle ne retourne pas vivre chez ses parents comme si elle était elle-même encore une enfant.

Le pire est sans doute pour l'enfant les cas où le père est « utilisé » seulement pour la conception. Il n'est pas, alors, seulement absent, il est bafoué, ce qui est toujours très destructeur car, en bafouant le père, la mère se met en position de toute-puissance. L'enfant terrifié – parce qu'il le ressent – ne peut que « se coller » à elle et devenir son objet pour ne pas lui déplaire.

Dans de tels cas il est très important que le père fasse si c'est possible appel à la justice pour que l'enfant comprenne qu'il existe une autorité au-dessus de sa mère. Il faut que le père fasse reconnaître ses droits et qu'il en use. Car les droits qu'ont les parents sur leurs enfants (droits de garde, d'hébergement, de visite...) sont avant tout des devoirs qu'ils ont envers eux. Françoise Dolto n'a cessé sa vie entière de le rappeler.

« Un accident a changé ma vie »

Qu'est-ce qui est le plus difficile à vivre quand on a eu un accident grave ?

Un accident est toujours une épreuve psychologique grave, que l'on ait ou non des séquelles corporelles.

On subit d'abord une violence qui ébranle tout le corps, qui modifie tous les repères corporels et toutes les sensations physiques que l'on pouvait avoir et qui participaient de la conscience que l'on avait de soi-même : on ne « retrouve » plus son corps, on ne se retrouve plus. On fait aussi, brutalement, une série de « découvertes ».

On est obligé de se rendre compte que l'on peut être détruit, que l'on peut mourir et que l'on peut être trahi par ce dont on était le plus sûr : sa conduite, ses réflexes… Ce dévoilement brutal de vérités que l'on aurait préféré ignorer peut faire vaciller tous les repères.

On découvre aussi souvent, pour la première fois, la solitude radicale qui est le lot de ceux qui souffrent dans leur corps car la souffrance n'est pas partageable, et il arrive même qu'elle ne soit pas dicible…

Y a-t-il un vécu imaginaire de l'accident ?

Il est toujours présent. À partir de la réalité inexplicable et violente que représente l'accident, l'imagination se met en marche : on fantasme.

À propos d'abord des causes de l'accident : pourquoi moi ?

Nous avons tous du mal à concevoir que les choses puissent nous arriver simplement par hasard. Nous voulons bien souvent trouver une causalité qui nous concerne, quelque chose qui expliquerait que l'accident soit arrivé précisément à nous, et pas aux autres. De ce fait il arrive que nous l'imaginions comme un châtiment pour des fautes dont nous nous sentons inconsciemment coupables.

Cela nous est d'autant plus facile que dans notre enfance, on nous a tous promis, à un moment ou à un autre, les foudres de la justice divine ou la vengeance du destin…

De plus la violence de l'accident peut se télescoper avec d'autres violences que l'on a subies et dont on a, en général, perdu la mémoire consciente. Elles resurgissent alors inconsciemment et s'accrochent au présent. De ce fait les traces corporelles et réelles de l'accident deviennent aussi – sans qu'on le sache – des traces de ces violences du passé. Elles se chargent d'horreur.

Beaucoup de personnes, après un accident, développent ainsi à propos de leurs cicatrices une angoisse dont on entend bien qu'elle dépasse largement la réalité. Elles parlent d'elles comme de stigmates honteux, comme de véritables marques d'infamie, alors qu'en fait rien ne le justifie.

Que se passe-t-il dans le cas de séquelles graves ?

Quand un accident laisse des séquelles graves comme une paralysie par exemple, on sous-estime souvent ce qui se passe sur le plan psychologique. L'entourage de la personne accidentée ne se rend pas toujours compte que celle-ci doit faire un véritable deuil : le deuil de celui (ou de celle) qu'il (ou qu'elle) était auparavant. Ce deuil est à plusieurs niveaux :

– il faut d'abord faire le deuil de celui (ou de celle) que l'on était avant de savoir que des épreuves de ce genre existaient. Il y a par rapport à l'horreur une sorte de virginité et il n'est pas facile de la perdre car, une fois l'horreur vécue, le monde n'est plus le même ;

– il faut ensuite faire le deuil du corps que l'on avait avant l'accident, de la position debout par exemple ; le deuil de tout ce que l'on a vécu pendant toutes les années où l'on a pu tenir sur ses jambes, depuis l'époque des premiers pas qui est toujours une étape très importante dans la vie d'un humain ;

– il faut faire le deuil de l'image de soi que l'on voyait dans les yeux des autres et celui des projets que l'on avait faits, le deuil aussi d'un certain rapport à la sexualité…

Le deuil est un travail psychique long et douloureux qui nécessite de l'aide, car on risque une atteinte narcissique grave : le danger est en effet que l'on ne puisse plus aimer et estimer celui que l'on est devenu.

En quoi consiste cette atteinte narcissique ?

Si la personne accidentée n'est pas aidée dans son travail de deuil, elle risque de penser que n'étant plus celui (ou celle) qu'elle était auparavant elle n'est plus rien, qu'elle n'a plus de valeur : une femme pensera qu'elle ne peut plus séduire, un homme croira qu'il est définitivement atteint dans sa virilité…

L'issue du travail de deuil dépend évidemment de ce qu'était la personne avant l'accident et de la solidité de son narcissisme (avait-elle ou non une bonne image d'elle-même ?), mais elle dépend aussi pour beaucoup de l'attitude de l'entourage, qui aurait besoin, lui aussi, d'être aidé.

L'accueil des « soignants » lors des hospitalisations notamment est également d'une grande importance. Il n'est malheureusement pas toujours à la hauteur de la tâche, et beaucoup d'« accidentés » se plaignent d'avoir été dévalorisés, regrettent qu'on ne les ait pas aidés à « apprivoiser » leurs difficultés nouvelles, à les relativiser et, pourquoi pas, à les aimer.

Cela tient souvent à peu de chose : à la façon dont une infirmière donne le bassin à quelqu'un qui ne peut plus aller jusqu'aux toilettes et qui en a honte. Elle peut d'un mot ou d'un regard lui rendre sa dignité ou, au contraire, la lui ôter pour le reste de sa vie…

Les valides ont toujours par rapport à ceux qui souffrent un pouvoir exorbitant. Quiconque s'est retrouvé, un jour, dans un lit d'hôpital a pu en faire l'expérience.

Comment aider psychologiquement un « accidenté » à surmonter cette épreuve ?

– Il faudrait d'abord avoir le courage de dire la vérité aux « accidentés » à propos de leur état, de son évolution, de ce qui va rentrer dans l'ordre et de ce qu'ils ne pourront pas « récupérer ». Les bonnes paroles n'ont jamais rassuré que ceux qui les disent.

Si quelqu'un ne doit plus jamais marcher, il faut qu'il le sache et qu'il le sache vite, car il a une bataille à mener avec lui-même pour pouvoir supporter cette idée. Les faux espoirs sont autant d'occasions de perdre des forces.

– Une aide psychologique devrait être proposée systématiquement aux accidentés au lieu de se contenter de soigner le corps comme s'il n'était qu'une machine. Il ne s'agit pas pour eux de faire une psychanalyse. Il s'agit de les aider à mettre des mots sur ce qu'ils vivent et sur les évocations imaginaires et inconscientes que cela suscite chez eux (afin qu'elles ne fabriquent pas en permanence de l'angoisse), et de chercher avec eux de quelle façon ils vont pouvoir se reconstruire.

Il faudrait enfin travailler à changer le regard que la société porte sur le handicap car il entre pour une large part dans les difficultés psychologiques des accidentés.

Comment changer le regard que porte la société sur le handicap ?

Il faudrait que la société sorte de l'équation : « être différent c'est être moins bien ».

Il n'est pas possible de vivre une épreuve aussi importante qu'un accident grave et de la surmonter si l'on n'a pas développé en soi un potentiel que l'on n'avait pas auparavant. À l'issue de l'expérience on n'est donc en rien un être diminué : on est quelqu'un que la vie a obligé à se reconstruire autrement et, à ce titre, on a des choses à apprendre à ceux qui n'ont pas eu à mener ce type de combat. Il faut expliquer cela aux gens et se battre ; et il faut apprendre aux « handicapés » à se battre.

Les regards et les réflexions des passants, leur curiosité malsaine, leur condescendance ou leur commisération ne sont que le reflet de leur angoisse et de leur ignorance. Les « handicapés » n'ont pas à se laisser humilier par ces réactions. Il faut leur apprendre à répondre et parfois vertement. Un fauteuil roulant n'est ni une maladie honteuse ni une maladie contagieuse. Il faudrait que les bien-portants en prennent conscience : il n'est pas toujours inutile de les « secouer » un peu pour qu'ils y parviennent...

« Mon enfant ne mange pas »

Est-il fréquent que des enfants refusent de manger ?

Il n'est pas rare que des enfants refusent de manger et c'est en général pour eux et pour leurs parents la source d'une grande souffrance rarement prise en compte par les médecins quand la vie de l'enfant n'est pas en danger.

Quelles sont les causes de ces refus ?

Ces refus de s'alimenter peuvent avoir pour origine un trouble organique. Il est facile de le vérifier en s'adressant à son médecin de famille. C'est assez rare. Le plus souvent l'enfant exprime de cette façon quelque chose qu'il ne parvient pas à dire autrement :

– parce qu'il a peur en le disant de faire de la peine à ses parents, parce qu'on ne l'écoute pas suffisamment ;

– ou, s'il s'agit d'un bébé, parce que, ne maîtrisant pas encore le langage, il ne peut s'exprimer que par les cris ou les maladies (otites à répétition, maladies de peau, troubles respiratoires, troubles du sommeil et, bien sûr, difficultés en rapport avec la nourriture puisqu'elle constitue le lien premier et privilégié à la mère).

Un bébé a-t-il des choses à dire ?

Un bébé peut avoir des choses à dire dès les premières heures de sa vie, comme ces bébés qui refusent le sein ou le biberon dès les premières tétées. Il faut alors aider leur mère à décrypter ce qu'ils disent de cette façon, et c'est le travail des psychanalystes dans les maternités (quand il y en a…).

Mais il faut préciser d'emblée que les bébés ne parlent pas pour dire que leur mère est une mauvaise mère. Trop d'entre elles le croient, et cela peut avoir des conséquences désastreuses :

– parce qu'elles se sentent, à partir de là, incapables d'être mères, et ce sentiment perturbe la relation qu'elles ont avec leur bébé ;

– et surtout parce que, se croyant cause de tout, elles ne peuvent plus rien comprendre à ce qui se joue vraiment et passent à côté des vrais problèmes.

Qu'est-ce qu'un bébé peut avoir à dire ?

– Il peut parler de ce qu'il ressent autour de lui pour avoir des explications ou parce qu'il essaie, à sa façon, d'aider ses parents. On découvre ainsi parfois que le début des troubles du bébé a coïncidé avec la survenue d'un deuil ou d'un problème angoissant dans sa famille.

– Il peut parler de son histoire, de sa relation avec ses parents, de ce qu'il a vécu depuis sa naissance et même avant. Françoise Dolto disait toujours que si un bébé est malade, à trois mois de vie, il faut aussi chercher ce qui s'est passé au troisième mois de la grossesse.

– Il peut aussi parler de l'histoire de son père ou de celle de sa mère, de la façon dont eux-mêmes ont été élevés et nourris. En effet si les parents ont eu, enfants, des problèmes avec la nourriture ou si les repas ont été l'occasion de drames, ils vont placer entre eux et leur enfant le fantôme de ces drames. Ils ne le sauront pas parce que c'est inconscient mais le bébé lui le sentira.

– Un enfant peut aussi utiliser ce moyen pour mobiliser ses parents et les empêcher d'avoir une vie de couple parce qu'on ne lui a pas suffisamment expliqué que ses parents étaient aussi mari et femme, quelle était sa place à lui et… qu'il ne pouvait pas occuper toute la place et toutes les places.

Que faut-il faire pour aider un enfant qui refuse de s'alimenter ?

Si un enfant refuse de s'alimenter et si cela dure, il ne faut pas que les parents hésitent à aller voir un psychanalyste qui pourra faire avec eux un travail de recherche pour décoder ce que dit l'enfant. On pourra ainsi lui expliquer avec des mots que l'on a trouvé ce qu'il voulait exprimer et, se sentant compris, il n'aura plus besoin de ses symptômes pour se faire entendre.

Il faut faire ce travail sans trop attendre car un enfant repère assez rapidement l'angoisse qu'il provoque et il arrive souvent qu'il en joue, créant ainsi un second problème qui s'ajoute au premier et contribue à rendre la situation inextricable.

Peut-on donner des conseils d'ordre général aux mères à propos de la nourriture ?

Pour les bébés, la seule règle est de respecter leur appétit, qu'ils mangent s'ils ont faim et qu'ils ne mangent pas s'ils n'ont pas faim. Un bébé sait parfaitement lui-même ce dont il a besoin.

Pour les plus grands qu'ils mangent la quantité qu'ils veulent mais qu'ils partagent le même repas que le reste de la famille. Il n'y a pas à les punir s'ils ne veulent pas manger mais il n'y a pas non plus à s'ingénier à leur faire des menus spéciaux.

Par ailleurs, il faut se rappeler que, chez les humains, la nourriture n'a de sens qu'accompagnée de relations humaines : les biberons que l'on donne sans dire un mot à l'enfant et les repas de famille façon « soupe à la grimace » sont trop difficiles à avaler et à digérer... physiquement et psychiquement pour ne pas engendrer chez un « petit d'homme » (ou chez les plus grands) des problèmes douloureux.

« Comment j'ai appris à mon entourage ma séropositivité »

Pourquoi est-il si difficile d'annoncer à son entourage sa séropositivité ?

Il est toujours difficile d'annoncer à son entourage que l'on est séropositif et il ne s'agit pas seulement de difficultés d'ordre personnel. Annoncer sa séropositivité c'est, aujourd'hui encore, prendre le risque du rejet et de l'exclusion à cause de l'image du sida dans notre société.

Quelle est l'image du sida dans notre société ?

Contrairement à ce que l'on pourrait croire, il n'est pas sûr que l'image du sida soit réellement celle d'une maladie. À notre époque, en effet, les maladies peuvent encore susciter la peur si elles sont graves et si l'on ne sait pas les guérir, mais chacun sait néanmoins grâce au développement de la science que leur origine n'est ni magique ni divine. Elles restent du domaine du rationnel, et l'on a vis-à-vis des malades soit de l'indifférence soit de la compassion.

Il n'en va pas de même du sida car les séropositifs le disent – et c'est vrai – on les traite comme des coupables. Pourquoi ? On peut, pour tenter de trouver une réponse à cette question, évoquer les débuts de la maladie où l'on a cru avoir à faire à un type de cancer qui ne touchait que les homosexuels et où le sida a hérité de tout le rejet que suscite l'homosexualité.

Cette première période passée, on s'est rendu compte que le mal frappait aussi des toxicomanes et des hétérosexuels « à partenaires multiples ». De « maladie d'homosexuels » le sida est devenu « maladie de gens de mauvaise vie ». Sinistre itinéraire... Cette valse des étiquettes injurieuses n'est pas sans importance mais elle ne suffit pas à expliquer le statut particulier de cette maladie car l'on sait aujourd'hui que tout le monde peut attraper le sida sans que cette certitude ne change rien à l'imaginaire...

En fait, tout se passe comme si une maladie qui s'attrapait « par le sexe » était par définition une punition pour la sexualité. Dès lors, les vieux interdits de l'enfance se réveillant, chacun se sent coupable et donc potentiellement menacé et tente pour échapper à cette menace une partition du monde en deux : d'un côté une « bonne sexualité », « normale », sans péchés et... sans risque de sida, et de l'autre une « mauvaise sexualité », « anormale », et « à risques ».

Chacun espère ainsi, en son for intérieur, que seuls les mauvais seront punis, comme dans la Bible Sodome a été brûlée. Cette division – tout à fait absurde – du monde en deux camps a trois conséquences dramatiques :

– le rejet des soi-disant « mauvais » : les séropositifs ;

– le fait que les soi-disant « bons » ne se protègent pas puisque, dans leur logique, le sida n'atteint que les autres, les « mauvais »... ;

– une vision de la contagion si fantasmatique qu'elle résiste à toutes les explications scientifiques. On la croit, aujourd'hui encore, sans limites, semblable en cela au Mal lui-même : le diable, c'est bien connu, est susceptible d'entrer dans le corps par chacun de ses trous...

D'où vient cette vision du sida ?

Cette vision du sida est sous-tendue par des problèmes individuels, car la sexualité est toujours liée à une culpabilité inconsciente issue de l'enfance, mais elle a surtout des raisons collectives : les maladies sexuellement transmissibles ont été longtemps appelées des « maladies honteuses », et la syphilis a été considérée, bien avant le sida, comme une marque d'infamie au point que les manuels scolaires évitent de mentionner que Maupassant en était atteint. L'Église a d'ailleurs joué un grand rôle dans cette vision des choses puisqu'elle a interdit pendant des siècles la sexualité quand elle n'était pas expressément liée à la procréation. La situation avait un peu évolué cependant jusqu'à ce que le pape Jean-Paul II, dans un tragique retour à l'obscurantisme, en vienne à prêcher à nouveau l'abstinence et à condamner les préservatifs ce qui revient, ni plus ni moins, à envoyer des milliers de gens à la mort.

Que ressent-on lorsque l'on doit annoncer sa séropositivité ?

On ne peut annoncer sa séropositivité sans angoisse car cela revient à parler de sa sexualité, et ce n'est jamais chose aisée surtout si l'on est homosexuel. De plus chacun sait ce qu'il peut rencontrer dans le regard de l'autre : soit une image de lui-même qui risque de le déstabiliser au moment où il a besoin de toutes ses forces et de tout son narcissisme pour faire face à la maladie, soit de la peur, de la pitié ou de l'angoisse qui seront pour lui une charge supplémentaire.

Quels conseils donner aux séropositifs ?

Être séropositif c'est être en guerre contre la maladie et contre une société qui n'arrive pas à se conduire de façon civilisée. Or il est impossible de faire la guerre tout seul. Il faut donc rejoindre les autres, dans les associations par exemple, pour pouvoir, avec eux, parler et se battre contre la solitude, la honte, et la culpabilité. Il faudrait aussi que ceux qui ne sont pas séropositifs se sentent concernés par ce problème – car il les concerne – et travaillent à inventer des solutions qui aident à changer les mentalités, à rendre au sida le statut d'une maladie comme les autres et à donner aux malades le droit de vivre dans la dignité.

« Avoir un petit dernier »

Pourquoi désire-t-on avoir un petit dernier ?

Ce sont souvent, dans le couple, les femmes qui souhaitent avoir un « petit dernier » et chacune le veut pour des raisons qui lui sont propres, mais on retrouve fréquemment à l'origine de ce désir deux sortes de motivations :

– Certaines femmes souhaitent avoir un autre enfant parce qu'elles viennent de refaire leur vie avec un homme et veulent tout recommencer avec lui, y compris l'aventure de la maternité.

– D'autres aspirent à être mères une dernière fois avant que ce ne soit plus possible physiologiquement. Leurs motivations sont liées dans ce cas à la façon dont elles vivent la perspective de la ménopause, cette étape si particulière et parfois si difficile de la vie des femmes.

Pourquoi la ménopause est-elle difficile à vivre ?

La ménopause est difficile à vivre pour les femmes parce qu'elle implique un état physique particulier qui n'est pas toujours agréable (même si aujourd'hui la médecine offre des moyens d'y remédier) et qui s'accompagne de beaucoup d'angoisses. Il fait, en effet, partie des mille et un moments de sa vie où une femme peut avoir l'impression que son corps lui échappe parce que, en fonction des modifications hormonales, il peut comme elles le disent : « gonfler », « dégonfler » ou se déformer.

Ce sont des mésaventures que les hommes ne connaissent pas et qui sont d'autant plus perturbantes pour celles qui les subissent qu'elles les renvoient souvent inconsciemment aux malaises qui ont accompagné leurs premières règles.

Il existe de plus tout un imaginaire à propos de la ménopause qui se transmet de mère en fille, d'une génération à l'autre.

En quoi consiste-t-il ?

Dans la réalité, l'âge de la ménopause est, pour toutes les femmes – qu'elles s'en rendent compte ou non –, celui d'un deuil à faire, et ce deuil est double puisqu'il est à la fois :

– le deuil de l'enfant : c'est-à-dire de l'être qui, survivant à ses géniteurs, peut leur permettre de retrouver, comme un paradis perdu, quelque chose de leur propre enfance ou, au contraire, de la réparer quand elle n'a pas été satisfaisante ;

– et le deuil de la maternité : à partir de la ménopause, une femme sait qu'elle ne pourra plus jamais être enceinte, porter un enfant en elle, le mettre au monde et le materner.

Une partie de sa vie s'arrête ce jour-là, celle qui lui permettait par le biais de l'enfant potentiellement réalisable de conjuguer un futur toujours possible.

Ce double deuil, comme tous les deuils, s'accompagne de fantasmes.

Quels sont ces fantasmes ?

Au moment de la ménopause, une femme perd dans la réalité la possibilité d'être mère mais elle perd aussi tout ce qui était lié pour elle, imaginairement, à la capacité d'enfanter.

Pour certaines femmes par exemple, la maternité est inconsciemment une forme de puissance, voire de toute-puissance, à laquelle elles ne peuvent renoncer. Pour d'autres elle est liée à la féminité. Elles estiment que, ne pouvant plus être mères, elles ne pourront plus être des femmes ou en tout cas des femmes désirables.

Pour toutes la ménopause est un rappel à l'ordre. Il vient signifier à celles qui auraient eu tendance à l'oublier, que le temps passe. C'est particulièrement douloureux pour les femmes qui ont vu leur mère ou les femmes de leur famille vieillir mal.

Il est facile de comprendre que des femmes confrontées à cette perspective essaient d'en reculer l'échéance en essayant, une dernière fois, d'avoir un enfant : « Encore un instant, monsieur le bourreau… »

En quoi le dernier enfant est-il différent ?

Il y a, certainement, une spécificité du dernier enfant. Les femmes l'attendent souvent beaucoup plus comme une personne particulière, unique. Elles ont parfois le sentiment d'avoir fait auparavant « des enfants », comme elles disent, parce que cela leur semblait normal, qu'elles le souhaitaient et qu'elles étaient comme embarquées dans le mouvement de la vie.

Pour cet enfant-là, elles s'arrêtent, réfléchissent, décident. Il est un peu comme un luxe qu'elles s'offrent. Elles le désirent autrement.

De plus, elles ont souvent moins de problèmes à régler avec leurs autres enfants qui ont grandi, et elles sont mieux installées matériellement.

Peut-être aussi le vivent-elles différemment parce que dans la vie on réalise d'autant mieux le prix des choses que l'on risque d'en être dépossédé…

Quels conseils donner aux parents à propos de ces petits derniers ?

Ce que l'on peut conseiller, c'est de ne pas en faire, précisément, des petits derniers ; de ne pas trop les gâter, de ne pas trop les couver, de ne pas les infantiliser.

Le risque est que, sentant le problème de leurs parents, ils se fassent un devoir de ne pas grandir pour les protéger du temps qui passe. Il faut donc les aider à avoir une vie sociale, à rencontrer d'autres enfants et d'autres adultes et ne pas renoncer soi-même à la vie pour qu'ils puissent sans culpabilité bâtir leur avenir.

Par ailleurs, si l'âge de leurs parents leur pose des problèmes il faut en discuter avec eux. Certaines situations sont douloureuses pour les enfants mais elles ne sont jamais traumatisantes si on parvient à en parler avec eux.

« Expliquer à ses enfants comment on fait l'amour »

Les parents sont-ils en mesure d'apprendre facilement à leurs enfants comment on fait l'amour ?

Parler aux enfants de la sexualité est souvent très angoissant pour les parents d'autant que certains ont l'impression de devoir leur faire un cours. Or il ne s'agit pas de cela : on n'enseigne pas l'amour à un enfant comme on lui apprend les tables de multiplication. Il comprend ce qu'est l'amour à partir des exemples de vie que lui donnent les adultes, et le but de l'opération n'est pas seulement qu'il connaisse l'anatomie. Il faut qu'il comprenne de quel sexe il est. Ce que cela implique comme avenir et qu'il en soit fier. De plus il est fondamental qu'il sache qu'il aura à découvrir plus tard, quand il sera grand, cette chose mystérieuse que les adultes éprouvent dans leur cœur et dans leur corps et qu'ils appellent l'amour.

Quels sont les principes à respecter ?

– Le premier consiste à parler et jamais à montrer. Un enfant n'apprend pas la différence des sexes en voyant ses parents nus. Au contraire c'est pour lui une source d'angoisses (même s'il ne le montre pas toujours) parce qu'il vit cette situation comme une volonté de le séduire.

– Il s'agit ensuite de donner à l'enfant des informations. Il n'est pas question de l'initier au plaisir sexuel. On n'a donc pas à lui expliquer ce qu'est un baiser ou en quoi consiste la masturbation. Il le découvrira tout seul le moment venu. En outre, il faut veiller à ne pas induire chez lui des émotions sexuelles (c'est très facile !), et donc éviter les propos érotiques et, cela va sans dire, les films et la littérature pornographique.

– Le troisième principe est de ne pas se lancer dans un cours magistral mais d'instaurer un échange avec l'enfant.

Il est indispensable qu'il reste actif dans la recherche de la vérité avec son imagination et son rythme à lui. Il y a pour cela un moyen : lui demander à chacune de ses questions ce qu'il sait déjà ou ce qu'il imagine et, à partir de là, le faire avancer vers la vérité. Autrement dit, il vaut mieux s'abstenir de se jeter sur la première question qu'il pose pour lui expliquer « tout » d'un seul coup en se disant : « Ouf ! ça y est ! c'est fait ! »

Que faut-il expliquer et à quel âge ?

L'âge auquel il est bon de commencer est l'âge où l'enfant pose la première question. En général, aux alentours de deux ans l'enfant pose des questions de façon indirecte : les petits garçons par exemple soulèvent les jupes des filles parce qu'ils s'interrogent sur ce qu'il y a dessous. Vers deux ans et demi ou trois ans, les questions se font plus directes. Elles portent clairement sur la différence des sexes et il est temps de l'expliquer simplement mais en employant les vrais mots (pénis, testicules, etc.). Viennent ensuite les questions sur le ventre des femmes enceintes que les enfants rencontrent. Il est important alors de préciser qu'il y a dans le ventre des femmes une poche pour les bébés et de dire que cette poche ne fait pas partie du même circuit que celui des intestins. Tout est, en effet, confondu pour les enfants, et ils croient très souvent que l'enfant est mis au monde comme un « caca ».

L'étape suivante couvre le grand débat qui agite les cours de récréation et la question cauchemar pour la majorité des parents : « Comment le bébé est-il venu dans le ventre ? » Il est impératif à ce moment-là que l'enfant comprenne qu'il est besoin d'un père pour faire un enfant, car les enfants croient, en général, que les femmes font les enfants toutes seules. Il faut raconter l'ovule, le spermatozoïde et leur rencontre lors de l'acte sexuel. De plus, deux choses sont à expliquer le plus tôt possible :

– que l'acte sexuel est interdit avec les parents et avec les frères et les sœurs et qu'il en va de même des jeux sexuels. (Ils sont fréquents entre frères et sœurs et sont perturbants et invalidants.) ;

– que l'acte sexuel est interdit entre enfants et adultes.

Il faut d'ailleurs profiter de ces discussions pour apprendre à l'enfant qu'il existe des pédophiles, c'est-à-dire des grandes personnes qui ne connaissent pas cet interdit ou qui font semblant de ne pas le connaître et qui sont restées « dans leur tête et dans leur corps » comme des enfants : ils (ou elles) cherchent des enfants pour jouer avec eux (ou elles) à des jeux sexuels. Il convient d'expliquer à l'enfant que la perspective de ces jeux peut lui paraître intéressante et qu'il peut avoir envie de les suivre, mais qu'il ne faut pas le faire parce que ces grandes personnes sont dangereuses. On peut lui parler d'événements choisis dans l'actualité et lui apprendre comment se défendre, demander de l'aide, etc.

Enfin, à partir de sept ou huit ans, il est important que les mères répondent aux questions des filles, et les pères à celles des garçons, et l'on ne répétera jamais assez à quel point il est important que les pères parlent à leurs fils des érections et des pollutions nocturnes qui sont pour beaucoup de garçons source d'angoisses importantes.

« Les gauchers contrariés »

Pourquoi est-on gaucher ou droitier ?

En général on définit les gauchers comme des gens qui utilisent la main gauche pour des actions que les autres effectuent avec la main droite. La réalité est en fait plus complexe car on peut être aussi :

– gaucher du pied : on va spontanément frapper dans un ballon avec le pied gauche ;

– gaucher de l'oreille ou de l'œil : on placera spontanément une longue vue sur l'œil gauche.

Être droitier ou gaucher dépend d'une organisation neurologique. Notre cerveau – d'où partent les commandes – est, en effet, composé de deux hémisphères avec des circuits de commande croisés : l'hémisphère gauche commande le côté droit du corps et l'hémisphère droit le côté gauche. Chez chacun de nous, l'un des hémisphères est plus « fort » que l'autre : on sera donc droitier si l'hémisphère gauche est le plus fort et gaucher si c'est le droit qui domine.

On a cru longtemps que la gaucherie était héréditaire mais cette idée est contestée car les vrais jumeaux ne sont pas forcément latéralisés de la même façon.

Pourquoi a-t-on si souvent « contrarié » les gauchers ?

On a longtemps « contrarié » les gauchers pour plusieurs raisons :

– Pour des raisons historiques : on croyait, il y a encore peu, que l'hémisphère gauche du cerveau était le plus important pour les fonctions mentales et on en voulait pour preuve le grand nombre de droitiers.

D'autre part, au XIXe siècle, un médecin – Broca – avait constaté que des lésions cérébrales à gauche entraînaient une perte de la parole et on en avait déduit que le centre du langage se trouvait dans l'hémisphère gauche.

On s'appliquait donc à faire travailler cet hémisphère. Ces hypothèses ont été depuis remises en cause et on pense aujourd'hui que les deux hémisphères sont complémentaires.

– Pour une raison d'ordre social : notre monde n'est pas adapté aux gauchers. La majorité des outils, par exemple, sont conçus pour les droitiers. De nombreux parents ont donc « contrarié » leurs enfants gauchers en pensant leur éviter des difficultés.

– Pour des raisons, aussi, plus subtiles, qui tiennent au fait que la notion d'éducation a beaucoup servi à justifier que l'on s'autorise à modeler un enfant à sa guise – fût-ce au prix de la violence – au lieu de l'accepter tel qu'il est et de le respecter. Certains enfants gauchers ont été ainsi littéralement maltraités par leurs parents et leurs enseignants, tous arguant que c'était « pour leur bien ».

Quels risques y a-t-il à « contrarier » un gaucher ?

Contrarier un gaucher peut avoir sur lui des conséquences physiques et des conséquences psychologiques :

– les conséquences physiques sont la maladresse, des troubles de tous les apprentissages et des problèmes de vue si l'œil dominant de l'enfant gaucher est le gauche ;

– les conséquences psychologiques les plus fréquentes sont des troubles du comportement, le bégaiement et une grande angoisse facile à comprendre puisque empêcher un enfant d'être gaucher revient à lui dire que tel qu'il est, avec le corps qu'il a, il ne convient pas. Ce comportement est d'une violence extrême car l'enfant ne peut changer ni son corps ni son fonctionnement. Cela ne peut donc que le dévaloriser et le culpabiliser, et lui donner la peur des adultes puisqu'ils se mettent en position d'être des juges tout-puissants face auxquels il est sans recours.

Cette terreur explique sans nul doute l'apparition du bégaiement dont souffrent beaucoup de gauchers contrariés et qui est souvent lié à la peur qu'ils ont des autres.

Que conseiller aux parents d'enfants gauchers ?

On peut conseiller aux parents d'enfants gauchers de respecter ce que la nature a fait. Au début de leur vie les enfants se servent souvent des deux mains et l'on se rend compte ensuite peu à peu que l'une des mains domine. Il faut les laisser faire. Ce qui n'empêche pas de leur apprendre les conventions. Dans notre culture, par exemple, on écrit de gauche à droite et cela vaut pour tous, gauchers ou droitiers. On peut à la fois respecter un enfant dans sa singularité et lui apprendre à se conformer aux règles qui sont les mêmes pour tous.

Pour en savoir plus :

Le livre d'une psychanalyste qui a beaucoup dénoncé la violence dans l'éducation : Alice Miller, *C'est pour ton bien. Racines de la violence dans l'éducation des enfants*, Paris, Aubier-Montaigne, 1984.

« Je n'ai pas d'amis »

Est-il important pour son propre équilibre psychique d'avoir des amis ?

Avoir des amis est indispensable pour l'équilibre psychique dès le plus jeune âge, et les problèmes que rencontre un enfant dans ce domaine devraient alerter ses parents au moins autant que les difficultés scolaires. Un enfant qui n'a pas d'amis à l'extérieur de sa famille (à l'école, au centre aéré, dans son quartier...) est, en effet, un enfant qui ne va pas bien, même si, à la maison, tout à l'air de se passer pour le mieux.

Qu'est-ce qui empêche un enfant d'avoir des amis ?

Les raisons ne sont pas les mêmes selon qu'il s'agit d'un enfant ou d'un adolescent. Chez un enfant, l'isolement a différentes causes :

– Il peut être dû à un mauvais apprentissage de la vie sociale imputable :

• à l'isolement : un enfant a besoin, dès le berceau, de rencontrer d'autres enfants et a besoin aussi que ses parents rencontrent d'autres adultes ;

• à des premières expériences difficiles, par exemple à la crèche ou à la garderie. Un enfant perd très vite ses repères lorsqu'il est au milieu des autres. Il aurait besoin que, dans un premier temps, ses parents soient présents et l'aident à « se récupérer » lorsqu'il est désorienté par sa rencontre avec ses alter ego (qui le font tomber, qui lui prennent ses jouets...). Leur présence serait nécessaire pour qu'il puisse se retrouver, s'assurer qu'il est bien toujours le même. C'est cette constatation qui avait amené, d'ailleurs, Françoise Dolto à créer les « maisons vertes », ces lieux où les enfants peuvent faire leurs premiers pas dans la vie sociale en présence de leurs parents. Elle concevait ces maisons comme un sas entre la vie familiale et la vie sociale.

– L'isolement peut venir aussi de la place qu'occupe l'enfant dans sa famille. À l'extérieur, en effet, il va essayer d'avoir la même et cela peut lui jouer des tours :

• si, chez lui, il est le centre du monde ;

• s'il a tous les droits ;

• si on le traite en adulte ;

• si, faute de rapports suffisants avec son père, il est resté le bébé de sa mère. Chaque fois qu'un enfant a chez lui une place qui ne correspond pas à celle que devrait occuper un enfant de son âge il est en décalage, « en panne » par rapport à l'extérieur.

– L'isolement est parfois le signe que certaines choses ont été mal expliquées à l'enfant. Pour qu'un enfant puisse investir la vie sociale il lui faut, en effet, avoir intégré l'idée que « grandir » signifie quitter peu à peu ses parents, mais aussi que ses parents approuvent son projet, qu'ils l'y encouragent et qu'ils ne seront jamais fâchés s'il aime d'autres gens qu'eux.

– L'isolement peut venir de difficultés liées à l'histoire de l'enfant. Lorsqu'un enfant a vécu des « abandons » qui ne lui ont jamais été expliqués (des changements de nourrice, par exemple) il risque de se sentir dévalorisé et de penser que, s'il avait été plus intéressant, l'adulte ne l'aurait pas quitté. On retrouve ce sentiment chez de nombreux enfants adoptés, mais aussi chez d'autres (qui ne le sont pas) à la suite d'un divorce – quand les choses n'ont pas été suffisamment clarifiées – et même après la mort de l'un des parents, car l'enfant pense que le parent parti ou mort l'a « laissé tomber ». S'il a vécu des situations de cet ordre, un enfant peut craindre de s'attacher à nouveau à quelqu'un car il sait la souffrance que l'on éprouve lorsque celui que l'on aime n'est plus là…

Les adolescents rencontrent-ils des difficultés particulières ?

L'isolement chez les adolescents peut trouver sa source dans des problèmes survenus durant les premières années et qui n'ont pas été réglés en leur temps, car l'adolescence est le moment où l'on reprend toutes les cartes de l'enfance pour les rejouer autrement. Mais il y a aussi des problèmes spécifiques à cette période. L'adolescence est un moment difficile à vivre. Les adolescents doivent affronter les transformations de leur corps, l'éveil de la sexualité et un malaise général par rapport au monde extérieur. Les autres en effet deviennent inquiétants parce que l'adolescent éprouve à leur contact des désirs qu'il n'arrive pas à comprendre, qui l'angoissent et le culpabilisent. Il a peur que les autres ne répondent pas à ces désirs, et même qu'ils le jugent mal et le rejettent. Cela l'amène parfois à s'isoler, à « rentrer à la maison », pensant que s'il exclut les autres il se débarrassera du même coup du problème. Ce n'est pas le cas. Les désirs inquiétants persistent, prennent pour objets (inconsciemment) les membres de la famille (les frères, les sœurs, les parents) et ces liens incestueux ne font que renforcer l'angoisse. La sortie vers l'extérieur devient de ce fait encore plus difficile et un cercle vicieux infernal se met en place. D'autant que certains parents ne font pas toujours ce qu'il faut pour aider l'adolescent à le briser. Au contraire. Il arrive qu'ils le maintiennent dans son isolement parce qu'ils sont inconsciemment jaloux de sa jeunesse, de ses succès éventuels ou parce qu'ils veulent absolument garder à la maison un enfant qui est leur seule raison de vivre ou la justification du couple qu'ils forment avec leur conjoint.

Comment aider les adolescents ?

Il faut parler avec eux et surtout les aider à retrouver très vite le chemin de l'extérieur. Sinon ils vont perdre le « code » des gens de leur âge : les modes en matière de vêtements, de langage, de musique et se retrouver « largués » comme ils disent, ce qui rendra leur situation encore plus difficile. Il est utile qu'un adulte leur « parle vrai » :

– qu'il témoigne de ce que lui-même a vécu à leur âge et de la façon dont il s'en est sorti : c'est d'autant plus important que les adolescents croient toujours qu'ils sont les seuls à vivre ce qu'ils vivent et que leurs difficultés sont dues à la stupidité qu'ils s'attribuent ;

– qu'il les aide à dénouer les malentendus et ils ne manquent pas. Une fille qu'un garçon n'invite pas, par exemple, n'imaginera jamais que le garçon a peur lui aussi. Elle pensera toujours qu'il ne veut pas d'elle parce qu'elle ne lui plaît pas, se confortant ainsi dans l'idée qu'elle n'est pas séduisante.

Il faut également expliquer aux adolescents, lorsqu'ils sont un peu rassurés, que la vie ne va pas sans risques. Il arrive en effet que l'on soit rejeté par celui ou celle que l'on aime, que l'on aime sans être aimé. Nul n'est à l'abri d'une telle déconvenue. Faut-il pour autant renoncer à l'aventure ? Une vieille chanson française, *Le Temps des cerises*, le dit fort bien : « Quand vous en serez au temps des cerises, si vous avez peur des chagrins d'amour, évitez les belles… » Au jeu de l'amour comme à tous les autres jeux, si l'on veut essayer de gagner il faut accepter de risquer sa mise et de pouvoir la perdre. C'est la règle… On en souffre toujours mais, contrairement à ce que l'on croit, il est bien rare que l'on en meure…

Pour en savoir plus :
Françoise Dolto, *Solitude*, Paris, Gallimard, 1994.

« Les menteurs »

Comment définir le mensonge ?

Si l'on en croit le dictionnaire – le Littré – le mensonge est « un discours contraire à la vérité tenu avec l'intention de tromper ». Autrement dit, mentir c'est dire quelque chose qui est faux, en sachant que c'est faux et avec l'intention délibérée de tromper son interlocuteur. Si l'on retient cette définition on est obligé de considérer que nombre de déclarations qui passent pour des mensonges n'en sont pas. Beaucoup de gens par exemple affirment des choses erronées mais les disent en toute bonne foi. D'autres tiennent des propos qui ne sont pas tout à fait vrais mais n'ont pas pour autant l'intention de tromper. Ils se contentent d'enjoliver la réalité, de fabuler, semblables en cela au poète quand, comme Paul Eluard, il affirme que « la terre est bleue comme une orange ». Ce que dit Paul Eluard n'est pas « vrai » mais il ne viendrait à l'idée de personne de dire que c'est un mensonge car de cet énoncé « pas vrai », il fait un « vrai » poème.

Comment définir la vérité ?

On ne peut pas parler de vérité sans définir le champ dans lequel on se situe :

– Dans le domaine des sciences exactes le problème est assez simple : tout ce qui est prouvé par l'expérience et que l'on peut reproduire est vrai.

– S'agissant des individus la question est plus complexe : on distingue en effet ce qui est vrai « pour de vrai », comme disent les enfants, et ce qui est vrai « dans la tête ». À cet égard, l'exemple de la culture est probant : les livres et les films par exemple racontent des histoires « pas vraies » et sont néanmoins de vraies œuvres. Il en va de même des mythes et des croyances : le Père Noël n'est pas vrai « pour de vrai » mais il est vrai « dans la tête », puisque l'on y croit. Enfin, la notion d'« histoire personnelle » oblige chacun d'entre nous à faire une différence entre la façon dont les événements de notre vie se sont « objectivement » déroulés et la façon dont « subjectivement » nous les avons vécus : la mort d'un grand-père par exemple sera ressentie différemment par chacun de ses petits-enfants. On se trouve donc face à deux sortes de « vrai » qui ne sont pas forcément juxtaposables, et le psychanalyste Jacques Lacan qui l'avait bien compris ne manquait pas d'affirmer que « l'histoire n'est pas le passé ». C'est d'ailleurs parce qu'il existe cet écart inévitable entre les événements réels et la façon dont on les vit qu'un psychanalyste croit « sur parole » ce qui lui est dit. Il ne demande jamais de preuves et à juste titre, car quand bien même le patient mentirait délibérément, ce mensonge, à son insu, dirait une vérité.

– Le mensonge en effet dit toujours une vérité et le film de François Truffaut *Les Quatre Cents Coups* nous en donne un bel exemple. Le petit garçon qui en est le héros est renvoyé du lycée parce qu'il a menti : pour justifier un devoir qu'il n'avait pas fait il a prétendu que sa mère était morte, ce qui était faux. Pour le directeur du lycée le mensonge est évident. Pour le spectateur, au contraire, il est relatif car pour avoir vu certaines scènes du film, il a saisi que ce petit garçon n'a pas de mère (au sens valorisé du terme). Il sait que la femme qui a mis au monde cet enfant et qui occupe pour lui la place de la mère n'est pas du tout maternelle avec lui et le laisse à l'abandon.

– Enfin, la vérité du désir ne correspond pas toujours, elle non plus, au « vrai pour de vrai ». Un travesti par exemple n'est pas « pour de vrai » une femme mais il a, sans aucun doute, en lui un vrai désir d'en être une.

– La notion de vérité est donc une notion difficile à cerner et certains ne manquent pas de s'autoriser de cette complexité pour jouer à l'infini à cache-cache avec le vrai. Jean Cocteau qui était un grand spécialiste de ce jeu disait, faisant mine de jeter un dernier masque : « Comprenne qui pourra, je suis un mensonge qui dit toujours la vérité. »

Pour quelles raisons ment-on ?

Les raisons pour lesquelles on ment sont tout aussi complexes. Certains sans doute mentent parce qu'ils éprouvent une jouissance à le faire mais le plus souvent, on ment parce que l'on y est obligé et l'on en souffre.

On peut mentir :

– parce que l'on se sent insuffisant et que l'on a peur de décevoir ;

– parce que l'on a besoin de se déculpabiliser ;

– parce que l'on est enfermé dans le carcan de contraintes trop rigides : si l'on interdit tout à un enfant, par exemple, et s'il veut continuer à avoir une vie qui ressemble à celle de ses amis de son âge, il est obligé de mentir ;

– certains enfants mentent parce qu'ils fuient dans l'imaginaire. D'autres parce qu'ils mettent et remettent en scène un mensonge dans lequel on les fait vivre. C'est le cas d'enfants à qui l'on a caché des informations essentielles qui les concernent : la mort d'un proche, le fait qu'ils sont adoptés, etc. ;

– de plus contrairement à ce que laisse croire l'idéologie du « petit doigt de maman qui sait tout » ou du « nez de Pinocchio qui s'allonge », mentir n'est pas toujours une mauvaise chose. Pour un enfant qui a peur des adultes, mentir peut être (à condition qu'il n'en reste pas là) un début d'autonomie, la preuve qu'il se donne enfin le droit d'avoir des secrets, qu'il se permet de ruser avec l'ogre…

Enfin il ne faut pas oublier non plus que nous apprenons tous à nos enfants, en les éduquant, le mensonge « par omission » ou, en tout cas, que la vérité n'est pas toujours bonne à dire. Que faisons-nous d'autre en effet lorsque nous sermonnons un enfant parce qu'il s'est mis à clamer, dans le bureau de poste : « Maman ! Maman ! regarde la dame comme elle est moche ! », alors que nous ne pouvons nier, si nous sommes à peu près sincères, que la remarque est parfois pertinente…

Que faire face à un enfant qui ment ?

Il faut aider un enfant qui ment à comprendre pourquoi il le fait, et ce n'est pas aisé. Il faut en effet éviter de se transformer en grand inquisiteur qui réclame des aveux et, en même temps, il n'est pas question de cautionner le mensonge en ayant l'air de l'ignorer ou de l'accepter. L'attitude la plus juste consiste sans doute à relever le mensonge et à le faire remarquer à l'enfant sans le condamner pour autant. On peut lui dire : « Je crois que tu ne dis pas la vérité », et essayer de comprendre avec lui pourquoi : a-t-il peur de dire la vérité ? trouve-t-il sa version plus propre à séduire l'interlocuteur ? est-il en train de raconter ce qu'il aimerait que les choses soient en refusant ce qu'elles sont vraiment ? Autrement dit nous raconte-t-il ses rêves pour qu'ils deviennent un peu plus vrais ? Si un enfant fabule systématiquement, on peut aussi lui proposer de dessiner ce qu'il imagine. Cela évite de le laisser dans le vide, en proie à son imaginaire, et cela peut aussi – qui sait ? – faire naître chez lui une vocation de créateur.

« Les chouchous »

Qu'est-ce qu'un chouchou ?

Un chouchou c'est… un enfant qui n'a vraiment pas de chance ! Certes ses frères et ses sœurs le jalousent parce qu'il a plus de droits, plus de cadeaux et bénéficie de plus d'attention qu'eux, mais ces prérogatives n'ont rien d'enviable car, contrairement aux apparences, elles ne sont pas le fait d'un véritable amour. On peut dire en effet de parents qu'ils aiment « vraiment » leur enfant, lorsqu'ils le prennent au sérieux, travaillent à découvrir ce qu'il pense et ce qu'il veut et l'aident à réussir la vie qu'il a choisie. Cela ne peut pas se faire à coups de câlins et de cadeaux mais implique au contraire que l'on apprenne à l'enfant les limites, qu'on lui donne le sens des responsabilités, qu'on lui enseigne que rien dans la vie ne peut se faire sans qu'il y ait un prix à payer. Ce sont des choses difficiles à apprendre pour un enfant, elles ne lui procurent pas du plaisir tous les jours mais constituent la seule arme que l'on puisse lui donner pour la vie. Accorder à un enfant tous les droits, le couvrir de présents comme si l'on avait une baguette magique, ne lui imposer aucun devoir, ce n'est pas l'aimer pour lui comme un enfant humain, c'est l'aimer comme l'on aimerait, pour soi, un animal domestique et c'est le faire vivre dans une prison dorée dont il aura le plus grand mal à sortir parce qu'elle est confortable.

Pourquoi les parents choisissent-ils un chouchou ?

S'ils acceptaient de reconnaître leurs préférences – ce qui est rare – les parents parviendraient sans doute à les justifier de mille et une façons. Ce faisant ils n'expliqueraient rien car pour comprendre le phénomène, il faut aller au-delà des apparences. En fait un chouchou n'est jamais aimé pour lui, là est la duperie. Il est toujours aimé parce qu'il représente, inconsciemment, pour les parents quelque chose ou quelqu'un d'autre.

– Un enfant peut être utilisé inconsciemment par ses parents comme un faire-valoir pour leur narcissisme et leur permettre ainsi de rivaliser avec les autres parents.

– Il peut servir (toujours inconsciemment) à répéter une relation ancienne, fusionnelle, que les parents ont vécue avec un père, une mère, un frère ou une sœur.

– L'un des parents peut « faire couple » avec un enfant pour échapper à son conjoint et à la sexualité ou pour vivre avec cet enfant une relation inconsciemment homosexuelle.

– Une mère peut s'attacher au « petit dernier » parce qu'elle sait qu'elle n'aura pas d'autres enfants après lui, etc.

Dans tous les cas il s'agit beaucoup plus d'une relation pathologique que d'une relation d'amour, et il ne faut jamais oublier le rôle de l'autre parent qui assiste à tout cela et laisse faire : les problèmes dont souffrent les enfants sont toujours attribuables aux deux parents, quelles que soient les apparences, et le parent le plus ouvertement passif n'est pas toujours le moins responsable, tant s'en faut.

Est-ce que cette position de chouchou a des conséquences sur le développement psychologique de l'enfant ?

Être – ou avoir été – chouchou est lourd à porter :

– L'enfant chouchou a souvent beaucoup de difficultés à se débrouiller parce qu'il est surprotégé. De plus, on attente, en général, à sa dignité : il n'est pas rare qu'on l'affuble par exemple de noms d'oiseaux divers et cela ne peut que le rendre ridicule même si l'on invoque, pour le faire, l'amour qu'on lui porte.

– La position du chouchou n'est pas en outre sans rapport avec celle du favori du roi : le chouchou voit l'adulte user, tel un monarque tout-puissant, de son pouvoir discrétionnaire pour combler les uns et frustrer les autres au mépris de toute justice. Il fait donc l'expérience de l'arbitraire et du pouvoir absolu et s'il veut, dans un tel système, garder sa place de favori, il doit faire ce qu'il faut pour continuer à plaire… C'est-à-dire, dans la plupart des cas, sacrifier son désir à lui.

– La position de chouchou isole l'enfant des autres : il ne peut rivaliser avec ses frères et sœurs, ce qui est souvent un facteur d'émulation – parce qu'il est « hors concours », et en général il se coupe des relations avec les autres enfants, soit parce qu'il se sent comblé par sa relation avec l'adulte et estime qu'elle lui suffit, soit parce qu'il essaie d'obtenir des autres enfants les mêmes privilèges que ceux dont il jouit à la maison alors que, bien entendu, les autres s'y refusent.

– Enfin, la position de chouchou retarde l'enfant dans son développement affectif, car construire sa vie implique que l'on puisse se détacher de ses parents. Pour pouvoir le faire sans culpabilité, il faut être sûr qu'ils ont une vie et des attachements ailleurs. Or le chouchou est pris au piège puisqu'il est « tout » pour l'adulte.

Quels conseils donner aux chouchous et à leurs frères et sœurs ?

– Les frères et sœurs du chouchou devraient essayer de comprendre qu'il est plutôt à plaindre et, au lieu de l'envier, l'aider à sortir de la place – agréable mais mortifère – que les parents lui assignent.

– Aux chouchous on peut conseiller de se demander pourquoi leurs trop gentils parents font ce qu'ils font… et de relire le bon Jean de la Fontaine et la morale de sa fable *Le Corbeau et le Renard* : « Apprenez que tout flatteur vit aux dépens de celui qui l'écoute. »

« J'ai encore fait pipi au lit »

À quel âge un enfant devient-il en principe propre ?

L'âge auquel les enfants deviennent propres varie de l'un à l'autre. La propreté de jour est en général acquise par les filles un peu avant deux ans et elle est un peu plus tardive chez les garçons. La propreté de nuit survient en général, si tout va bien, quelques mois après la propreté de jour. En fait tout le monde s'accorde pour dire que, jusqu'à trois ans, il n'y a pas lieu de s'inquiéter. Néanmoins, l'acharnement que mettent certains parents à vouloir que leur enfant soit propre avant cet âge complique souvent beaucoup les choses et une mise au point s'impose à cet égard.

Un enfant est « propre » quand, de lui-même, il est capable volontairement de « se retenir ». Pour réussir, il ne lui suffit pas de l'avoir décidé dans sa tête, il faut encore que cela soit physiologiquement possible pour lui. L'acte d'uriner dépend de muscles que l'on appelle les sphincters. Pour « se retenir » il faut resserrer ces muscles et cet effort n'est possible que si des terminaisons nerveuses le permettent. Or elles ne se développent chez l'enfant qu'entre (à peu près) deux et trois ans, car le « petit d'homme » naît en état de prématurité, et à sa naissance son système nerveux n'est pas terminé. Aucun enfant ne peut donc être « propre » avant l'âge de deux ou trois ans.

Comment savoir si un enfant est physiologiquement capable de « se retenir » ?

C'est assez simple car la partie du système nerveux qui commande les sphincters est la même que celle qui permet la motricité fine des jambes. Tant qu'un enfant n'est pas capable de monter sans problèmes un escalier de quelques marches et, surtout, de le descendre sans aide (car c'est plus difficile) il est dans l'impossibilité physiologique de contrôler ses sphincters. Sa vessie se vide mécaniquement quand elle est pleine et sa volonté n'a aucune prise sur cet acte. De ce fait lorsque des mères annoncent fièrement que leur enfant est « propre » à dix mois, elles se trompent. Il ne peut pas l'être. Elles l'ont simplement, sans le savoir, conditionné à se vider mécaniquement lorsqu'elles le demandent et il faut savoir que ce type de conditionnement n'est jamais sans conséquences psychologiques sur un enfant, car il équivaut à un dressage et donc, en tant que tel, à un apprentissage de la passivité. On constate d'ailleurs que certains enfants qui ont été élevés de la sorte passent parfois – lorsqu'ils sont en psychothérapie – par une phase transitoire où ils cessent pour un temps d'être propres. C'est pour eux une façon de revenir au temps d'avant la demande des parents et de pouvoir se réapproprier – cette fois en leur nom – la propreté : ils cessent d'être propres « sur commande » et le redeviennent parce qu'ils l'ont décidé eux-mêmes. Dans notre jargon de psychanalystes, nous disons qu'ils quittent une position d'objets passivés pour retrouver une position de « sujets ».

Que doivent faire les parents s'ils se rendent compte qu'ils ont, sans le vouloir, « dressé » leurs enfants ?

Dans la vie d'un enfant rien n'est dramatique ni irréversible si on lui en parle. Si l'on s'aperçoit qu'on l'a « dressé » à la propreté il faut le lui dire et lui expliquer que l'on ne savait pas que cela lui compliquerait la vie. Ensuite, il faut être attentif aux moments où il peut se montrer passif et en discuter avec lui. On pourra même, au bout d'un certain temps, en sourire et lui dire que ce n'est pas parce qu'on l'a obligé à être propre trop tôt qu'il doit rester les bras ballants à attendre que l'on décide tout pour lui. Qu'il se secoue ! L'humour permet de dénouer des situations complexes et peut, en l'occurrence, éviter que l'enfant utilise ses difficultés passées comme un alibi pour excuser par avance son manque d'efforts. Les enfants ne sont pas innocents et savent très bien « titiller » la culpabilité des adultes pour s'en servir. Les laisser agir de la sorte serait leur rendre un très mauvais service.

Pour quelles raisons certains enfants tardent-ils à devenir propres ?

Des causes médicales expliquent certains retards : des problèmes neurologiques, des malformations ou des infections. Il est facile de le vérifier en s'adressant au médecin de famille mais ces cas sont rares. Le plus souvent les causes de l'énurésie nocturne sont psychologiques : l'enfant l'utilise pour exprimer une souffrance qu'il n'arrive pas à faire entendre autrement :

– Il peut par exemple manifester de cette façon une envie de « rester bébé » parce qu'il n'est pas suffisamment stimulé, encouragé à l'autonomie et s'imagine de ce fait que l'on ne souhaite pas qu'il grandisse. C'est notamment le cas d'enfants que leurs pères n'aident pas suffisamment à « sortir des jupes de leur mère ».

– D'autres enfants cessent d'être propres – alors qu'ils l'étaient – à l'occasion de la naissance d'un frère ou d'une sœur parce qu'ils pensent que les bébés sont plus intéressants pour les parents que les « grands ».

– Il peut s'agir aussi d'un climat général qui fait que grandir est dangereux :

- soit parce que les parents ne le supportent pas ;
- soit parce que, l'interdit de l'inceste n'étant pas clairement posé, la position de « bébé » est la seule défense possible contre un inceste que l'enfant ressent comme possible.

– Les enfants posent souvent par ce symptôme une question sur la sexualité : qu'est-ce qu'un sexe ? à quoi sert-il ? seulement à « faire pipi » ou aussi à autre chose ?

C'est pourquoi nombreux sont les petits garçons qui deviennent propres lorsqu'on leur apprend le rôle du sexe masculin dans la sexualité et la procréation.

Peut-on, à propos d'énurésie nocturne, noter des différences entre les garçons et les filles ?

– Chez certaines petites filles ce symptôme traduit une demande, celle qu'on leur explique leur anatomie parce qu'elles ne connaissent pas le rôle des différents orifices de leur corps et confondent le vagin, l'anus et le méat urinaire.

– D'autres petites filles s'en servent comme un moyen de questionner leur identité : pourquoi ne sont-elles pas des garçons ? pourquoi n'ont-elles pas le même sexe ? pourquoi n'est-il pas apparent ?

– Chez d'autres encore l'énurésie est une protection inconsciente contre l'inceste. Tout se passe comme si l'enfant imaginait que, son lit étant mouillé, l'adulte qu'elle suppose séducteur en éprouvera du dégoût et ne s'approchera pas d'elle.

– Les garçons ont également du mal à trouver des repères : d'abord parce que c'est le même organe qui leur sert à « faire pipi » et à la sexualité, et à cause d'une particularité de leur développement dont Françoise Dolto a souligné l'importance : jusqu'à vingt-sept ou trente mois les petits garçons urinent en érection. Après trente mois, ils ne peuvent plus le faire mais ils continuent à avoir des érections et, de ce fait, touchent leur sexe. Les adultes présents interprètent souvent ce geste de façon erronée, croient qu'ils veulent « faire pipi » et les encouragent à le faire. Comme il ne s'agit plus de cela les enfants ne s'y retrouvent pas. Si l'on ajoute que, par ailleurs, on leur interdit très souvent la masturbation, on comprend qu'ils fassent marche arrière et trouvent plus rassurant le temps où leur sexe était celui d'un bébé… qui faisait pipi la nuit !

Comment aider les enfants à devenir « propres » ?

– Il ne faut jamais utiliser la contrainte. Un enfant devient propre tout seul le jour où il a envie de « faire comme les grands », et on peut l'aider à avoir cette envie en le faisant participer à tout ce qui se passe dans la maison : on peut lui faire découvrir les objets dont on se sert, lui parler de leur fonctionnement, encourager sa curiosité. Lorsqu'on le sent suffisamment éveillé, on peut lui montrer le pot et lui expliquer son utilité. Mais il est important de placer ce pot dans les W.-C. parce que « aller aux W.-C. » c'est faire « comme les grands » et, surtout, parce que obliger un enfant à faire ses besoins en public (au milieu de la salle à manger, dans la cuisine, dans le couloir...) revient à lui manquer de respect. Aucun adulte ne supporterait qu'on le traite de cette façon.

– Si un enfant fait « pipi au lit », il ne faut ni l'humilier ni le gronder, il convient de l'aider. Il peut être très utile qu'il prenne lui-même en charge son linge et ses draps, mais il faut surtout l'aider à comprendre les causes de son problème et aller consulter si l'on n'y arrive pas. L'énurésie est en effet une cause de grande souffrance pour les enfants. Elle leur interdit beaucoup d'activités que pratiquent les autres enfants de leur âge : aller en colonie, dormir chez un copain..., et surtout elle leur donne d'eux-mêmes une image dévalorisée et honteuse.

« Élevé par ses grands-parents »

Un enfant peut-il se développer normalement s'il est élevé par ses grands-parents ?

C'est une question très complexe dans la mesure où les parents sont irremplaçables pour un enfant mais s'ils sont morts, s'ils sont partis, ou si, plus simplement, ils sont dans l'incapacité de s'occuper de lui, un enfant peut être élevé par d'autres sans dommages à condition de respecter un certain nombre de principes.

La séparation d'avec les parents doit être clairement expliquée à l'enfant, quel que soit son âge, et il faut lui en dire les vraies raisons même si elles sont cruelles.

Il faut aussi lui expliquer qui sont ces grands-parents qui vont le garder : leur place dans la lignée paternelle ou maternelle et leur rôle par rapport aux parents absents : « Ta grand-mère maternelle va te garder. C'est elle qui a porté ta maman dans son ventre. » Les termes « grand-père » et « grand-mère » restent en effet abstraits pour un enfant si on ne lui en explique pas la signification.

La place des parents doit rester clairement marquée même s'ils ne sont pas là, et l'enfant doit être assuré que personne ne prétendra les remplacer.

L'image de ses parents ne doit jamais être attaquée quoi qu'ils aient fait. Il ne s'agit pas de cacher à l'enfant la vérité. Au contraire. Il doit être informé de tout ce qui s'est passé, même si ses parents sont partis, même s'ils sont en prison… Mais il n'y a pas à les juger. Il faut laisser l'enfant se construire en lui, avec les informations qu'on lui a données, une image de père et de mère dont il a besoin pour grandir. En fait, les grands-parents qui élèvent leurs petits-enfants ont une tâche très difficile : ils doivent avoir un rôle éducatif parental sans pour autant se prendre pour les parents de l'enfant et ils doivent en même temps rester des grands-parents. C'est indispensable :

– pour que l'enfant puisse situer chacun à sa vraie place et, donc, se situer lui-même ;

– et parce que des grands-parents ont un rôle très important auprès d'un enfant. Ils sont ceux qui peuvent raconter le passé, l'histoire de la famille et l'enfance des parents. C'est un apport essentiel, car les enfants ont du mal à imaginer qu'il y a eu une vie avant eux, que leurs parents ont été petits, que leurs grands-parents ont été jeunes. Il faut pourtant qu'ils arrivent à le comprendre s'ils veulent pouvoir se situer dans le temps et appréhender la succession des générations.

Les enfants élevés par leurs grands-parents rencontrent-ils des problèmes particuliers ?

Ils peuvent avoir les mêmes problèmes qu'avec des parents : des problèmes de limites et d'autonomie par exemple. Mais le fait que leurs parents ne soient pas là risque de les amener en outre à les dévaloriser et à se dévaloriser eux-mêmes. De plus, des problèmes spécifiques naissent parfois du fait de l'âge des grands-parents. Le choc des générations est multiplié, les différences de conceptions en matière de morale, d'esthétique ou d'éducation sont encore plus grandes et l'enfant y sera confronté dans tous les domaines de sa vie : les vêtements, les sorties, les amis… D'autre part à l'adolescence il peut être difficile pour des adolescents de s'identifier à des gens qui ont, du fait de leur âge, une activité sexuelle déclinante.

Les plus graves problèmes cependant surgissent lorsque les grands-parents sont en rivalité avec les parents. Ces rivalités sont parfois le fait des grands-parents qui veulent supplanter les parents dans le cœur de l'enfant mais ils peuvent venir aussi des parents si ceux-ci se montrent jaloux de l'attachement qu'éprouve l'enfant pour d'autres qu'eux. Pris dans ce type de conflits il arrive que l'enfant se sente coupable parce qu'il pense que l'on se dispute à cause de lui ou, au contraire, qu'il joue à attiser les rivalités. Françoise Dolto, évoquant ce genre de situations, disait souvent que les enfants aiment bien tirer sur les cloches pour savoir comment elles vont sonner…

Quels conseils donner pour que tout se passe au mieux ?

– Le premier conseil est l'évaluation par les parents et les grands-parents de leurs relations avant de décider de la garde de l'enfant. Si chacun peut rester à sa place et respecter celle de l'autre, l'expérience est possible. Dans le cas contraire, il vaut mieux que l'enfant soit gardé par une famille nourricière. Il bénéficiera ainsi d'un lieu neutre et grandira à l'abri des conflits.

– Les grands-parents doivent être conscients des difficultés de leur tâche. Il leur faudra en effet beaucoup de générosité pour accepter de donner à l'enfant, sans, cependant, tout recevoir de lui : ils ne sont pas ses parents et c'est en référence à ses parents que l'enfant doit se construire. S'identifier à ses grands-parents serait dangereux pour lui : si « grandir » signifie passer de l'enfance et l'adolescence à l'état de personne âgée, la vie est impossible… On rencontre ainsi parfois des jeunes femmes qui, élevées par une grand-mère à laquelle elles se sont identifiées, ne parviennent pas à avoir d'enfants, comme si l'identification inconsciente à une femme ménopausée les empêchait de devenir fécondes.

Il est important aussi que les grands-parents parlent à l'enfant de ses parents. Il saura ainsi qu'il a le droit de parler d'eux et que ses grands-parents comprennent qu'il souffre de leur absence. Un enfant, en effet, souffre toujours de ne pas avoir ses parents avec lui, même s'il aime de tout son cœur ceux qui l'élèvent. Quand il ne parle pas de cette souffrance ou quand il la nie, c'est toujours pour ne pas blesser ceux qui l'entourent et il arrive même que cela l'amène à oublier consciemment sa douleur. Elle reste néanmoins présente dans l'inconscient et il la retrouve s'il fait une analyse.

– Dans l'éducation, les grands-parents doivent essayer autant que faire se peut de « se mettre à la page », et éviter de surprotéger l'enfant. Il a besoin comme tous les autres enfants d'autonomie et de limites, mais il lui est en outre nécessaire qu'on l'empêche d'utiliser sa situation comme un alibi : on n'aide pas un enfant qui souffre en l'autorisant à prendre prétexte de son malheur pour ne pas faire ce qu'il a à faire. On l'aide en faisant en sorte qu'il soit encore plus « armé » que les autres face à la vie car il a un handicap à surmonter. À ce titre, des grands-parents « gâteaux » ne sont guère structurants pour leurs petits-enfants et peuvent hypothéquer gravement leur avenir.

– Il est bon aussi que l'enfant soit comme tous les autres encouragé à avoir des amis, des « copains », une vie sociale avec les camarades de son âge et des activités avec eux. Il faut qu'il sache qu'il peut partir, aller en colonie… C'est parfois difficile pour ce genre d'enfants car ils ont aussi peur d'être abandonnés que d'abandonner. « Si je laisse papi et mamie qui sont âgés, est-ce qu'ils ne vont pas s'ennuyer, eux qui font tant de choses pour moi ? » À cet égard, il est bon que les grands-parents aient une vie sociale et qu'ils fréquentent des gens qui ont l'âge des parents de l'enfant : ils pourront être pour lui des modèles auxquels s'identifier.

– Enfin, il conviendrait que les grands-parents soient payés pour la garde de l'enfant car même s'ils le font par amour il s'agit d'un travail qui, comme tous les autres, mérite salaire.

Ce paiement est important :

– pour les grands-parents : car il est pour eux un repère, la preuve qu'ils font un travail, et un point d'appui dans l'effort incessant qu'ils ont à faire pour ne pas se prendre pour les parents de l'enfant ;

– pour les parents, responsabilisés de la sorte, au lieu de se retrouver dépendants de « papa et maman » et donc, infantilisés et en situation de dette ;

– et pour l'enfant que ses parents assument, au moins financièrement…

Il est important pour un enfant que ses parents paient pour lui ce qu'ils ont à payer. C'est le moyen de savoir qu'il « compte » pour eux, même s'ils ne sont pas là et même s'il ne les voit pas. On retrouve cette même problématique dans les divorces à propos des pensions alimentaires.

« J'ai mal vécu mon avortement »

Est-il possible qu'un avortement se passe bien ?

Un avortement se déroule plus ou moins difficilement mais il se passe rarement « bien ». Il est toujours pour une femme une épreuve très difficile puisqu'il touche à la fois à la vie, au sexe et à la mort, c'est-à-dire à ce qu'il y a de plus essentiel pour un être humain. Une femme qui avorte vit un drame, et elle le vit toujours dans la solitude même si elle est très entourée. Ce type de souffrance en effet ne se partage pas : même si l'on aime les autres et même si les autres nous aiment, il existe des événements face auxquels on est irrémédiablement seuls.

Le drame de la femme qui avorte est à la fois conscient et inconscient :

– Elle ressent d'abord consciemment un sentiment d'échec et d'impuissance par rapport à sa grossesse et à cet enfant qu'elle ne peut pas garder. Elle remet aussi très souvent en cause ses relations avec son partenaire car, même si la décision de ne pas mener la grossesse à terme est prise à deux, c'est dans son corps à elle que la vie s'arrête et elle risque d'en éprouver du ressentiment voire de la rancune vis-à-vis de celui qui a conçu l'enfant avec elle.

– De plus, l'avortement réveille toujours une culpabilité inconsciente due aux interdits posés dans l'enfance à propos de la sexualité : il peut par exemple être vécu comme une punition pour le plaisir pris dans les relations sexuelles.

La femme arrive donc toujours au moment de l'avortement avec une mauvaise image d'elle-même et dans un grand état de détresse. L'acte qu'elle subit, même s'il est devenu courant, est très lourd à supporter : il représente comme tout acte chirurgical une intrusion à l'intérieur du corps ; cette intrusion a lieu, de surcroît, à un endroit du corps qui n'est pas anodin puisqu'il s'agit du sexe ; de plus – et les gynécologues le savent – nombre de femmes ignorent tout de leur anatomie pour plusieurs raisons :

• parce que dans l'enfance le sexe est toujours plus ou moins le lieu qu'il ne faut pas toucher et dont il ne faut rien savoir ;

• et parce que, à l'adolescence, elles n'ont pu être instruites du fonctionnement de leur corps par leur mère, soit parce qu'elle était elle-même dans l'ignorance, soit parce qu'elle ne pouvait pas ou ne voulait pas transmettre le savoir qu'elle avait. Cette ignorance aggrave certainement pour beaucoup de femmes le mal-être et la douleur physique. Quand on se trouve dans l'incapacité de se représenter clairement l'intervention que l'on va subir, il arrive que le corps la refuse et manifeste son refus par un excès de souffrance.

Quel est le rôle du personnel médical ?

Le rôle du personnel médical est fondamental et, trop souvent encore, les femmes qui avortent sont traitées d'une façon qui n'est pas humaine par des gens dont on se demande s'ils font bien la différence entre un morceau de viande et une personne qui souffre.

– Il faudrait que le personnel médical se rende compte qu'une femme qui avorte est un être majeur qui a pris une décision qui lui coûte toujours. Elle n'a aucun besoin qu'on lui fasse la leçon ou la morale mais elle a en revanche droit au respect parce que sa démarche prouve qu'elle est suffisamment consciente de ce qu'est un enfant pour ne pas le faire naître dans n'importe quelles conditions.

– Il faudrait d'autre part que les médecins prennent conscience qu'ils représentent pour leurs patients beaucoup plus qu'eux-mêmes. Ils sont des sortes de représentants qualifiés du monde extérieur supposés pouvoir dire, au nom de ce monde en général, ce qui est bien et ce qui ne l'est pas. Dès lors le patient qu'ils rejettent s'imagine que le monde entier le condamne, qu'il est aux yeux de tous coupable et que sa vie ne vaut rien. Ce sentiment risque d'avoir sur lui des conséquences psychologiques que l'on ne soupçonne pas.

Comment faire pour que les avortements se déroulent mieux ?

Il faudrait que les femmes soient accueillies avant l'avortement, qu'elles soient accompagnées pendant et qu'on ne les abandonne pas ensuite.

– Les accueillir avant l'avortement implique :

• qu'on leur permette de mettre des mots sur ce qu'elles vivent ;

• qu'on leur explique le fonctionnement de leur corps et l'acte qu'elles vont subir en essayant de repérer – quand c'est le cas – sur quoi bute leur compréhension (sachant qu'il s'agit dans la majorité des cas de blocages psychologiques) ;

• que l'on décide avec elles la façon dont l'avortement va se passer : souhaitent-elles ou non une anesthésie générale, désirent-elles la présence de leur conjoint ?

– Les accompagner pendant l'avortement signifie qu'un membre du personnel soit disponible pour rester près d'elles, pour leur « tenir la main » et pour leur parler. Dans un moment aussi intense et aussi angoissant les femmes ont besoin à la fois d'une écoute, de paroles qui soient un repère et d'une présence physique – que l'on pourrait dire maternante – qui les aide à continuer à se sentir elles-mêmes et à retrouver leurs limites bouleversées par la violence de l'acte chirurgical qu'elles subissent et par ses implications psychologiques.

– Un suivi après l'avortement devrait leur permettre de parler de ce qui s'est passé et de la façon dont elles l'ont vécu. Ce serait essentiel car un avortement ne s'arrête pas à la sortie de la clinique, c'est même à ce moment-là qu'il commence, car la femme doit faire le deuil de sa grossesse et de son enfant. Ce deuil est inévitable et si important que bien des femmes qui avortent alors qu'elles sont en analyse constatent que, à la date où elles auraient dû accoucher, surviennent des rêves ou des sentiments dépressifs. Ce suivi est rarement organisé, et on peut le déplorer car il éviterait sans doute aux femmes beaucoup des souffrances consécutives à certains avortements : dépressions, problèmes sexuels ou stérilités temporaires dont la cause est probablement à chercher dans la culpabilité inconsciente qui n'a pas pu être « parlée » au moment où elle aurait dû l'être.

« Les rapports mère-fils »

Quel est le rôle d'une mère auprès d'un garçon ?

Il existe dans notre culture une image de mère dont l'influence est sans doute plus importante qu'on ne pourrait le croire : c'est celle de la Vierge Marie de la religion catholique[1]. Le personnage n'est pas anodin puisqu'il s'agit d'une femme qui conçoit seule (en tout cas sans aucune intervention terrestre) un enfant-dieu et qui, par ailleurs, partage sa vie avec un homme – Joseph – qui ne la touche pas et semble admirer cette relation mère-enfant dans laquelle il n'intervient pas.

Le récit de la naissance et de l'enfance du Christ a sans nul doute un sens pour les croyants mais, sorti du contexte de la foi, il offre de la famille une image problématique que, d'ailleurs, beaucoup d'enfants qui vont au catéchisme interrogent quand ils sont en psychothérapie.

---

1. Françoise Dolto l'évoque dans un article inédit de 1967 : « Genèse du sentiment maternel ».

Pour un psychanalyste le rôle de la mère est tout autre. Pour que tout se passe bien pour un enfant, garçon ou fille, il faut en effet :

– qu'il ne soit pas l'objet de sa mère mais qu'elle ne soit pas non plus à son service, qu'elle n'en fasse pas son « Dieu » ;

– qu'elle ne renonce pas à sa vie de femme ;

– qu'elle donne une place au père en tant qu'amant pour elle et géniteur pour l'enfant.

Quel rôle jouent les séparations dans la relation mère-enfant ?

La relation mère-enfant est faite d'une succession de séparations, qui ne sont supportées par l'enfant que si elles sont bien vécues par la mère. On peut ainsi citer, après la naissance, le sevrage, la marche, l'entrée à la garderie puis à l'école… que beaucoup d'enfants refusent parce qu'ils sentent que leur mère souffre de les voir s'éloigner d'elle.

S'il fallait donner une définition de l'amour maternel on pourrait dire qu'il n'est structurant pour l'enfant que si la mère fait en sorte de n'avoir jamais de relation exclusive avec lui et si elle réussit à accepter de perdre chaque jour un peu de son importance pour qu'il puisse s'intéresser à tous les autres et au monde.

Comment situer le rôle de la mère par rapport à celui du père ?

Il y a d'abord trois choses essentielles à dire :

– une mère ne peut pas remplacer un père ;

– un père absent peut être présent pour un enfant si la mère parle de lui ;

– la relation mère-enfant doit toujours être « articulée » au père : c'est autant à la mère de lui faire une place qu'au père de prendre cette place.

Pour le garçon cette articulation est fondamentale car le père est, pour lui, le support de son narcissisme, c'est-à-dire de sa fierté d'être un garçon.

Le rôle d'une mère pour un garçon est donc aussi – et avant tout – de lui « donner » un père, de faire en sorte qu'il en ait un. C'est souvent très difficile pour les femmes seules ou pour celles qui ont mal vécu leur vie de couple avec le géniteur de l'enfant. Il faut cependant qu'elles comprennent qu'elles peuvent ne plus vouloir d'un homme comme mari ou comme amant, mais que l'enfant en a besoin comme père même s'il n'est plus leur compagnon. Quels que soient les qualités et les défauts de cet homme, l'enfant trouvera toujours en lui de quoi se fabriquer dans sa tête une image de père qui l'aidera à grandir.

Les mères sont parfois surprises de découvrir que leur enfant admire tel ou tel trait de caractère de leur géniteur alors qu'elles ne veulent plus, quant à elles, entendre parler de lui.

« Il ne travaille pas, il traîne avec ses copains, il boit », dit la mère… « Il est fort, mon papa, il a des copains rigolos et il fait bien de la moto », répond l'enfant qui se sent valorisé d'avoir un père qu'il trouve « si bien ».

Cela n'est évidemment possible que si la mère garde ses griefs pour elle (ou les partage avec ses amis) et ne porte pas atteinte à l'image que l'enfant a de son père tant qu'il se conduit avec l'enfant comme il le doit. Il faut en effet préciser qu'une mère n'a pas à supporter qu'un père fasse n'importe quoi avec un enfant sous prétexte qu'il est son père. Elle doit au contraire le refuser, en parler à l'enfant, et lui expliquer ce qui, dans l'histoire de son père, explique qu'il se conduise de cette façon.

Un enfant sent très tôt la place que sa mère donne à son père. Il le perçoit même au ton qu'elle emploie pour lui parler, qui peut être chargé de tendresse et de désir ou lourd de mépris et de reproches.

Quand l'enfant est plus grand, il est important que la mère le renvoie à son père pour tout ce qui concerne sa vie de garçon : la sexualité, les bagarres, les relations avec les filles. Il faut qu'il comprenne que sa mère ne peut pas l'aider par rapport à tout cela parce que, n'étant pas un homme et n'ayant aucune expérience des difficultés qu'ils rencontrent elle n'est pas en mesure de répondre à ses questions, que seuls peuvent le faire des hommes : des membres de la famille ou des amis si le père n'est pas là.

Qu'appelle-t-on le complexe d'Œdipe ?

Le complexe d'Œdipe est, pour un garçon, une étape de son développement psychique.

Il commence par une phase que l'on appelle « préœdipienne ». À ce stade le petit garçon découvre qu'il a un pénis et il en est à la fois satisfait et inquiet, parce que, ayant découvert le corps des filles, il craint qu'on ne le lui enlève comme il croit qu'on le leur a retiré.

Il a donc besoin qu'on lui explique la différence des sexes, le destin de chacun d'eux et le rôle des hommes dans la procréation. Beaucoup de symptômes comme le « pipi au lit » chez les petits garçons s'expliquent par des questions qu'ils n'osent pas poser à ce propos.

Si le petit garçon reçoit des explications suffisantes il va s'ancrer dans la certitude et la fierté d'être un garçon. Mais il arrive alors parfois qu'il devienne très opposant avec sa mère parce que, alors qu'il la croyait toute puissante, il a appris qu'elle n'avait pas de pénis.

Il est important à ce moment-là que le père intervienne pour faire respecter la mère, en expliquant qu'elle est sa femme et que c'est en son nom à lui qu'elle fait respecter les interdits lorsqu'il n'est pas là. On évite ainsi que le petit garçon s'installe dans une opposition « caractérielle » à sa mère ou s'aliène à elle en la croyant toute puissante et en pensant que c'est elle qui fait, seule, la loi.

L'œdipe proprement dit peut alors commencer et l'on entend par œdipe toute la phase de sa vie durant laquelle le projet du petit garçon va être d'épouser sa mère et de lui faire un enfant. Cette perspective est un moteur pour grandir mais elle est très angoissante car elle implique de supprimer le père.

Le petit garçon pourra sortir de cette impasse si ses parents lui expliquent l'interdit de l'inceste et s'ils lui précisent bien qu'il est universel et que eux-mêmes y sont soumis.

La résolution du complexe d'Œdipe consiste en l'acceptation par l'enfant de cet interdit de l'inceste. Cette résolution n'est possible que si ses parents ont une attitude chaste, s'ils ne s'enlisent pas avec lui dans des partages de lit et des « câlins » ambigus, ce qui implique, évidemment, qu'ils aient une vie sexuelle satisfaisante, sinon l'enfant tiendra lieu, inévitablement, de compensation.

Pour en savoir plus :

Françoise Dolto, « Tu as eu un père de naissance », in *Lorsque l'enfant paraît*, t. II, Paris, Le Seuil, 1978.

« Je hais les vacances »

Est-il en soi pathologique de ne pas aimer les vacances ?

À vrai dire, non. Mais affirmer qu'on ne les aime pas est difficile car on prend le risque d'être regardé bizarrement par ceux qui passent l'année à les attendre et qui, tels des enfants à qui l'on avouerait que l'on n'aime pas les bonbons, n'arrivent pas à comprendre que l'on n'en veuille pas.

Les vacances sont en effet dans notre société une institution importante et beaucoup de gens ne supportent pas qu'on les mette en cause :

– parce qu'elles gardent pour certains d'entre eux un nostalgique parfum d'enfance et de fin des classes ;

– parce qu'elles sont de plus en plus un luxe réservé à des privilégiés : il peut donc sembler choquant de les refuser alors que l'on pourrait en bénéficier ;

– parce qu'elles sont à la fois une conquête récente – les congés payés datent de 1936 et sont l'œuvre du Front populaire – et une conquête que l'on sent menacée ;

– et surtout parce qu'elles sont le symbole d'un monde dans lequel on arrête le travail… parce que l'on a du travail, ce qui est loin d'être le cas pour tout le monde aujourd'hui.

Les vacances restent donc une période sacrée et sacralisée de l'année… ce qui n'empêche pas qu'elles soient angoissantes pour certains.

Pourquoi les vacances sont-elles source d'angoisse ?

Elles peuvent l'être pour cause… de souvenirs d'enfance :

– de séparations d'avec les parents mal vécues parce que mal préparées : souvenirs de colonies où l'on s'est retrouvé subitement sans eux et sans le mode d'emploi d'une vie en communauté ;

– des souvenirs aussi de vacances avec eux car, contrairement à ce que dit la chanson, les enfants ne s'ennuient pas seulement le dimanche… il arrive aussi qu'ils s'ennuient douloureusement en vacances.

Les vacances en effet ont ceci de commun avec Noël et les anniversaires qu'elles sont, pour un enfant, le moyen de mesurer l'amour (ou le non-amour) qu'on lui porte. Un enfant saura à coup sûr, à cette occasion, s'il compte pour ses parents, à quel point il compte et s'ils se soucient de lui car il le mesurera à l'aune de ce que ses parents auront organisé à son intention.

Certains parents ne prévoient rien pour leurs enfants, rien d'autre en tout cas que de les traîner derrière eux, comme eux-mêmes sans doute ont été traînés, en leur temps, par leurs parents. Le manque d'argent sert souvent d'alibi à cette vacuité morose dans laquelle on les fait vivre alors que – sauf cas de grande précarité – il n'est pas en cause. Trouver du plaisir à être ensemble, inventer des choses à faire et des moyens d'être heureux ne demande pas forcément de lourds investissements financiers, et d'ailleurs bien des enfants de familles aisées seraient prêts à témoigner de l'ennui doré dans lequel ils évoluent.

Doré ou non, le souvenir de cet ennui-là ne s'efface jamais.

Hormis les souvenirs d'enfance, quelles sont les autres raisons de ne pas aimer les vacances ?

Les vacances peuvent être angoissantes par ce qu'elles impliquent de « réjouissances obligatoires » : si l'on n'est pas au diapason, si l'on n'a ni envie ni raison de se réjouir, cette période de l'année peut être insupportable. On retrouve des sentiments du même ordre chez beaucoup de gens au moment des fêtes de Noël.

Mais la principale cause d'angoisse réside sans doute dans la peur du vide, inscrit d'ailleurs dans le mot « vacances » puisqu'il vient du latin *vacuus* qui signifie « vide » et permet, employé au singulier, de parler de la vacance d'un poste. Ce vide que certains redoutent est double : il est à la fois dehors (à l'extérieur de soi) et en soi.

– Dehors : car la vie tourne au ralenti, les magasins sont fermés et les amis partis. Or l'activité du monde extérieur avec ses rituels et ses bruits est pour chacun de nous un élément de sécurisation important, un rempart contre l'angoisse qui se lézarde chaque année aux alentours du 1er août. Jean Cocteau disait des dimanches qu'il les haïssait car il y avait un désordre triste dans l'air.

Beaucoup de gens ressentent de cette façon l'atmosphère de leur ville au moment des vacances.

– Le vide est aussi en soi car on perd ses repères habituels : ses obligations, ses horaires, ses collègues de travail, tout ce qui peut permettre à quelqu'un – qu'il le sache consciemment ou non – de se retrouver, d'être sûr qu'il est bien lui-même ou peut, en tout cas, l'assurer de son identité sociale. On se retrouve face à soi-même et face aux autres sans la médiation protectrice du travail, on quitte les rails rassurants des obligations sociales et parfois on vacille.

Pourquoi est-ce difficile de vivre sans ses repères habituels ?

Le langage courant le dit : « Partir, c'est mourir un peu. » Pour réussir à quitter sans trop d'angoisse son environnement familier il faut :

– être sûr de le retrouver ;

– faire clairement la différence entre le monde extérieur et soi ;

– bénéficier d'une sécurité intérieure suffisante pour être assuré que l'on reste le même si tout change autour de soi.

Parfois cette sécurité intérieure fait défaut car elle se construit dès les tout premiers mois de la vie et implique la présence d'un père et d'une mère qui rassurent leur bébé en mettant des mots sur ce qu'il vit – les sensations agréables ou désagréables qu'il éprouve dans son corps – et sur ce qui l'entoure : les lieux, les objets, les gens.

Il faut aussi que les parents parlent à l'enfant – aussi petit soit-il – des changements qui surviennent. Un bébé qui change de chambre ou qui arrive, après un déménagement, dans une nouvelle maison a besoin qu'on le lui explique et qu'on lui fasse faire le tour des nouveaux locaux en les lui décrivant.

Enfin l'enfant a besoin, pour être en sécurité, de pouvoir se fier à ses parents. Il faut donc qu'il sache qu'ils ne lui mentiront jamais et à ce titre il est particulièrement important que la vérité lui soit dite à propos des séparations, des moments où l'on se quitte et de ceux où l'on va se retrouver.

Si l'on n'a pas eu tout cela – et souvent on ne l'a pas eu –, on garde, enfoui au plus profond de soi, un bébé qui a toujours peur. Il nous empêche – même si nous sommes devenus « grands » – de quitter facilement nos lieux de vie habituels. Faute de sécurité intérieure, en effet, nous avons besoin pour nous retrouver de la présence rassurante de nos objets familiers et du point d'appui de nos habitudes.

« Les complexes »

Que signifie l'expression « avoir des complexes » ?

Cette expression ne signifie pas grand-chose car le mot « complexe » est utilisé là de façon impropre.

La notion de complexe a été popularisée par Freud pour désigner des choses précises comme l'œdipe ou la castration, c'est-à-dire un ensemble de pensées inconscientes qui ont une influence sur la personne et dont l'origine se situe dans l'enfance.

« Avoir des complexes » est devenu aujourd'hui dans le langage courant synonyme de « avoir des problèmes psychologiques à propos de quelque chose ». C'est un mot un peu dangereux comme le sont tous les mots fourre-tout, surtout quand ils véhiculent peu ou prou l'idée d'une maladie constituée. Il n'y a rien à gagner à ce type de dénominations génériques qui figent les choses et contribuent à en obscurcir le sens.

Qu'est-ce qu'un complexe ?

Si l'on cherche à comprendre ce qui se cache derrière l'idée d'« avoir un complexe », il faut dans un premier temps distinguer l'apparence de la réalité.

En apparence, on se plaint d'une partie de soi que l'on n'aime pas. À cause d'elle, on ne s'aime pas, on ne se sent pas attirant pour les autres. L'objet du complexe peut être général (on peut, par exemple, souffrir de son niveau social), mais il peut aussi s'attacher à un élément plus particulier : un défaut physique, par exemple (ou ce que l'on estime tel). Dans tous les cas on attribue le malaise au problème incriminé, on est persuadé que c'est à cause de lui que l'on ne s'aime pas. Or c'est tout à fait l'inverse. Ce n'est pas en effet à cause de ce défaut que l'on ne s'aime pas. C'est parce que l'on ne s'aime pas que le défaut prend une telle importance. On souffre d'un problème de narcissisme : on ne parvient pas à s'aimer et le défaut physique (ou autre) focalise un malaise général, il joue le rôle de bouc émissaire.

Le malentendu vient en général de loin et s'est souvent trouvé renforcé dans diverses circonstances : un enfant, par exemple, qui subit à l'école des moqueries à propos de telle ou telle de ses particularités physiques s'imagine le plus souvent qu'elles sont la cause de son malheur. Or il n'en est rien. Les enfants ne se moquent pas d'un autre à cause de l'importance du défaut qu'ils invoquent. Ils s'en prennent à ce défaut parce qu'ils ont repéré qu'en le faisant ils parviennent à provoquer la colère ou les larmes de leur compagnon. Cela devient pour eux une sorte de jeu : si l'on appuie sur tel bouton l'autre pleure. C'est si vrai que, le jour où ils n'obtiennent plus le résultat escompté ils s'arrêtent même si la cause apparente des taquineries demeure. Si un enfant cesse d'avoir honte de porter des lunettes, on ne se moquera plus jamais de lui à cause d'elles.

Quoi qu'il en soit, les difficultés rencontrées auprès des autres viennent toujours renforcer le malaise de l'enfant et valider l'idée qu'il n'est pas comme il le faudrait. Il arrive que cette certitude invalidante le poursuive sa vie entière.

Pourquoi s'accroche-t-on tant à un défaut physique ?

On s'accroche à un défaut physique parce qu'il est moins douloureux de s'en prendre à la taille de ses pieds, par exemple, qu'à son histoire, et parce que l'on oublie de faire une différence – pourtant essentielle – entre le corps que l'on a en réalité et l'idée que l'on s'en fait dans sa tête, qui va déterminer la façon dont on se voit et qui dépend toujours de la façon dont on a été regardé. Si l'on a, dans son enfance, été beau pour quelqu'un, on ne pourra jamais se trouver tout à fait laid. Malheureusement certains parents ne parviennent pas à trouver leurs enfants beaux parce que ce sont les leurs et qu'eux-mêmes ne s'aiment pas.

De plus, on raconte toujours avec son corps l'histoire que l'on a vécue. On reçoit ainsi parfois en analyse des enfants de cinq ans qui ont des têtes de « petits vieux ». Au cours du traitement, ils changent, et on a l'impression de voir tomber un masque, celui sans doute du malheur dont ils étaient porteurs.

Que dire des cas où le défaut physique est très grave ?

Quand le défaut physique est très important il faut y remédier si l'on est en mesure de le faire, mais il ne faut pas oublier que la souffrance qu'il provoque est très complexe, notamment chez les femmes. Leur poids, leur taille ou la forme de leurs seins prennent souvent pour elles une signification particulière : ils deviennent la preuve par exemple qu'elles ne seraient pas vraiment des femmes. Elles s'imaginent exclues de ce qu'elles croient être le monde des « vraies femmes », et ce sentiment atteint toute leur vie.

Le défaut physique est un prétexte qu'elles invoquent, en étant persuadées de son importance, mais le vrai problème se situe ailleurs. Elles souffrent en fait le plus souvent de n'avoir pas été accompagnées dans leur enfance et leur adolescence par une femme adulte qui aurait pu les aider à devenir des femmes en leur décernant une sorte de label : « Tu es une femme. » Celles qui étaient auprès d'elles n'ont pas voulu ou pas su le faire, sans doute parce qu'elles-mêmes n'avaient rien reçu de leur mère ou d'une autre femme.

Pourquoi certaines femmes pensent-elles qu'elles ne peuvent pas être désirables pour un homme ?

– Certaines femmes pensent que, étant donné leur physique, aucun homme ne pourra jamais les désirer. Elles l'imaginent d'autant plus volontiers que, ignorant tout de l'érotisme (qui était en général absent de l'univers de leur mère), elles croient que le désir d'un homme est conditionné par des critères esthétiques alors qu'il n'en est rien.

– Elles confondent par ailleurs leurs critères de femme et les critères érotiques des hommes. Elles pensent par exemple que ce qu'elles trouvent beau est forcément désirable aux yeux des hommes et que, à l'inverse, ce qu'elles estiment déplaisant est pour eux facteur de dégoût. Là aussi elles se trompent.

– Enfin, elles croient que les hommes les voient comme elles-mêmes se voient. Or un homme ne voit jamais vraiment une femme. Il ne la voit pas comme elle-même se voit et il ne la voit pas non plus comme une autre femme la verrait.

Il retient de son corps, de son visage et de ce qui émane d'elle certaines choses qui du fait de son histoire lui « font signe » et il accroche à ces signes sa fantasmatique érotique à lui : un homme ne voit d'une femme que le désir qu'il a d'elle.

Enfermées dans leurs certitudes douloureuses, les femmes que l'on dit complexées rencontrent souvent le rejet ou le non-intérêt des hommes et l'attribuent à leurs défauts supposés sans comprendre qu'il n'est dû qu'à leur attitude. Elles provoquent en effet sans le savoir le désintérêt qu'elles redoutent, car une femme qui a honte d'elle-même rase les murs et marche en regardant ses pieds pour ne croiser aucun regard. Elle ne peut pas attirer les compliments. La réalité de son physique n'est pas en cause, seule la mauvaise image qu'elle a d'elle-même l'isole des autres.

André Gide disait : « On a les rencontres que l'on mérite », et il avait raison. On a les rencontres que l'on peut avoir, compte tenu de ce que l'on a dans la tête. On est toujours – même si on ne le sait pas – le seul maître du jeu. C'est terrible et rassurant à la fois.

« Je ne peux rien jeter »

Pourquoi certaines personnes n'arrivent-elles pas à jeter les objets dont elles n'ont plus l'usage ?

Contrairement à ce que croient les gens qui le font sans difficulté, jeter les objets n'est pas facile. Cela met en jeu un certain nombre de mécanismes essentiels : le rapport que l'on a à ces objets (et aux objets en général), la capacité à supporter les séparations, l'angoisse que l'on peut éprouver à l'idée du vide, du manque que l'on va créer et le rapport au temps.

Qu'est-ce que « le rapport aux objets » ?

Savoir que sa brosse à dents et soi cela fait deux ne va pas de soi. C'est le produit d'une construction très compliquée que le bébé que nous avons été a dû faire pour différencier les objets de sa personne.

Au début de sa vie, en effet, le nourrisson a le sentiment de ne faire qu'un avec le monde extérieur, et ce n'est que peu à peu qu'il perçoit l'écart qui les sépare. Cette séparation – très archaïque – peut chez certains d'entre nous s'avérer bancale sans que cela soit consciemment perceptible et nous amener à éprouver, quand nous jetons un objet, la même souffrance que si nous devions nous séparer d'une partie de nous-mêmes. Les enfants que l'on appelle « autistes » – ces enfants qui vivent comme coupés du monde et qui, très souvent, ne parlent pas – donnent un exemple frappant de ce type de souffrances. Ils promènent souvent avec eux un petit objet, un caillou ou même un morceau de papier, qui ne les quitte jamais. S'ils égarent cet objet ou si, par malheur, il se casse, ils entrent dans des crises de désespoir et de colère terribles pendant lesquelles il n'est pas rare qu'ils s'automutilent. On ne peut arriver à les calmer que si l'on réussit à leur faire entendre que, même si leur objet est cassé, eux, dans leur corps et dans leur tête, ne le sont pas : ils ne font pas la différence.

Pourquoi est-il difficile de se séparer de ses objets ?

Il peut être très difficile de se séparer de ses objets parce que la vie de chacun d'entre nous est constituée de deux films superposés :

– le film de la réalité d'aujourd'hui qui se compose le plus souvent d'histoires que nous jugeons banales ;

– et le film de tout ce que nous avons vécu autrefois, que nous avons oublié consciemment parce que c'était douloureux mais dont notre inconscient garde la mémoire.

Si des événements de notre présent entrent, à notre insu, en résonance avec cette mémoire inconsciente, l'angoisse surgit. Ainsi, on peut considérer que jeter ses vieilles baskets ne mérite pas que l'on se pose mille questions métaphysiques. C'est cependant une séparation et, en tant que telle, elle peut nous renvoyer inconsciemment à tout ce que nous avons mal vécu dans ce domaine où les occasions de souffrir ne manquent pas.

La vie d'un être humain est en effet une longue suite de séparations :

– séparation d'avec la mère qui l'a porté lors de sa naissance ;

– séparation d'avec les productions de son corps – les excréments – qui sont parfois l'occasion d'expériences violentes et traumatisantes comme les lavements à répétition par exemple et peuvent donner lieu à toute une gamme d'attitudes, depuis la propension à « se vider » jusqu'à la rétention totale. On retrouve d'ailleurs des attitudes de cet ordre dans les comportements vis-à-vis de l'argent et des objets ;

– séparations d'avec les personnes dont la première après la naissance est le sevrage…

Quelle est l'importance du sevrage ?

Le sevrage est une étape dont l'importance est capitale car elle marque la fin du corps à corps avec la mère et le moment où, si tout se passe bien, celle-ci va remplacer ce corps à corps par des paroles et permettre ainsi à l'enfant d'accéder au langage, c'est-à-dire à la possibilité de faire exister les choses quand elles ne sont pas là… en parlant d'elles.

Dans notre jargon de psychanalystes nous appelons cela « symboliser » : la chose absente est remplacée par le mot qui la nomme. Il nous est donc possible de l'avoir dans la tête même si la vie l'éloigné de nos yeux.

C'est cette capacité à « symboliser » qui permet aussi de se séparer sans angoisse des choses que l'on a aimées car, comme disent les enfants, on les jette « en vrai » mais on les « garde dans son cœur ». Si l'on n'a pas cette possibilité, la perte de l'objet peut créer un vide, un manque insupportable.

Certaines personnes donnent l'impression de vivre dans une peur permanente de « manquer » alors que, en réalité, elles ne manquent de rien. Comment l'expliquer ?

Expliquer pourquoi quelqu'un a peur de manquer – alors que dans la réalité il ne manque de rien – est difficile.

La vie, en effet, impose que l'on apprenne à « manquer » (on doit pouvoir entreprendre même si l'on n'est pas sûr de réussir, oser nager sans sa bouée et, comme au jeu, risquer sa mise). Mais nombre de gens refusent cette règle du jeu : ils ne veulent jouer qu'à coup sûr, n'aimer que s'ils sont aimés et ne jamais rien faire qui puisse dépasser leurs compétences.

Apprécier l'attitude de quelqu'un qui semble se refuser à « manquer » est néanmoins complexe. Il peut s'agir aussi bien de quelqu'un qui refuse de rencontrer ses limites et celles de la vie, que de quelqu'un qui a vécu des expériences de manque terribles et chez qui l'idée de manquer réveille une terreur insupportable. C'est le cas par exemple :

– des bébés et des enfants qui ont vécu des carences graves (on peut penser aux enfants des pays où sévit la famine) ;

– des adultes qui ont connu des états de privations extrêmes (ceux notamment qui ont vécu l'expérience des camps) ;

– et, plus près de nous, des SDF que la société laisse se détruire à petit feu, psychiquement et physiquement, à longueur d'année au coin des rues.

Ces expériences de manque créent dans l'existence de ceux qui les ont connues des sortes de trous sans fond qu'ils essaient toute leur vie de combler. Au rang des vides difficiles à combler on peut citer aussi ceux qui naissent de l'exil ou de l'absence de savoir sur ses racines : les exilés emportent souvent leur maison sur leur dos car ils n'ont plus de chez eux nulle part.

Quel rôle joue le rapport au temps ?

Avoir du mal à jeter ses objets peut exprimer aussi une difficulté à se situer dans le temps, car jeter implique que l'on puisse conjuguer le passé, le présent et le futur de sa vie : j'ai eu cet objet, je n'en ai plus besoin, j'en aurai un autre. Pour que ce soit possible il faut pouvoir s'inscrire dans un temps « en marche » : savoir ce qu'il y avait avant soi, ce que l'on est et ce qu'il y aura après soi. Ce n'est pas possible si l'on ne parvient pas à se situer dans la succession des générations. Or beaucoup de gens vivent dans une sorte de temps arrêté, d'ici et maintenant, sans passé ni avenir, parce que leurs parents ne les ont jamais inscrits dans un projet de vie. Ils ne les ont pas aidés à se projeter dans l'avenir, ils les ont gardés pour eux, dans un présent qui n'avait ni origine ni fin et dont il n'était pas question de partir. Ils ne leur ont jamais dit qu'après avoir été enfants ils devraient aller faire leur vie hors de la famille pour devenir parents puis grands-parents à leur tour. Prisonniers de cette sorte d'éternité morte ils ne peuvent pas plus jeter les objets dont ils n'ont plus l'usage qu'ils ne peuvent se débarrasser de leur peau de « vieux enfants [1] ». Rien pour eux ne se perd et, de ce fait, rien non plus ne se crée. La vie – quand elle est « vivante » – est à l'image de la nature : il faut que des choses meurent et se perdent pour que d'autres vivent, que la fleur meure pour que naisse le fruit.

---

1. L'expression « vieux enfants » est empruntée au titre d'un remarquable téléfilm de Michel Favart *La Tribu des vieux enfants*. Il raconte l'histoire d'une fratrie sur laquelle le temps n'a eu aucune prise. Devenus adultes, les frères et les sœurs gardent entre eux les mêmes liens – à caractère incestueux – qu'ils avaient dans l'enfance. Ils refusent aux étrangers au clan – en l'occurrence à leurs conjoints – le droit d'entrer dans le cercle et, par là même, de le rompre.

« Les narcissiques »

Comment définir le narcissisme ?

Le terme « narcissisme » est emprunté au mythe de Narcisse. Narcisse était beau et séduisant mais il avait coutume de se refuser à tous ceux qu'il séduisait. Les dieux ont voulu le punir pour sa cruauté et lui ont imposé une étrange épreuve : Narcisse a vu un jour son image se refléter dans l'eau. Il a cru voir un autre que lui-même et l'a trouvé si beau qu'il en est tombé amoureux. Pour le rejoindre il s'est jeté à l'eau et… il s'est noyé. Aujourd'hui à la suite de Freud, on appelle narcissisme l'image que l'on a de soi-même, l'amour que l'on se porte, la valeur que l'on s'accorde.

Le narcissisme se construit en plusieurs étapes :

– La première étape – celle du narcissisme « primaire » – se situe dans les premiers mois de la vie. Le nourrisson durant cette période est centré sur lui-même. Il ne ressent pas sa mère comme un être distinct de lui mais comme un prolongement de son être. Cette illusion vient du fait qu'elle répond sans délai au moindre de ses appels. Il a donc le sentiment de pouvoir la faire apparaître et disparaître quand il le décide et c'est pour lui un élément de sécurité essentiel.

– Ensuite, au fil des mois, l'enfant grandissant, la mère va répondre un peu moins vite à ses demandes. Il va donc sentir qu'elle est autre que lui, séparée de lui. Cette découverte est très importante pour l'enfant car elle va créer en lui un manque et pour tenter de le combler il va :

- d'une part s'attacher à des objets extérieurs (des peluches par exemple), puis à des personnes ;
- et d'autre part se mettre à s'aimer lui-même.

On appelle cette étape le narcissisme « secondaire ».

Elle est indispensable au développement physique et mental de l'enfant. La qualité de son narcissisme dépendra de la façon dont il sera aimé et considéré par ses proches et il faudra, pour qu'il aille bien, qu'un équilibre se crée entre l'amour qu'il porte aux autres et celui qu'il a pour lui-même.

Le miroir joue-t-il un rôle dans la construction du narcissisme ?

Le miroir joue, dans la construction du narcissisme, un rôle essentiel qui a été mis en lumière par le psychanalyste Jacques Lacan. À un âge qui varie, selon les enfants, entre six et dix-huit mois l'enfant va se servir du miroir pour faire une série d'expériences qui vont lui permettre de comprendre qu'il a une image. Cette découverte ne va pas de soi : si l'on montre par exemple un miroir à un singe, il se précipite derrière ce miroir parce qu'il croit qu'un autre singe s'y trouve.

Pour l'enfant aussi cette étape est difficile. Il va découvrir qu'il est visible, qu'il a un visage et percevoir dans le miroir une forme entière de son corps, à un moment où, dans la réalité, il n'en ressent pas encore l'unité. Enfin, il va devoir comprendre que ce qu'il voit dans le miroir n'est pas lui, mais une image de lui inversée et donc infidèle, inaccessible, et qui peut disparaître sans que lui disparaisse.

Cette compréhension n'est possible pour l'enfant que si un adulte se tient à ses côtés et l'aide en lui parlant. C'est en regardant cet adulte, en se tournant tantôt vers lui, tantôt vers le miroir que l'enfant va peu à peu réaliser que nous avons tous, à la fois, un corps réel que nous pouvons toucher et sentir (il a une forme, une densité, une chaleur, etc.) et une apparence de nous-mêmes, une image que les autres peuvent voir.

Certaines personnes ont un rapport excessif au miroir : elles passent leur temps devant la glace. Comment l'expliquer ?

Certains problèmes sont liés à ce « stade du miroir ». La construction du rapport à soi-même et à son image qui se fait à cette étape peut être fragile et des difficultés peuvent surgir plus tard, notamment lors d'épisodes de la vie où l'on a du mal à « se retrouver » : après un traumatisme, par exemple, ou lors des changements corporels comme à la puberté.

D'autres problèmes peuvent être liés à l'amour que l'on a pour soi-même, car pour parvenir à s'aimer soi-même, à se trouver « aimable », il faut avoir été aimé. Si on ne l'a pas été (ou pas suffisamment) on peut essayer de combler ce manque en s'aimant « pour deux ».

On peut avoir, enfin, des problèmes dans les relations avec les autres et se replier sur l'amour exclusif de soi-même parce que la route vers eux est barrée. Le miroir fonctionne alors comme un piège dont on se sert pour compenser la solitude et se couper du monde.

Quoi qu'il en soit, si quelqu'un a besoin d'un rapport excessif au miroir c'est sans doute qu'il cherche, dans ce miroir, une réponse. À quelle question ? lui seul pourrait le dire... Mais elle renvoie toujours à une souffrance qui est de plus très souvent devenue inconsciente.

Pour en savoir plus :

Jacques Lacan, « Le stade du miroir comme formateur de la fonction du JE telle qu'elle nous est révélée dans l'expérience psychanalytique », in *Écrits*, Paris, Le Seuil, 1966.

Sigmund Freud, « Pour introduire le narcissisme », in *La Vie sexuelle*, Paris, PUF, 1992.

« Se marier sans l'autorisation de ses parents »

Pourquoi des parents refusent-ils à leurs enfants l'autorisation de se marier ?

Pour des raisons conscientes et des raisons inconscientes. S'agissant des raisons conscientes, on peut dire que, la plupart du temps, les parents refusent leur autorisation parce qu'ils sont sûrs de leur bon droit et qu'ils s'appuient pour cela sur un certain nombre d'idées que l'on a du mal à déraciner. On peut relever en premier lieu celle selon laquelle un enfant serait la propriété de ses parents qui auraient, de ce fait, le droit de le modeler à leur guise et de diriger sa vie. Idée aggravée chez certains parents par la certitude dans laquelle ils sont qu'un enfant ne grandit jamais tout à fait, en tout cas jamais assez pour devenir un adulte qui soit leur égal. Cette attitude explique d'ailleurs probablement que, pour beaucoup d'adolescents, la perspective de la majorité sociale – dix-huit ans – ne représente pas grand-chose, ce qui est dommage. Dans ce domaine nous aurions beaucoup à apprendre des sociétés dites « primitives » dans lesquelles des rites d'initiation marquent clairement et définitivement le passage à l'âge adulte.

Quelles sont les raisons inconscientes de ces refus ?

Elles tournent autour de la question de l'interdit de l'inceste qui, contrairement à ce que l'on croit souvent, n'est pas un interdit réservé aux enfants. Il concerne aussi les parents : en effet s'il interdit aux enfants d'épouser leur père ou leur mère, il signifie dans le même temps aux parents que leurs enfants doivent aller vivre leur sexualité ailleurs, en dehors de la famille et sans avoir de comptes à leur rendre. C'est évidemment difficile à accepter pour des parents et ça l'est encore plus lorsque leurs propres parents n'ont pas été clairs avec eux à ce propos. Ils trouvent alors de bonnes raisons pour justifier leur refus d'une union qui, en fait, les dérange inconsciemment. Ils invoquent par exemple la différence de milieu social, de religion ou de couleur de peau. Il est intéressant d'« écouter » ces arguments. Cela permet d'entendre que, sous couvert de refuser l'« étranger », les parents refusent en fait tout ce qui est étranger à la famille et disent, ce faisant, leur désir inconscient que tout continue à se passer « en famille », c'est-à-dire, en l'occurrence, dans l'inceste. Il arrive aussi que les parents motivent leur refus en disant à l'intéressé : « Tu n'as pas fait le bon choix ! » Il y a plusieurs choses à dire à cela :

– la première c'est que… personne n'en sait rien ;

– la seconde c'est que les erreurs – si tant est que ce choix en soit une – font partie de la vie. Elles sont même, à long terme, positives parce que l'on peut en tirer des leçons et il va sans dire qu'on le fait d'autant mieux, le moment venu, que l'on a près de soi des parents qui ont continué à vous accompagner même s'ils ne partageaient pas totalement vos choix.

Quelles sont les conséquences psychologiques de ce type de refus ?

Ces refus ont toujours des conséquences graves car ils marquent une rupture du dialogue entre les parents et les enfants. De plus, les enfants se trouvent en position d'avoir à choisir entre leurs parents et la vie qu'ils souhaitent. C'est un choix douloureux et injuste qui génère toujours ce poison terrible qu'est la culpabilité. Tout cela est d'autant plus difficile à vivre pour les enfants que, arrivés au seuil de leur vie adulte, ils auraient besoin que leurs parents leur manifestent de l'estime et de la confiance. Faute de ce point d'appui beaucoup de jeunes gens perdent la confiance qu'ils pouvaient avoir en eux-mêmes, se sentent désarmés et incapables de réussir leur vie personnelle ou professionnelle, incapables même parfois de devenir parents à leur tour. Quand malgré tout ils le deviennent c'est pour constater douloureusement que la vie de leurs enfants est d'emblée marquée par ces querelles : naître dans un monde où les grands-parents rejettent les parents n'est jamais facile pour un enfant… Avant de jeter l'anathème sur leurs enfants et leurs choix, les parents devraient méditer le jugement de Salomon que nous rapporte la Bible : la « vraie » mère est celle qui est prête à ce que son enfant vive loin d'elle si c'est la condition pour qu'il puisse vivre. Nous pourrions ajouter que ce jugement vaut aussi pour les pères.

Quels conseils donner aux enfants qui se heurtent au refus de leurs parents ?

Il faut leur conseiller de ne pas céder même si c'est difficile, de faire leur vie et d'essayer, quand c'est possible, de parler avec leurs parents. S'ils n'y parviennent pas, il faut qu'ils essaient de comprendre ce qui, au-delà des prétextes qu'ils invoquent, motive réellement la décision de ces parents. Que s'est-il passé dans leur histoire ? ne les a-t-on pas empêchés eux aussi d'aller où ils voulaient ? Il ne s'agit pas, ce faisant, de leur chercher des excuses, mais de trouver le bon registre dans lequel penser les choses. Lorsque l'on est confronté à ce genre de situations, on souffre d'autant plus que l'on s'imagine n'être pas aimé ou avoir des parents méprisables. Reconstituer leur histoire permet de se rendre compte que rien de tout cela n'est vrai et que les parents ne font qu'infliger à leurs enfants les mêmes blessures qu'eux-mêmes ont reçues. Si, par ailleurs, des petits-enfants sont nés il faut leur dire la vérité à propos de ces différends. Et puis les enfants peuvent aussi offrir à leurs parents une cassette du beau film d'Elia Kazan *La Fièvre dans le sang* qui raconte l'histoire d'une union contrariée par les parents et des malheurs qui s'ensuivent.

« Les juges pour enfants »

Pourquoi est-ce important pour des enfants qu'il existe un juge des enfants ?

Le juge des enfants est important dans plusieurs cas :

– Il joue un rôle fondamental pour les adolescents qui commettent des actes délictueux parce qu'ils cherchent une limite qu'on ne leur a pas mise dans leur famille. Il est donc très structurant pour eux de rencontrer une autorité qui puisse la poser et, en même temps, leur parler et les aider à comprendre ce qui se passe.

– L'essentiel cependant est tout ce qui peut se passer avant que l'on soit obligé d'en arriver là, car un adolescent délinquant a toujours été auparavant un enfant qui était en danger physique ou – plus fréquemment encore – en danger moral dans sa famille.

Quand on est en mesure de protéger un enfant avant qu'il ne devienne grand et avant qu'il n'en vienne aux actes, on lui fait faire (et on fait faire à la société) l'économie de beaucoup de difficultés.

Dans quels cas fait-on appel à la justice ?

Outre les « signalements » pour mauvais traitements ou sévices sexuels avérés, on fait en général appel à la justice quand elle est la dernière chance qui reste à l'enfant.

En général les problèmes d'un enfant sont repérés à l'école parce que c'est le plus souvent là qu'il tire le signal d'alarme. Il donne à voir – par son comportement ou par une impossibilité à apprendre – que quelque chose ne va pas pour lui, et il est à partir de là signalé par l'enseignant à la psychologue scolaire – dans les classes primaires – ou, dans les collèges, à l'assistance sociale qui sont habilitées à convoquer ses parents pour parler avec eux de ses problèmes et leur conseiller une consultation spécialisée.

Si les parents acceptent d'aller consulter et si l'équipe soignante fait son travail, on pourra se rendre compte de ce qui motive les difficultés : elles sont toujours liées à ce qui se passe pour l'enfant dans sa famille.

À partir de là, l'enfant entreprendra une thérapie s'il le souhaite et, parallèlement, le thérapeute pourra travailler avec ses parents, pour qu'ils prennent conscience des problèmes et travaillent à y remédier.

Si tout se passe de cette façon il y a de grandes chances pour que les choses rentrent dans l'ordre et il n'y a pas lieu de faire appel à la justice. Le travail fait par l'enfant avec la collaboration de ses parents lui permettra de sortir de l'ornière.

Le problème se pose dans tous les cas où les parents se refusent à faire ce travail et où ce qui se passe est suffisamment grave pour que l'on pense que si rien ne change l'enfant ne s'en sortira pas.

Dans quels cas la justice est-elle le dernier recours pour l'enfant ?

Les parents rejouent toujours avec leurs enfants ce qui s'est passé dans leur propre histoire. C'est inévitable mais il arrive que cela empêche l'enfant de se développer normalement.

Je pense par exemple à une mère que la PMI [1] avait envoyée consulter. Elle avait un enfant de trois ans et demi qui ne parlait pas et qui ressemblait en tous points à un animal terrifié. La « folie » de cette femme était que cet enfant avait pour elle la même place que les poupées de son enfance. Il ne devait ni bouger ni parler et elle l'empêchait même physiquement de marcher.

De cette façon, nantie de cet objet qui lui obéissait parfaitement, elle se sentait toute puissante et elle ne souffrait pas. Elle ne voulait donc faire aucun travail sur elle-même, pour elle tout allait bien. Dès que le travail de psychothérapie a permis à l'enfant de se détacher un peu d'elle et de commencer à vivre elle ne l'a pas supporté et elle l'a interrompu.

1. Protection maternelle et infantile. Elle assure dans chaque ville le suivi des jeunes enfants grâce à des consultations gratuites de médecins et de psychologues, et la possibilité de visites à domicile de puéricultrices.

Dans ce cas il n'y avait pas d'autres moyens pour protéger cet enfant que le recours au juge.

Il y a d'autre part tous les cas où l'enfant vit dans un monde dans lequel la loi est en permanence bafouée.

Que se passe-t-il pour les enfants quand ils vivent dans un monde où les adultes ne respectent pas la loi ?

Certains enfants vivent dans des familles où ils voient tous les jours les adultes se conduire comme si la loi n'existait pas.

Il peut s'agir de faits repérables : violences physiques ou sexuelles, absence de soins donnés aux enfants mais c'est souvent plus diffus : on constate des « histoires sexuelles » peu claires qui, pour autant, ne vont pas jusqu'au viol, des pères tyrans qui terrorisent leur famille…

Pour l'enfant c'est toujours très grave parce que, au travers de ces transgressions ponctuelles, c'est l'idée même de loi qui est mise en cause. Tout se passe pour lui comme s'il ne vivait plus dans une société humaine mais dans une jungle et il peut avoir deux sortes de réactions :

– ou bien, il calque sa conduite sur celle de ses parents et il devient caractériel, délinquant et parfois fou (ce qui est logique puisque ce qu'il vit est fou) ;

– ou bien il « s'en sort » en trouvant le moyen de jouir de tout cela et il devient pervers : de nombreux criminels adultes ont eu des enfances de ce genre sans que personne ne tente de les protéger.

À quoi sert l'intervention du juge dans ce type de situation ?

L'intervention du juge sert à remettre, pour l'enfant, le monde sur ses pieds. (Certains enfants sont par exemple stupéfaits d'apprendre que leurs parents sont soumis à la loi. Ils les pensaient tout-puissants et ils se croyaient sans recours.) Elle est indispensable car la psychothérapie ne peut, en aucun cas, suffire à aider l'enfant. Il faut que la société lui prouve que la loi existe et qu'elle l'affirme dans les faits.

Je me souviens d'un enfant que sa mère avait prostitué : elle le « prêtait » à des voisins. Faute de preuves formelles – autres que la parole de l'enfant – et du fait de la compassion suspecte des services sociaux à son égard (elle savait très bien faire pleurer l'interlocuteur quand cela pouvait lui servir), cette mère avait échappé à toute sanction de la part de la justice.

Son fils avait été « placé » dans une famille d'accueil, mais elle bénéficiait d'un large droit de visite et de la sympathie des éducateurs en charge du dossier. Cela n'avait pas échappé à l'enfant qui, lui, faisait à peu près n'importe quoi aussi bien à l'école que dans la famille qui le recevait. L'exemple, comme l'on dit, « venait de haut ».

Un jour où j'étais, une fois de plus, amenée à lui rappeler les limites, il m'a dit : « Si c'est vrai ce que tu dis, pourquoi ma mère elle est pas en prison ? », et il avait raison. Comment pouvait-il ajouter foi à mes paroles alors que la réalité de ce qu'il vivait leur apportait au jour le jour un démenti ?

Dans la pratique, la protection des enfants fonctionne-t-elle de façon satisfaisante ?

Selon les diverses déclarations qui sont faites à ce propos ou à la lecture des articles sur la question on a l'impression que les enfants sont protégés, du moins qu'ils le sont à partir du moment où quelqu'un a repéré leur souffrance et a mis en marche la machine sociale et judiciaire.

Dans la pratique ce n'est pas vrai.

La qualité de la protection dépend bien sûr beaucoup de la personnalité du juge et du sérieux des équipes qu'il charge des enquêtes et des différentes mesures, mais en règle générale obtenir qu'un enfant soit protégé n'est jamais chose aisée.

Si l'on excepte les enfants battus dont la protection ne pose pas trop de problèmes, parce que les coups laissent des marques et qu'il y a donc des preuves. Et surtout parce que la maltraitance de ce type angoisse beaucoup moins les intervenants que les sévices sexuels ou l'inceste. On peut dire que, pour tous les autres cas, obtenir la protection effective d'un enfant, et surtout son retrait de sa famille, relève en général du « parcours du combattant ».

Pour l'expliquer on peut évoquer la position du juge qui n'est pas facile parce qu'il est pris entre la nécessité de respecter les libertés individuelles et l'obligation de protéger l'enfant (le problème est toujours celui de la preuve), mais cela ne suffit pas.

On distingue à son niveau et au niveau des divers intervenants :

– des problèmes de compétence : pour se rendre compte qu'un enfant subit des sévices il faut être formé à l'« écoute » d'un au-delà de ce qu'il dit : les enfants violentés parlent rarement d'eux-mêmes dans un premier temps et il est assez rare que leurs parents se vantent de leurs exploits ;

– des problèmes de responsabilité : il est clair que dans les services sociaux et dans le personnel judiciaire on trouve – comme ailleurs – nombre de gens que la souffrance d'un enfant n'empêche pas de dormir.

Les idées fausses existent également : la peur que si l'on intervient en punissant les parents, on les dévalorise aux yeux de l'enfant, ce qui est faux, car un enfant comprend très bien, si on le lui explique, que ses parents n'aient pas de repères, du fait de leur histoire, qu'ils commettent des actes répréhensibles et qu'on les punisse pour cela. Cela ne l'empêche pas de leur garder son estime et son amour.

D'autre part, il est toujours difficile pour les « soignants » et les services sociaux d'« entendre » tout ce qui relève de la perversion.

Enfin, l'idéologie dominante joue un rôle : d'une part la difficulté à considérer l'enfant autrement que comme la propriété de ses parents ; d'autre part la survalorisation systématique de la famille biologique, que l'on considère encore trop souvent comme le souverain bien pour l'enfant même quand ce qu'elle lui fait vivre perturbe gravement sa vie présente et hypothèque son avenir.

Du fait de tous ces facteurs la protection des enfants, pour qu'elle devienne une réalité, implique que beaucoup de chemin soit fait dans les têtes.

« J'ai une sœur ou un frère adoptif »

Que représente le fait d'avoir un frère ou une sœur d'adoption ?

L'arrivée d'un enfant adoptif dans une famille peut poser au reste de la fratrie les mêmes problèmes qu'une naissance. Leur intensité dépend de la façon dont les parents auront, ou non, préparé leurs enfants à cet événement.

Les risques principaux sont multiples. Il arrive que les enfants de la famille ne sachent plus quelle est leur place : c'est le cas notamment quand les parents leur demandent la « permission » d'adopter : « Est-ce que vous seriez d'accord ? » Ils se retrouvent chargés d'une responsabilité qui ne devrait pas leur incomber.

Il peut se faire qu'ils aient peur que l'adopté leur prenne leur place ou occupe toute la place. Les problèmes varient en fonction de l'âge de l'enfant adopté :

– un enfant beaucoup plus jeune que ses frères et sœurs sera, en général, mieux accepté, mais son âge risque de donner aux enfants de la famille l'impression que leurs parents préfèrent les bébés aux « grands » ;

– un enfant adopté du même âge est parfois vécu comme un concurrent direct ;

– l'arrivée d'un enfant beaucoup plus âgé peut être aussi difficile à vivre car les autres peuvent avoir l'impression qu'un aîné leur « tombe du ciel » et en perdre leurs repères.

Quels que soient les problèmes, cependant, ils peuvent se régler dès que l'on en parle avec les intéressés.

Quels sont les problèmes spécifiques liés à l'adoption ?

– Certains problèmes sont directement liés aux parents, aux motivations inconscientes qui les poussent à adopter un enfant. Elles sont variables et souvent compliquées et peuvent peser plus ou moins sur leurs enfants biologiques.

– Leur attitude vis-à-vis des parents « de naissance » de l'enfant adopté peut également poser problème, car s'ils les jugent ou les méprisent l'enfant adopté se sentira dévalorisé par rapport à ses frères et sœurs d'adoption et ceux-ci peuvent se sentir coupables d'être préférés à lui, mieux jugés que lui. D'autant plus qu'il arrive que la famille « élargie » (oncles, tantes, grands-parents, etc.) fasse également des différences.

Que se passe-t-il en cas de troubles graves ?

L'enfant adopté peut présenter des problèmes psychologiques, notamment si on ne lui explique pas suffisamment son adoption et les raisons pour lesquelles ses parents ne l'ont pas gardé. Il peut avoir l'impression d'avoir été rejeté, de n'avoir aucune valeur, d'autant qu'il est en général insécurisé par son passage en institution et peu au clair avec son identité. Des épisodes de ce genre sont difficiles à vivre pour les familles adoptantes qui n'en repèrent pas toujours les causes et se sentent coupables : de mal faire, d'un mauvais accueil… Les frères et sœurs n'échappent pas à cette culpabilité, d'autant que certains attribuent les problèmes du dernier arrivé aux sentiments – inconscients – de rejet qu'ils ont parfois éprouvés à son égard.

L'arrivée d'un frère ou d'une sœur d'adoption est-elle positive pour le reste de la fratrie ?

L'adoption d'un enfant par des parents qui ont déjà d'autres enfants est toujours une leçon d'humanité. Cette adoption, en effet :

– ouvre sur le monde extérieur la porte d'une cellule familiale qui est, à notre époque, de plus en plus fermée sur elle-même ;

– fait une place à l'étranger, à l'autre, à celui qui est différent et qui vient d'ailleurs ;

– organise le partage avec lui du capital de chaleur humaine que possède la famille ;

– et surtout enseigne que les vrais liens avec un enfant ne sont pas les liens du sang mais les liens de parole et d'amour que l'on instaure avec lui.

« Veuve à trente ans »

Qu'est-ce qui est le plus difficile à affronter quand on perd un mari à trente ans ?

Tout est difficile quand on perd son mari à trente ans parce que l'on perd le compagnon de sa vie affective et de sa vie sexuelle et que l'on se retrouve seule dans une existence que l'on avait prévue à deux. La souffrance est d'autant plus intolérable que l'être aimé meurt à un âge où il n'est pas normal de mourir. La mort d'une personne âgée est toujours douloureuse mais elle est dans l'ordre des choses. On n'a pas à se demander pourquoi le sort s'acharne. La mort d'un être jeune est d'une telle violence, elle est tellement inattendue, que l'on est poussé à chercher des raisons et cette recherche réveille souvent la culpabilité inconsciente qui dort au sein de chacun de nous : « Pourquoi cela m'arrive-t-il à moi ? qu'ai-je fait pour cela ? »

Nous avons tous du mal à penser les choses en terme de hasard, et cela complique le travail du deuil.

Qu'appelle-t-on le travail du deuil ?

On appelle « travail du deuil » ce qui se passe dans le psychisme lorsque l'on perd un être cher. Freud l'a décrit dans un article très important intitulé « Deuil et mélancolie »[1]. Le mécanisme est le suivant.

Nous avons en nous une énergie que Freud a appelée la « libido ». C'est une énergie sexuelle – au sens très large du terme –, qui nous pousse à nous attacher à des objets et à des personnes.

Chez le nourrisson, au début de sa vie, cette énergie est entièrement dirigée vers lui-même. Ensuite elle va se différencier. Une partie va rester centrée sur lui : l'amour de soi, et une partie va s'orienter vers l'extérieur : l'amour pour les autres.

En fait nous faisons avec la libido des investissements comme on en fait à la Bourse : nous plaçons notre libido sur tel ou tel objet d'amour et si, par malheur, cet objet d'amour vient à disparaître, il nous faut retirer la libido que nous avions investie sur lui et la placer ailleurs. C'est très difficile.

Comment cela se passe-t-il ?

Il y a d'abord une épreuve de réalité : il faut accepter cette mort que l'on refuse et ce n'est pas facile. Il arrive, au cours de cette étape, que certaines personnes se mettent à délirer, elles se conduisent

1. Sigmund Freud, « Deuil et mélancolie », in *Métapsychologie*, Paris, Gallimard, coll. « Idées », 1971.

comme si le mort n'était pas mort, parfois même elles l'hallucinent. En général, on finit cependant par accepter la perte de l'être cher. Mais c'est le début de nouvelles difficultés car on va, dès lors, mettre le mort sur un piédestal, oublier tout ce que l'on pouvait penser de négatif à son propos, oublier ses défauts et ne plus voir que ses qualités. Le mort sera idéalisé et c'est de ce mort idéalisé que l'on devra se détacher, ce qui complique encore les choses.

Le travail de deuil est donc un travail long et douloureux qui absorbe entièrement la personne qui le fait mais il est absolument indispensable et il faut laisser chacun le vivre à son rythme et comme il l'entend.

Lorsqu'une mère fait ce travail de deuil, ne risque-t-elle pas de perturber ses enfants ?

Qu'une mère fasse le travail de deuil qu'elle a besoin de faire ne perturbe en rien ses enfants. Au contraire.

Beaucoup de femmes en effet s'efforcent de cacher leur chagrin et ne se permettent pas de vivre ce qu'elles ont à vivre en croyant de cette façon protéger leurs enfants. En réalité, elles les perturbent.

– Qu'une femme pleure son mari est parfaitement normal. Un enfant est en mesure de le comprendre si on le lui explique. Cela sera même structurant pour lui car il comprendra de cette façon que son père a une place – même s'il est mort – dans le cœur de sa mère et que, donc, il ne peut, lui, occuper cette place : un enfant ne remplace pas un mari.

– De même, une mère n'a pas à demander à son enfant l'autorisation de refaire sa vie. Il est normal qu'elle la refasse et c'est une bonne chose pour l'enfant. Quand il le refuse c'est toujours à cause d'une jalousie incestueuse inconsciente.

– Enfin, contrairement à ce que croient certaines mères il est important que les enfants participent aux enterrements. Cela leur permet de réaliser ce qu'est la mort – sinon elle reste pour eux une sorte de disparition magique et irréelle – et leur donne le droit de mettre leur chagrin en commun avec celui des autres, et, donc, de ce fait, d'avoir une vraie place.

« L'un de mes parents est homosexuel »

À quel type de problème est confronté un enfant dont le père ou la mère est homosexuel ?

Il est très difficile de répondre à cette question car elle est parasitée par l'image que notre société donne de l'homosexualité. On sait bien que pour beaucoup de gens, aujourd'hui encore, l'homosexualité est, soit un vice, soit une maladie. Cette vision résulte des positions qu'ont prises pendant des siècles l'Église, la médecine et les différents législateurs. Elle est évidemment absurde et fausse mais elle pèse très lourd aussi bien sur les parents que sur les enfants.

Pourquoi cette vision de l'homosexualité est-elle fausse ?

Cette vision de l'homosexualité est fausse parce qu'elle est fondée sur l'idée implicite qu'il existerait une sexualité « normale » et une sexualité « anormale ». Ce n'est pas défendable. La sexualité est composée de deux choses : d'actes et de fantasmes

– en grande partie inconscients – qui provoquent et soutiennent le désir sexuel. Les actes peuvent avoir l'air « normaux » (avec beaucoup de guillemets) ; les fantasmes, eux, sont toujours surprenants et cela n'a rien d'étonnant puisqu'ils trouvent leur origine dans les émotions des premières années de la vie, c'est-à-dire de l'époque où l'enfant n'a pas encore intériorisé les interdits moraux et parentaux et où tout lui est bon pour trouver du plaisir. Des traces inconscientes mais vivaces de cette période demeurent en chacun de nous, même chez ceux qui pensent être des modèles de « normalité sexuelle ».

Pourquoi devient-on homosexuel ou hétérosexuel ?

La sexualité d'un être humain n'est jamais donnée au départ, elle se construit. Nous naissons tous dans un corps sexué d'homme ou de femme mais cela ne suffit pas à constituer une identité sexuelle.

Il faut encore que nous devenions homme ou femme en nous « identifiant » à des hommes et à des femmes adultes (et en premier lieu à nos parents), c'est-à-dire en les prenant comme modèles.

L'évolution d'un enfant va donc dépendre en grande partie de ce que veulent et disent les adultes qui l'entourent et, surtout, de ce qu'ils sont profondément, car c'est à cela que l'enfant aura affaire bien au-delà des apparences. Ce n'est jamais simple, car quand on dit par exemple d'une femme qu'elle « porte la culotte » dans son ménage, on dit bien qu'il existe une différence entre son sexe anatomique et la façon dont elle le vit. En fonction de la configuration familiale l'enfant prendra donc tel ou tel chemin, mais aucun n'est plus « normal » que l'autre. Ils sont seulement différents.

Pouvez-vous donner des exemples de configurations familiales qui peuvent orienter l'enfant vers l'homosexualité ?

Chaque cas est unique. On peut néanmoins rappeler par exemple que devenir un homme implique que l'on se confronte à la question de la puissance : si dans une famille la mère est le personnage le plus fort, si elle tient à cette place et si le père la lui laisse prendre, il est probable que le petit garçon n'aura pas d'autre solution que de s'identifier à elle. Elle deviendra son modèle pour grandir, ce qui aura une influence sur sa sexualité.

On peut évoquer également le moment où l'enfant découvre la différence des sexes : la façon dont un petit garçon va, à cette étape, vivre la rencontre avec le corps sans pénis de la femme dépend beaucoup de la façon dont le père et la mère vivent eux-mêmes cela inconsciemment. Si – inconsciemment – le père n'aime pas vraiment les femmes ou si la mère ne supporte pas d'en être une, ce vécu parental influencera l'enfant.

De même, une petite fille sera confrontée à la façon dont les femmes de sa famille vivent la féminité. Si pour toutes elle est synonyme d'horreur, elle en sera marquée. L'homosexualité est souvent d'ailleurs chez les femmes un moyen de sortir de ce genre d'impasses : en aimant les femmes elles affirment qu'une femme est un être aimable et désirable et tentent ainsi de reconstruire leur narcissisme (l'image qu'elles ont d'elles-mêmes) mis à mal depuis l'enfance par l'influence des femmes de leur famille.

Quelles difficultés rencontre un enfant qui apprend que l'un de ses parents est homosexuel ?

Il est toujours très difficile pour un enfant d'apprendre des choses précises sur la sexualité de ses parents, quelle qu'elle soit.

Un enfant a besoin de savoir que la sexualité adulte existe, en quoi elle consiste, se rendre compte que ses parents en ont une, mais il n'a pas à en savoir plus. Le reste doit rester voilé pour deux raisons :

– parce que l'interdit de l'inceste implique une séparation radicale et totale des « vies privées » de chacun ;

– parce que l'enfant n'est pas – ni dans son corps ni dans sa tête – au même stade que ses aînés. La sexualité adulte est pour lui une langue étrangère qu'il n'a pas encore eu l'occasion de parler et qu'il ne comprend pas. Elle ne peut donc faire irruption dans sa vie qu'au prix d'un forçage de sa sensibilité, et c'est toujours dommageable pour lui.

Apprendre que son père est homosexuel ou que sa mère a un amant n'est donc jamais simple pour un enfant. Pour le reste, les problèmes vont dépendre essentiellement de l'attitude des parents :

– Vont-ils lui expliquer clairement la situation ou le laisser tout seul en proie à ses interrogations ?

– Vont-ils respecter sa place ou bien vont-ils le faire participer à leur vie privée ? (Le problème se pose d'ailleurs à tous les parents qu'ils soient homosexuels ou hétérosexuels.)

– Quelle sera l'attitude du parent qui n'est pas homosexuel ? Quelle image va-t-il donner à l'enfant de son conjoint ?

– Les parents vont-ils être à même d'aider leur enfant, en l'écoutant et en lui parlant pendant toutes les années qui vont suivre ?

En effet, l'enfant risque de souffrir :

– Il peut, du fait de l'image sociale de l'homosexualité et faute d'explications suffisantes, avoir honte de son parent homosexuel surtout si ce dernier vit mal son homosexualité et en a lui-même honte.

– Il peut avoir peur de ce qu'il croit être une maladie et avoir des doutes sur sa propre identité sexuelle.

– Il peut aussi sombrer dans l'angoisse, et une fois ses repères brouillés, ne plus rien comprendre.

Certains enfants, par exemple, sont profondément atteints dans l'image qu'ils ont d'eux-mêmes parce qu'ils se vivent – fantasmatiquement – comme des « enfants d'homosexuels », c'est-à-dire des enfants qui seraient nés de relations homosexuelles, qui auraient été conçus par deux hommes ou par deux femmes, c'est-à-dire autrement que les autres et qui, de ce fait, seraient un peu « monstrueux ».

Il convient à chaque fois de leur rappeler qu'ils sont nés, comme tout un chacun, des relations d'un homme et d'une femme même si, parallèlement, cet homme ou cette femme pouvait avoir du désir pour un partenaire du même sexe que lui (ou qu'elle).

Comment aider un enfant dont l'un des parents est homosexuel ?

Il faut que ses parents lui parlent le plus tôt possible et lui expliquent la vérité afin qu'il ne la vive pas, d'emblée, comme un secret honteux qu'il vaudrait mieux taire.

Ils doivent aussi lui expliquer, aussi jeune soit-il, qu'il y a dans la société des gens qui ne supportent pas que les autres soient différents d'eux – parce que la différence leur fait peur – et que leurs craintes les rendent agressifs.

Un enfant qui est confronté à une différence – raciale, religieuse ou sexuelle –, doit être armé très tôt pour y faire face car il rencontrera inévitablement sur sa route des agressions. Il faut qu'il puisse les décoder afin qu'elles n'entament pas l'image qu'il a de lui-même et de ses parents. Un enfant a besoin d'être fier de ses parents pour avoir confiance en lui, et il faut lui apprendre très tôt à se battre contre la méchanceté, l'ignorance et la bêtise.

Si l'enfant n'a pas été aidé au moment où il en aurait eu besoin il faut que, devenu grand, il essaie de parler avec ses parents pour comprendre ce qui s'est passé dans leur histoire et remettre ainsi les choses à leur place.

« Il/elle m'a trompé(e)… j'ai pardonné »

Pourquoi est-ce si difficile de pardonner quand on a été trompé ?

Pardonner lorsque l'on a été trompé est toujours difficile pour deux sortes de raisons : certaines tiennent à la souffrance que l'on éprouve et d'autres aux influences idéologiques que l'on subit sans toujours le savoir et que l'on repère dans la langue : « tromper » et « pardonner » sont des mots qui renvoient au registre de la faute. Quand on « trompe » son (ou sa) partenaire, on est donc supposé commettre un acte répréhensible au regard de la morale couramment admise. Qu'en est-il vraiment ? Éprouver du désir pour quelqu'un et céder à ce désir, avoir le sentiment que quelque chose manque dans sa vie et vouloir y remédier est-ce vraiment une faute ? Cela devrait pouvoir au moins se discuter. Trop souvent, hélas, ce n'est pas le cas et chacun se met à penser et à agir en fonction de critères auxquels il n'a pas réfléchi.

Pourquoi ne met-on pas en cause cette notion de « tromperie » ?

Les raisons pour lesquelles on ne met pas – ou rarement – en cause cette notion de tromperie sont complexes. Elles tiennent d'abord à l'héritage de la tradition chrétienne qui a considéré pendant des siècles le plaisir charnel comme le mal absolu. Elles sont liées aussi à l'idée de « mariage pour la vie », qui est problématique puisque chacun des partenaires va, au fil des années, évoluer et nul ne sait si son cheminement restera compatible avec celui de l'autre. Elle renvoie enfin à l'idée masochiste mais bien vue socialement que, pour vivre à deux dans l'harmonie, il faudrait sacrifier au préalable ce que l'on est et à celle de possession que nous associons toujours à l'amour. Nous nous conduisons tous comme de très vieux nourrissons qui croiraient toujours qu'ils vont pouvoir ne faire qu'un avec l'autre comme autrefois avec leur maman.

Qu'est-ce qui empêche que l'on pardonne ?

Il est toujours très difficile de pardonner lorsque l'on s'estime trompé, parce que l'on souffre et que, de plus, on revit souvent inconsciemment des sentiments d'abandon ou de trahison qui viennent de l'enfance.

L'aventure de l'autre porte toujours atteinte à l'image que l'on a de soi, on se sent rejeté et dévalorisé, et c'est l'occasion d'une blessure narcissique douloureuse. Si le narcissisme n'était pas au préalable assez solide – si déjà on n'était pas très sûr de soi – on peut être amené à s'enfermer dans une jalousie obsédante et pathologique dont l'objet ne sera pas, contrairement à ce que l'on pourrait croire, le partenaire mais le rival, supposé posséder tout ce dont soi-même on se sent dépourvu. Par ailleurs, il faudrait, pour pardonner, pouvoir reconnaître que l'aventure de l'autre ne « tombe pas du ciel », qu'elle est sans doute le signe que quelque chose n'allait pas bien. Il faudrait pouvoir faire un bilan, d'autant plus difficile à réaliser que l'on est la proie d'un certain nombre de conceptions fausses.

Quelles sont ces conceptions fausses ?

Un certain nombre de stéréotypes traînent dans les têtes à propos de l'idée de « tromperie » dans un couple. Ils en donnent une vision fausse et majorent la souffrance de chacun. On peut citer notamment :

– l'idée que l'on est trompé parce que l'on n'est plus aimé : il est rare que les choses soient aussi simples ;

– celle selon laquelle on serait lésé dans son bon droit. L'entourage souvent « en rajoute », laissant entendre à l'intéressé qu'il aurait acquis avec la vie commune un droit incompressible à la fidélité de l'autre, qu'il serait donc quasiment victime d'une escroquerie ou d'une tromperie sur la marchandise…

On imagine aisément le nombre de réactions « paranoïdes » que ce genre de discours peut induire ;

– on peut évoquer aussi le malentendu hommes-femmes : on constate en général que chacun juge la conduite de l'autre en fonction des critères de son propre sexe sans tenir compte du fait que, d'un sexe à l'autre, les différences de « fonctionnement » sont énormes, surtout dans le domaine de la sexualité : un homme, par exemple, peut avoir des relations sexuelles avec une partenaire sans, pour autant, s'attacher à elle. Une femme a beaucoup plus de mal à le faire.

Le pardon est-il toujours un acte positif ?

On considère souvent – notamment en raison de la tradition chrétienne – le pardon comme un acte positif. Il conviendrait de nuancer cet éloge de la mansuétude. Il arrive en effet que l'on ne pardonne que par facilité ou dans le seul souci de préserver ses habitudes. Ce qui n'a rien de particulièrement glorieux. À l'inverse, il serait certainement positif qu'une expérience comme celle que nous évoquons permette de porter un autre regard sur le couple et de comprendre qu'il est l'union de deux personnes qui ont chacune leur vérité à vivre. Cela peut être parfois douloureux pour le partenaire mais c'est seulement à ce prix que chacun peut rester vivant et que du désir peut continuer à circuler. Si l'on n'accepte pas cette évidence, on risque de s'enfermer dans une mort lente comme tant de couples en vivent parce que chacun s'est fait un devoir de tuer la vie en lui au nom des bons sentiments, et que l'on n'a jamais vu deux morts fabriquer du vivant.

« Les SDF »

Que se passe-t-il lorsque l'on se retrouve à la rue, sans domicile et sans travail ?

On se contente en général de penser que quelqu'un qui se retrouve à la rue sans domicile et sans travail est malheureux physiquement et moralement. Cela ne fait aucun doute, mais le problème est autrement plus grave car les gens qui vivent – ou plutôt survivent – dans la rue sont placés de fait dans des conditions psychiquement destructrices.

Tout le monde sait aujourd'hui qu'un corps ne peut résister au-delà d'un certain seuil de privations quand elles touchent à l'essentiel : l'air, l'eau, la nourriture. Il en va de même pour le psychisme. L'équilibre mental n'est pas possible si l'on est privé d'un certain nombre d'éléments vitaux.

– Une maison, par exemple, ne donne pas seulement la possibilité d'avoir un toit et de la chaleur. Elle est aussi pour celui qui l'habite une enveloppe, un contenant. Françoise Dolto disait qu'elle est, pour les bébés, comme une deuxième mère : un élément de sécurité vital. Si on déménage avec un nourrisson sans le lui expliquer, on provoque chez lui une très grande angoisse car, changeant de lieu, il ne peut plus être sûr qu'il est toujours lui-même. Une maison offre, de plus, la possibilité de rassembler et de protéger ce que l'on possède. Nous y réunissons les objets auxquels nous tenons, qui sont autant de traces qui nous permettent de nous retrouver comme les cailloux du Petit Poucet.

Elle est, en outre, l'endroit où nous pouvons nous isoler des autres, nous abriter de leurs regards et, à ce titre, elle est indispensable. Un être humain, en effet, ne peut se passer de la relation avec ses semblables mais elle n'est supportable pour lui que s'il dispose par ailleurs d'une base de repli où il peut échapper à leur présence.

Ne pas avoir de lieu à soi c'est être condamné à ne jamais pouvoir être seul, c'est être à tout instant à la merci d'une irruption de l'autre et c'est une véritable torture psychique.

– Le travail représente également beaucoup plus que l'on ne croit. Travailler c'est sentir que l'on a une utilité et pouvoir de ce fait se dire que l'on a de plein droit une place parmi les autres et une valeur à leurs yeux. Il est impossible de vivre si l'on ne sait pas que l'on vaut quelque chose et, il faut, pour cela des preuves.

Être sans travail, c'est aussi se retrouver sans argent dans une société où il en faut :

• pour ses besoins les plus élémentaires : il est impossible par exemple de s'isoler pour « faire ses besoins » dans une ville si l'on n'a pas d'argent. On est condamné à les faire comme les font les animaux : au vu et su de tout le monde. C'est une contrainte indigne et dégradante ;

• pour chaque chose que l'on pourrait vouloir : cela signifie que, vingt-quatre heures sur vingt-quatre, à chaque envie qui pourra naître en soi on devra opposer un refus. Cela implique un niveau de frustration inhumain et impossible à supporter.

Les SDF finissent donc peu à peu par se sentir – et devenir – différents des autres, et cette différence va bien au-delà des conditions matérielles puisque les autres vivent alors qu'eux-mêmes n'ont droit qu'à une sous-vie. Ils le savent, ils en ont honte et, de ce fait, se coupent des autres tandis que les autres se coupent d'eux. Ils cessent de communiquer.

Qu'est-ce qui manque le plus quand on est dans la rue ?

La dignité humaine est sans doute ce qui manque le plus quand on est dans la rue.

Certains considèrent qu'il s'agit là d'une notion morale et que l'on peut, à ce titre, ne pas s'en préoccuper. Il ne s'agit pas de cela. Un humain ne vit pas seulement de nourriture. Il lui faut de l'humain pour vivre. S'il en fallait encore des preuves il suffirait de se souvenir des enfants des orphelinats de Roumanie devenus fous à force d'être traités de façon inhumaine. Un homme, une femme ne se résument pas à leur « corps de viande », comme disait Françoise Dolto, ils sont aussi des personnes. Si on leur retire leur dignité, on les tue plus sûrement qu'en les privant de nourriture ou de médicaments même si, en apparence, cela ne se voit pas.

Les gens qui vivent dans la rue auraient besoin d'encore plus d'égards que les autres parce qu'ils sont fragilisés. On n'en a pas envers eux, et les conditions d'accueil et d'hébergement dans les foyers qu'on leur propose mettent souvent à mal ce qu'ils ont pu conserver comme image positive d'eux-mêmes. C'est pour cette raison qu'ils se refusent à y aller préférant parfois, au péril de leur vie, supporter le froid et l'insécurité de la rue.

Quelle aide leur apporter ?

Il existe des services de réanimation qui prennent en charge le « corps de viande » quand sa survie est menacée. Il faudrait des services de réanimation pour le psychisme quand il est en danger. C'est un travail de ce type que font les associations humanitaires.

Il est nécessaire d'intervenir au moment où quelqu'un risque de basculer et continuer ensuite à travailler avec lui. N'importe lequel d'entre nous peut basculer. C'est une affaire d'équilibre entre le poids des difficultés extérieures et la capacité intérieure de résistance que l'on a, à un moment donné, pour y faire face.

Il serait souhaitable de soutenir les gens pour qu'ils résistent, pour qu'ils gardent une image valable d'eux-mêmes malgré l'adversité, qu'ils se sentent toujours « quelqu'un ».

« J'ai élevé les enfants de mon mari »

Est-ce difficile d'élever les enfants de son mari ?

Il n'est jamais facile, pour une femme, d'élever les enfants de son mari, d'autant que pèse inévitablement sur elle toute une imagerie à propos des belles-mères.

On les a longtemps affublées de ce vilain nom de « marâtre » qui venait du latin populaire et qui est devenu péjoratif au XIIIe siècle en même temps que son équivalent « parâtre » disparaissait.

Les contes font une grande place aux marâtres, et le psychanalyste américain Bruno Bettelheim, dans son livre *La Psychanalyse des contes de fées*[1], l'explique en disant que ce personnage permet aux enfants de dire sans angoisse du négatif sur les mères. Ils partagent la personne maternelle en deux : quand elle est gentille elle est la mère et quand elle est méchante, la marâtre. Aujourd'hui on ne parle plus de « marâtre », mais il reste à l'égard des belles-mères

---

1. Bruno Bettelheim, *La Psychanalyse des contes de fées*, Paris, Hachette, 1985.

une certaine méfiance : on redoute toujours qu'elles fassent souffrir les enfants de leur conjoint.

On peut s'interroger sur les causes de cette suspicion, pas toujours légitime. Son origine est sans doute très complexe. Tout se passe en effet comme si la société, en énonçant ces craintes, s'identifiait à la fois aux enfants et à leur mère pour élaborer l'image d'une créature quasi diabolique, séduisant par des moyens peu clairs mais assurément sexuels un père de famille honnête mais faible et torturant ses enfants à la fois par rivalité avec l'ancienne épouse et par absence de sentiments maternels.

Dans cette optique, la belle-mère est, à la fois, l'incarnation du sexuel maléfique, qui mettrait à mal les valeurs familiales, et de l'idée selon laquelle il faudrait pour être une bonne mère qu'une femme renonce à sa vie de femme… Idée désastreuse qui ne cesse de faire des ravages, au nom de laquelle nombre de femmes sacrifient leur vie : « Je ne peux pas me remarier à cause de mes enfants… », et dont les enfants font toujours les frais.

Quelles sont les difficultés principales que rencontrent les belles-mères ?

Les belles-mères rencontrent de nombreuses difficultés : il n'est pas facile, en effet, de vivre une histoire d'amour en essayant, en même temps, de construire des relations avec des enfants, d'autant que la belle-mère « hérite » à leur propos de tout ce qui s'est passé auparavant : la façon dont ils ont été élevés et ce qu'ils ont eu à vivre au moment de la séparation.

Ils vont, de plus, le plus souvent rejouer avec elle nombre de leurs difficultés et elle peut avoir du mal à y faire face surtout si elle croit être en cause : beaucoup de femmes, par exemple, s'imaginent dans ce genre de situations qu'elles n'ont aucune autorité parce que les enfants de leur mari refusent de leur obéir alors qu'ils essaient seulement de la faire céder comme ils faisaient céder leur mère.

Il ne faut pas oublier que la position des enfants lors des remariages est difficile : ils ont à faire le deuil de la vie avec leurs deux parents et ils craignent très souvent de trahir leur mère s'ils s'attachent à leur belle-mère. Leurs problèmes de comportement sont donc en général le signe d'une grande souffrance.

Il faut de plus ajouter que les belles-mères souffrent souvent parce qu'elles ont l'impression de ne pas avoir de place légitime par rapport aux enfants – la loi, d'ailleurs, ne leur donne aucun droit sur eux – et cette incertitude quant à leur place peut les amener à prendre des positions qui sont source de conflits. Elles peuvent ainsi se mettre en situation de rivalité avec la mère ou même avec les enfants, comme si elles étaient elles-mêmes, face au père, des enfants : à qui va-t-il, lors des disputes, donner raison ? De même, elles peuvent devenir, à leur égard, demandeuses, quémander leur amour ou la reconnaissance de leur rôle, et les enfants, le sentant, vont en jouer pour leur malheur et celui de tous.

Comment sortir de ce genre de problèmes ?

Il n'y a qu'une solution, c'est que le père prenne sa place d'homme et de père. Il est en effet le seul qui puisse donner une légitimité à la belle-mère et définir son rôle auprès des enfants.

Il faut qu'il leur dise quelque chose comme : « Cette femme est là parce qu'elle est ma femme et que je l'ai choisie et cela ne se discute pas. Elle va s'occuper de vous parce que je le lui ai demandé et elle est prête à vous aimer. »

Il est important qu'il précise bien aux enfants qu'il ne leur demande pas d'aimer sa compagne – c'est le seul moyen de couper court aux chantages affectifs – mais qu'il tient à ce qu'ils se conduisent avec elle de façon civilisée.

Est-ce que des paroles de ce type ne sont pas trop dures pour des enfants ?

Les paroles de ce type ne sont dures qu'en apparence. Elles suscitent toujours de la part des enfants de la rogne et de la grogne mais elles les rassurent car elles les « remettent à leur place » et leur signifient que, face à eux, les adultes sont capables de tenir la leur. Elles leur interdisent en outre le jeu de « je vais essayer de séparer les parents », qui les amuse toujours beaucoup mais qu'ils paient ensuite, leur vie entière, d'angoisses sans fin. Les remariages sont en effet des moments où beaucoup de conflits œdipiens s'expriment. Ils sont rarement décodés comme tels car on prend au premier degré les paroles des enfants : « Elle n'aime pas sa belle-mère, cela arrive… », ou bien on les attribue à l'angoisse de la séparation qu'ils viennent de vivre.

Ce faisant, on oublie que beaucoup de petites filles rejettent leur belle-mère parce qu'elles comptaient bien – inconsciemment – prendre la place qu'elle occupe, et que beaucoup d'adolescents ont besoin qu'on leur rappelle que cette femme leur est, comme leur mère, interdite parce qu'elle est l'épouse de leur père.

Quoi qu'il en soit, si les rapports demeurent trop conflictuels et si l'enfant souhaite quitter le domicile familial il faut l'y autoriser et lui permettre d'aller, par exemple, en pension.

Quels conseils donner aux belles-mères ?

Il y a pour les belles-mères une place à prendre auprès des enfants. Elle n'est pas celle de la « mère de naissance » qui est irremplaçable mais celle d'une « mère de parole », si l'on peut dire. Les enfants ont besoin d'un adulte qui leur permette de mettre des mots sur ce qu'ils vivent. Qui les aide, avec tendresse, à se construire malgré les difficultés qu'ils ont connues et celles qu'ils rencontreront encore.

La belle-mère peut être cette personne. Elle peut créer entre elle et eux un lien qui est aussi fort et aussi important que les liens du sang puisqu'il permet de donner la vie même à des enfants que l'on n'a pas mis au monde.

« Je vis avec un alcoolique »

Qu'est-ce qui est le plus difficile à vivre quand on partage la vie d'un alcoolique ?

Tout est difficile lorsque l'on vit avec un alcoolique. Tout, et d'abord cette étiquette d'« alcoolique ». Figer un être dans une dénomination ou un diagnostic est toujours une pratique terrible car on lui vole en le faisant son identité et sa singularité. Celle d'« alcoolique » est, en outre, particulièrement infamante : elle évoque quelque chose de honteux et de sale et entraîne, à coup sûr, un rejet de la personne. Il est dû à la fois à son comportement quand elle a bu, à sa déchéance physique et à l'ignorance du public qui assimile l'alcoolisme à une maladie dégradante ou à un vice. Il faudrait pouvoir en finir avec ce type de dénominations aussi destructrices pour la personne qui boit que pour ceux qui l'entourent : compagnon, compagne ou enfants que l'on oblige à vivre dans la honte, et admettre enfin que quelqu'un qui s'adonne à la boisson ne le fait pas par plaisir. Il boit parce qu'il souffre, parce qu'il est écrasé par le poids d'une histoire familiale difficile et parce qu'il ressent la boisson comme un moyen de survivre même si en réalité elle le tue à petit feu.

En quoi les divers traitements suivis par un alcoolique ont-ils une influence sur sa famille ?

Les familles des alcooliques passent par des alternances sans fin d'espoir et de désespoir au fil des traitements et des rechutes. Sur le plan médical, le seul remède à l'alcoolisme est la cure de désintoxication. Elle consiste à donner aux patients des tranquillisants pour qu'ils supportent la privation d'alcool et des vitamines parce que l'abus d'alcool perturbe l'absorption de la vitamine B. Malheureusement les cures échouent souvent car elles ne traitent pas les causes de l'alcoolisme, les raisons pour lesquelles l'alcoolique ne peut s'empêcher de boire. Pour accéder aux racines de sa dépendance, il faudrait qu'il fasse une psychothérapie. Or il la refuse souvent. Elle est, de toute façon, dans ce type de cas, difficile à mener car le symptôme-boisson occupe souvent toute la place et ne permet pas de parler d'autre chose.

Quelle est la particularité de la relation de couple avec un alcoolique ?

La relation de couple avec un alcoolique est toujours très difficile, car elle implique de vivre avec un être qui se détruit physiquement et psychiquement et qui, sous l'emprise de l'alcool, devient régulièrement un autre : quelqu'un de tout-puissant, euphorique ou violent et parfois délirant, un personnage artificiellement gonflé à la façon du Père Ubu d'Alfred Jarry (qui était lui-même alcoolique). De plus, l'alcoolique instaure en général avec son conjoint un jeu terrible qui consiste à l'amener à devenir celui qui interdit la boisson, celui qui cache les bouteilles. Le couple devient ainsi très vite prisonnier d'un cercle vicieux infernal : l'alcoolique boit de plus en plus car l'alcool prohibé devient encore plus désirable et le conjoint joue de plus en plus les censeurs et s'installe souvent dans cette situation car il y trouve des bénéfices inconscients (jouissance à dominer l'autre par exemple).

Quelle est l'influence de l'alcoolisme de l'un des parents sur les enfants ?

L'alcoolisme d'un parent est toujours douloureux pour l'enfant mais il n'est pas forcément destructeur. Il le devient :

– quand ce qui est dit par la famille et l'entourage dévalorise le parent buveur, car cette dévalorisation rejaillit par ricochet sur l'enfant – fils ou fille d'un « mauvais parent », il ne peut se sentir un être de valeur ;

– quand l'autorité du parent buveur est bafouée et quand un jeu de complicité s'installe entre l'enfant et le parent qui ne boit pas.

À l'inverse, on peut aider l'enfant en lui interdisant cette complicité et en lui parlant. Il ne s'agit pas de lui donner à tout prix une image positive (et fausse) du parent buveur. Il faut mettre des mots sur ce qui se passe et expliquer que ce n'est pas normal, mais faire en sorte que l'enfant comprenne que le parent buveur reste son père ou sa mère, qu'il ne peut donc pas prendre sa place et jouer à l'adulte.

On doit surtout expliquer à l'enfant ce qui s'est passé dans l'histoire du parent buveur pour qu'il en arrive là : quelle a été son enfance, de quoi il a souffert…

Il convient aussi que l'enfant ait le droit de reconnaître à son parent des qualités et de l'aimer. Ce qui l'aidera à se battre contre la bêtise et la méchanceté qu'il va rencontrer : un enfant est capable de comprendre que le rejet dont il voit son parent être l'objet est dû à l'ignorance.

Il faut enfin que l'enfant sache que le malheur n'épargne aucune famille, que la souffrance la plus voyante n'est pas toujours la pire, et qu'il cesse d'être dupe des façades honorables de ceux qui accusent car elles cachent souvent bien des turpitudes.

« J'ai vécu une grave crise d'adolescence »

Comment définir la « crise d'adolescence » ?

L'expression « crise d'adolescence » est souvent employée avec beaucoup de condescendance par les adultes. Elle leur permet de nier l'importance de cette période de la vie et la souffrance qu'elle implique.

Il faut distinguer deux choses : les problèmes inévitables et « normaux » de l'adolescence et tous les cas où ce passage est beaucoup plus difficile et beaucoup plus douloureux.

Quels sont les problèmes que l'on peut dire « normaux » de l'adolescence ?

L'adolescence est une période de mutation totale : on doit laisser sa « peau d'enfant » pour endosser une « peau d'adulte » que l'on n'a pas encore. On est donc sans défense, comme écorché vif. Françoise Dolto, pour parler de cette période, évoquait le homard qui, à un moment de sa vie, change sa carapace pour une autre et se trouve entre les deux, dépouillé de son armure habituelle et particulièrement vulnérable.

L'adolescent l'est aussi. Avec un corps dont l'aspect extérieur change et qui est agité, de l'intérieur, par des émotions et des sensations nouvelles aussi difficiles à comprendre qu'à communiquer et avec nombre de problèmes dans sa tête.

Quels sont les problèmes psychologiques « normaux » des adolescents ?

Il faut, à l'adolescence, devenir soi-même.

Pour cela il faut être sûr de ce que l'on pense et de ce que l'on croit, être sûr que c'est bien à soi, que l'on n'a pas seulement subi l'influence des autres.

Pour parvenir à cette certitude il faut parfois rejeter en bloc tout ce à quoi on a été soumis précédemment et affirmer sa singularité (par les vêtements, la coiffure…)

À cet égard il faudrait que les adultes comprennent :

– que cette période a un sens et qu'elle est indispensable au jeune homme ou à la jeune fille qui doivent accoucher d'eux-mêmes ;

– que les adolescents qui la vivent sont profondément estimables parce qu'ils mènent une véritable bataille avec eux-mêmes et avec les autres pour gagner le droit de parler en leur nom.

Parmi les adultes, beaucoup préfèrent sans doute les « jeunes gens bien propres », qui ne dérangent ni leur famille ni la société. Ils ont tort. On ne peut pas devenir vraiment adulte sans cette deuxième naissance qu'est l'adolescence.

Certaines adolescences se passent particulièrement mal. Comment l'expliquer ?

L'adolescence est le moment où l'on brasse à nouveau toutes les cartes de l'enfance. Tout ce qui n'était pas à sa place risque donc d'exploser, et à cet égard il faut regarder les problèmes en face et poser clairement que lorsqu'un adolescent va très mal, c'est toujours le signe que, dans la dynamique familiale, quelque chose va très mal, même si ce n'était pas perceptible au premier abord. La pagaille dans la tête d'un adolescent ne naît jamais par génération spontanée, et il ne la fabrique jamais tout seul. Il est très important de le rappeler car on a, aujourd'hui encore, beaucoup trop tendance à stigmatiser la violence ou les errements des adolescents comme s'ils étaient le fruit de quelque anomalie constitutionnelle avec laquelle ils seraient nés.

On parle d'eux comme s'ils étaient « mauvais » alors qu'ils ne sont que malheureux, souvent bien au-delà de ce qu'ils peuvent en dire.

Quel genre de problèmes peuvent-ils avoir ?

La plupart des problèmes que rencontrent les adolescents qui souffrent tiennent à leurs relations avec leurs parents :

– certains parents leur interdisent tout et les empêchent de vivre ;

– d'autres se conduisent en copains, étalent leur sexualité ou veulent s'immiscer dans celle de leurs enfants ;

– d'autres enfin sont inconsciemment incestueux ou en rivalité avec leur progéniture qu'ils jalousent.

De plus, l'adolescence est le moment de la vie où l'on repère – souvent avec une effrayante lucidité – les failles de ses parents. Si ceux-ci peuvent les assumer simplement et en parler avec leurs enfants, le problème n'est pas grave car l'adolescent peut comprendre que le père ou la mère idéale dont il rêverait n'existe pas. Si, au contraire, les parents mentent ou s'enferment dans une position de parents inattaquables et outrés qu'on les mette en cause, les conséquences de leur attitude peuvent être dramatiques car l'adolescent risque d'avoir honte de ce qu'ils sont et s'en sentir dévalorisé d'autant.

Comment peut-on aider un adolescent ?

On peut aider un adolescent en l'écoutant et en lui parlant. Il est important de le prendre au sérieux et, en même temps, de ne pas lui « faire de cadeaux ». Les adolescents ont besoin d'adultes qui parlent vrai, qui tiennent leur place sans démagogie et qui les aident à placer sur leur route des balises et des repères.

Pour en savoir plus :

Françoise Dolto, *La Cause des adolescents*, Paris, Robert Laffont, 1988.

Françoise Dolto, Catherine Dolto et Colette Percheminier, *Paroles pour adolescents ou le complexe du homard*, Paris, Hatier, 1989.

Dr Xavier Pommereau, *Quand l'adolescent va mal…*, Paris, Jean-Claude Lattès, 1997.

« Mon enfant ne parle pas »

Avoir un enfant qui ne parle pas est-il toujours angoissant pour des parents ?

Avoir un enfant qui ne parle pas à l'âge où les autres se mettent à parler est toujours source d'une grande angoisse pour des parents. On peut même dire que c'est avec les problèmes de sommeil et de nourriture ce qu'il y a de plus difficile à vivre pour eux. De plus, ils ne reçoivent pas toujours l'aide dont ils auraient besoin car les médecins se contentent volontiers de propos rassurants : « Ne vous inquiétez pas, cela va venir », ou envoient l'enfant suivre des rééducations qui ne lui permettent pas plus qu'à ses parents de comprendre ce qui se passe.

Pourquoi un enfant ne parle-t-il pas ?

Un retard – quel qu'il soit – est toujours pour un enfant un moyen d'exprimer une souffrance. Mais il faut d'emblée préciser un point essentiel : le retard de langage est un retard très particulier. Il diffère de tous les autres retards (celui de la marche, de la propreté...) car il ne s'agit pas du retard d'une fonction particulière. Le retard de langage est toujours le signe que l'enfant rencontre un problème global dans son développement.

En quoi le retard de langage est-il différent des autres ?

La spécificité du retard de langage est liée à la nature même du langage. L'accès au langage, en effet, n'est pas seulement l'accès à une capacité fonctionnelle de dire des mots. C'est beaucoup plus que cela. Quand un enfant se met à parler cela signifie plusieurs choses :

– c'est d'abord le signe qu'il est devenu un être autonome qui est conscient d'être quelqu'un et d'avoir des désirs en propre qu'il peut communiquer à un autre ;

– que cet autre est, pour lui, tout à fait distinct de lui, et par le fait même de parler l'enfant lui signifie : « Je suis moi, tu es toi, nous sommes séparés et je te parle » ;

– c'est le signe aussi que l'enfant a accès à la « symbolisation », c'est-à-dire à la possibilité de faire exister les choses quand elles ne sont pas là, grâce aux mots.

Si les mots n'existaient pas, nous pourrions en effet évoquer uniquement ce que nous pouvons montrer du doigt.

Saisir la particularité et l'importance essentielle de la fonction du langage pour un être humain, c'est comprendre que l'on n'« apprend » pas à parler : on parle quand on en éprouve le désir et quand le moment est venu.

Quelles sont les conditions requises pour qu'un enfant parle ?

Pour qu'un enfant puisse parler :

– Il faut qu'il soit une personne à lui tout seul, c'est-à-dire qu'il ne soit plus collé à sa mère. Il faut donc qu'il soit capable de se débrouiller seul dans la vie quotidienne : pour manger, pour s'habiller, pour aller aux cabinets…

Tant que ce sont les mains de sa mère qui font les choses pour lui, un enfant est comme un morceau de cette mère et les « morceaux de mère » n'ont aucune raison de se mettre à parler…

– Il faut aussi que l'enfant soit considéré comme une personne à part entière, un interlocuteur valable, qui peut donner un avis digne d'intérêt et que l'on juge capable de savoir ce dont il a besoin.

Si tout le monde décide ou fait toujours tout à la place d'un enfant, ou ne voit pas pourquoi il éprouverait le besoin de parler. Une charmante histoire anglaise raconte ainsi les aventures d'un jeune lord, mutique jusqu'à l'âge de vingt-cinq ans qui, à la stupéfaction générale, prend un jour la parole à l'heure du thé pour réclamer le sucre qui manque sur le plateau. À son entourage éberlué qui lui demande : « Mais pourquoi, jusque-là, n'avez-vous jamais rien dit ? », il déclare : « Mais parce que, jusque-là, tout était parfait ! »

Quelles sont les autres raisons qui peuvent empêcher un enfant de parler ?

Les causes des retards de langage sont multiples :

– Certains enfants ne parlent pas parce qu'ils ne savent pas vraiment qu'ils sont des humains. Ils ne font pas la différence entre un animal et un humain parce que, sans le vouloir et sans le savoir, leurs parents les traitent davantage comme des animaux de compagnie que comme des enfants humains : ils les nourrissent, les soignent, les cajolent ou les molestent mais ils ne leur parlent pas. Ils ne leur disent pas assez de paroles humaines pour qu'ils puissent se construire.

– Certains tardent à parler parce qu'ils vivent dans des familles où trop de choses sont cachées. L'enfant a inconsciemment l'intuition de ces secrets qu'il ne faut pas dire et, pour être sûr de ne pas trahir, il se tait.

– Certains enfants souffrent d'avoir des parents qui attendent trop qu'ils parlent et veulent qu'ils y arrivent parce qu'ils l'ont décidé, oubliant que nul ne peut parler sur ordre ou sur commande.

– Il faut citer aussi les enfants qui s'arrêtent de parler après un traumatisme parce que c'est pour eux une façon de revenir à l'époque d'avant le traumatisme et d'avant la souffrance.

– Il existe également ceux qui parlent « charabia » afin que seule leur mère puisse les comprendre. La liste est loin d'être exhaustive car les raisons de rester silencieux ne manquent pas…

Que faut-il faire quand un enfant ne parle pas ?

Si un enfant tarde trop à parler il est nécessaire que ses parents aillent consulter avec lui, mais il faut qu'ils consultent quelqu'un qui puisse les aider à chercher d'abord les causes de ce retard, c'est-à-dire un psychanalyste. Ensuite, les causes étant élucidées et traitées, l'enfant pourra, dans un deuxième temps, si besoin est, bénéficier d'une rééducation orthophonique.

Malheureusement à ce niveau, les pratiques en vigueur posent problème car les médecins généralistes et les pédiatres ont de plus en plus tendance à envoyer les enfants souffrant de troubles du langage directement en orthophonie. Or les orthophonistes sont formés à rééduquer les difficultés de langage quand le langage est là – c'est un travail technique fort utile à certains enfants – mais ils (ou elles) n'ont aucune formation qui leur permette d'entendre ce qui motive un retard de langage.

S'ils reçoivent néanmoins un enfant qui présente un trouble de ce genre et s'ils le rééduquent sans s'occuper des causes, le danger est soit que la rééducation s'éternise et finalement échoue : on aura perdu un an, deux ans ou parfois trois ; soit que le symptôme ne soit que « déplacé » : l'enfant va finir cahin-caha par parler, mais comme sa souffrance initiale n'aura pas été entendue, il faudra qu'il continue à l'exprimer par le biais d'un autre symptôme.

Ainsi les psychanalystes reçoivent très souvent pour des thérapies des enfants de neuf ou dix ans en échec scolaire et malheureux dans leur vie. Les problèmes avaient été repérés par les parents au moment où ces enfants auraient dû parler, mais à force d'orthophonie on avait fini par les « faire parler ». Par la suite, de la même façon, on a réussi à les « faire lire » (parce que de nouveaux problèmes avaient surgi avec l'apprentissage de la lecture). De symptôme apparemment guéri en symptôme apparemment guéri, rien ne s'est jamais véritablement arrangé.

Ces enfants sont toujours très difficiles à traiter car ils sont en général découragés et dévalorisés – comme leurs parents d'ailleurs – par ces prises en charge successives. C'est d'autant plus regrettable que la racine des problèmes aurait été facilement accessible quand ils avaient trois ans tandis que, des années plus tard, elle est recouverte par des années d'errance thérapeutique.

Les pistes sont brouillées et le travail pour que l'enfant « s'en sorte » rallongé et compliqué d'autant.

« J'ai peur quand je suis seul(e) »

Pour quelles raisons a-t-on peur quand on est seul ?

– On peut avoir peur d'être seul parce que l'on vit dans un état permanent d'angoisse et que l'on ne parvient à y échapper que si l'on est entouré par les autres, absorbé dans un travail très prenant ou happé par un emploi du temps surchargé en permanence. La perspective d'un tête-à-tête avec soi-même est, dans ce cas, synonyme d'une plongée dans l'horreur.

Il va de soi que ce type d'angoisse vient toujours de l'histoire que l'on a eue mais que l'on n'en connaît pas consciemment les causes et que l'on n'a donc aucun moyen de lutter contre elle.

– On peut aussi, sans être aussi angoissé, avoir une peur particulière de se retrouver seul parce que l'on n'a pas vraiment acquis dans son enfance la capacité à l'être.

D'où vient la « capacité à être seul » ?

On peut dire que quelqu'un a la capacité d'être seul s'il peut, lorsqu'il est dans cette situation, continuer à se sentir lui-même, ne pas perdre ses repères et vivre sans angoisse, en étant sûr de lui, dans un monde qu'il ne ressent pas comme dangereux.

Pour y parvenir il faut avoir une sécurité intérieure qui se construit, dans la vie d'un humain, en plusieurs étapes, et d'abord dans la toute petite enfance. Un bébé est, en effet, totalement dépendant des autres dans un monde qui lui est tout à fait inconnu. Pour qu'il se sente en sécurité il faut qu'il sache sa mère présente, attentive et pas trop angoissée, qu'il soit sûr qu'il compte pour elle et qu'il peut compter sur elle.

Cette certitude intériorisée lui permet d'affronter sereinement toutes les difficultés. Françoise Dolto racontait ainsi que, pendant la dernière guerre, sous les bombardements, certains bébés s'endormaient sans problème parce que leur mère était là.

Si l'on compare la construction d'un être humain à celle d'une maison, on peut dire que cette première sécurité constitue les fondations – solides ou pas – sur lesquelles il va construire le reste de l'édifice.

Quelles sont les autres étapes ?

Dans la suite de sa vie l'enfant va rencontrer de nouvelles raisons de se sentir – ou de ne pas se sentir – en sécurité.

Pour qu'un individu se sente bien lorsqu'il est seul il faut aussi qu'il soit sûr de pouvoir faire face, sans l'aide de quiconque, à tout ce qui pourra lui arriver. Cela implique qu'il ait confiance en lui et en ses capacités, et il faut pour cela qu'il ait appris, enfant, à se débrouiller seul sans l'aide de ses parents mais en étant sûr d'avoir leur confiance.

Tous les enfants sont capables d'être autonomes dans le quotidien à partir d'un certain âge mais tous ne le font pas parce qu'ils sentent inconsciemment que leur mère ne supporterait pas qu'ils puissent se passer d'elle et si, par hasard, ils le font quand même ils se sentent culpabilisés, comme s'ils la « laissaient tomber ».

Entravés dans leur vie matérielle, ces enfants le sont aussi dans leur vie imaginaire car ils ont en général du mal à jouer seuls, ils ne savent pas s'inventer des histoires et vivre dans la seule compagnie d'eux-mêmes. Ils recherchent toujours les autres comme on cherche une béquille et cela peut durer leur vie entière.

Pourquoi ces peurs surgissent-elles un jour chez des personnes qui ne les avaient pas ressenties auparavant ?

Il arrive fréquemment que les peurs ne se révèlent pas tant que l'individu mène une vie protégée, balisée, entourée par les autres et qu'elles surgissent un jour parce qu'il doit se mettre à vivre « en son nom », parce qu'il est confronté à une situation qu'il doit régler seul. En général on repère un événement déclencheur – une difficulté professionnelle, une rupture amoureuse, une obligation de quitter un environnement connu, familier et rassurant – qui provoque une rupture de l'équilibre intérieur, et tout ce qui était resté en sommeil depuis l'enfance se réveille…

Que faire si l'on a peur quand on est seul ?

Il faut chercher les racines de cette peur et se faire aider si l'on n'y arrive pas seul, en sachant qu'il n'existe pas de médicaments miracles et que les psychanalystes n'ont pas de boule de cristal qui leur permette de trouver l'origine des problèmes. Ils peuvent seulement aider ceux qui le souhaitent à mener l'enquête qui leur permettra de la découvrir.

« Ma totote, mon doudou, mon ninnin »

Que sont ces tototes, ces doudous… dont certaines personnes n'arrivent pas à se séparer même à l'âge adulte ?

Ces objets sont des vestiges de la toute petite enfance. Le psychanalyste anglais Donald Winnicott les a appelés des « objets transitionnels », parce qu'ils apparaissent à un moment de la vie des bébés qui est une transition entre deux étapes très importantes de leur développement, et qu'il situe, selon les bébés, entre quatre et douze mois.

Quelles sont ces étapes ?

La première étape est celle des tout premiers mois du nourrisson. Il vit à ce moment-là en circuit fermé avec lui-même – il suce son pouce, ses doigts – et il ne fait aucune différence entre lui et le monde extérieur. À ce moment-là, en effet, sa mère s'adapte parfaitement à tous ses besoins et elle répond sans délai à toutes ses demandes. Il crie : elle se précipite. Il a faim : le sein ou le biberon arrive. L'enfant a donc le sentiment qu'il peut les faire apparaître comme il peut bouger sa main ou son pied. Il a l'illusion qu'ils font partie de lui.

Quelle est la deuxième étape ?

La deuxième étape sera le moment où l'enfant aura compris la réalité, c'est-à-dire où il aura perçu qu'entre lui et le monde il existe une séparation. Mais il lui faut un certain temps pour y parvenir. Il y arrive parce que, comme au fur et à mesure qu'il grandit, la mère répond moins vite à ses demandes, il doit supporter des frustrations et se rendre compte qu'elle n'est pas une partie de lui et qu'il y a avec elle, à l'extérieur de lui, tout un monde dont il n'a pas la maîtrise.

Le bébé met beaucoup de temps à construire cette séparation entre sa mère et lui et c'est pendant cette période qu'apparaît l'objet transitionnel.

Quel est le rôle de cet objet transitionnel ?

Winnicott dit de l'objet transitionnel qu'il est pour l'enfant sa « première possession non-moi [1] », la première chose qu'il possède en propre. Il ne la vit plus comme faisant partie de lui mais il ne la perçoit pas encore comme un objet vraiment séparé de lui. Il ne

1. Winnicott écrit : « *first not me possession* ».

pourra en arriver là qu'avec le premier jouet, la première peluche par exemple, auquel il va s'attacher comme à un objet tout à fait extérieur quand la séparation d'avec sa mère sera terminée.

En fait, l'objet transitionnel représente pour l'enfant tout ce dont il est en train de se séparer et, en premier lieu, sa mère. Il lui donne, quand elle est absente, l'illusion rassurante de sa présence et il réussit ainsi à calmer les angoisses qu'il éprouve notamment au moment du sommeil. Quand il commence à parler, il nomme en général son objet transitionnel en se servant d'une partie du mot que ses parents emploient pour le désigner.

Pourquoi certains adultes gardent-ils un objet transitionnel ?

En principe l'enfant abandonne progressivement son objet transitionnel quand il n'en a plus besoin : quand il est complètement séparé du monde et de sa mère et capable de supporter sans angoisses l'absence de cette dernière.

Pour qu'il y parvienne trois conditions sont requises :

– il faut que, dans les premiers mois, la mère ait été assez présente et rassurante pour que l'enfant ait acquis une sécurité intérieure ;

– elle doit supporter elle aussi sans trop d'angoisses que son enfant se sépare d'elle : il faut être deux pour se séparer ;

– et il faut qu'elle lui parle suffisamment pour qu'il puisse, quand elle n'est pas là, penser à elle avec des mots, sans le support d'un objet.

On comprend aisément qu'une telle construction puisse avoir des failles… Quand elles existent, elles provoquent à l'âge adulte des angoisses et des sentiments d'insécurité que l'on essaie parfois de calmer avec les mêmes moyens que ceux que l'on employait lorsque l'on était encore un nourrisson…

Quels conseils donner aux parents à propos de ces objets transitionnels ?

Le premier conseil, c'est de dire aux parents de… laisser leurs enfants tranquilles. De ne pas les « conditionner » aux chiffons et autres « doudous » et de ne pas non plus les leur interdire.

Lorsque l'enfant a un objet transitionnel, il faut supporter de ne pas le laver – ce qui est souvent difficile étant donné son état – car l'enfant a besoin de retrouver son odeur en même temps que la sensation tactile qu'il éprouve en le manipulant.

Et si vraiment l'on est excédé de voir l'enfant traîner avec son chiffon derrière lui, il faut lui parler, l'intéresser à ce qui se passe autour de lui et lui faire découvrir le monde. C'est encore le meilleur moyen pour qu'il passe à autre chose.

Pour en savoir plus :

Donald Woods Winnicott, « Objets transitionnels et phénomènes transitionnels », in *De la pédiatrie à la psychanalyse*, Paris, Payot, 1989.

Donald Woods Winnicott, *Jeu et réalité*, Paris, Gallimard, 1975.

« Les rapports pères-filles »

Quel est le rôle d'un père auprès de sa fille ?

Pour les filles comme pour les garçons, le père remplit trois fonctions essentielles :

– Il est dans la famille le garant de la loi et du respect des limites : c'est la condition indispensable pour que l'enfant se structure et se sente en sécurité.

– Il est essentiel à la construction du narcissisme de l'enfant, c'est-à-dire du sentiment qu'il aura ou non de sa propre valeur.

• Il est en effet, aux yeux de l'enfant, plus que la mère, le représentant de la société et par son intermédiaire c'est elle qui regarde l'enfant et l'évalue.

• Il est celui qui donne à l'enfant son nom et donc son identité sociale.

• Il est enfin celui qui va le reconnaître et l'« adopter ». Le rapport avec la mère est, en effet, d'emblée évident et charnel alors que le lien au père est toujours à construire. Son estime est donc à gagner et elle est toujours très valorisante pour l'enfant surtout s'il l'admire, ce qui n'est possible que si la mère elle-même manifeste de l'admiration pour son compagnon.

– Le père est d'autre part celui qui intervient en tiers entre l'enfant et sa mère, qui lui permet de s'en décoller et de grandir. Pour la fille cette fonction est primordiale car elle a besoin de pouvoir s'appuyer sur son père si, au moment de décider de sa façon à elle d'être une femme, elle entre en conflit avec sa mère.

En quoi le rôle d'un père auprès d'une fille est-il spécifique ?

Le père occupe une place essentielle dans le développement affectif et sexuel de sa fille. Pour qu'une petite fille, en effet, construise son identité, il faut qu'elle soit considérée dès le début de sa vie comme une fille et qu'on lui explique très tôt – avant trois ans – la différence des sexes et son avenir (future femme, future mère).

À partir de là son « moteur » pour grandir sera l'identification : elle va vouloir ressembler à sa mère et donc, logiquement, essayer de séduire son père. C'est l'un des aiguillages les plus fondamentaux de sa vie qui se situe à ce stade car :

– ou bien on lui oppose l'interdit de l'inceste : « On ne se marie pas avec son papa… » et, ce faisant, on lui ouvre la porte de l'extérieur et de l'avenir ;

– ou bien on lui laisse croire – ou on lui fait croire – que la réalisation de son rêve est possible et elle va s'enliser dans cette situation.

À cette étape, le rôle des parents est fondamental car il faut qu'ils soient au clair avec l'interdit de l'inceste pour que leur fille parvienne à se situer clairement par rapport à lui.

Si l'interdit est posé, la petite fille sera obligée de renoncer à l'amour incestueux pour son père. Ce sera pour elle difficile, mais positif, car elle pourra à partir de cette expérience structurante :

– faire la différence entre ce qui est réalisable et ce qui ne l'est pas. C'est-à-dire entre un rêve et un projet. On ne peut nier que dans la vie ce soit utile ;

– comprendre qu'une chose apparemment agréable peut être nocive et qu'inversement une chose que l'on ressent comme désagréable peut être positive : c'est ainsi que naît le sentiment moral ;

– et surtout avoir avec son père une relation de tendresse chaste, sans angoisses ni culpabilité. Elle pourra s'appuyer sur lui et apprendre à pratiquer le dialogue avec celui qui est et restera le premier homme de sa vie.

Comment un père peut-il poser l'interdit de l'inceste ?

Il est important d'apprendre aux enfants que l'interdit de l'inceste est un interdit universel et que les hommes l'ont respecté à toutes les époques et dans tous les pays du monde.

Il faut ensuite expliquer en quoi il consiste : on ne peut, quand on est un enfant, épouser son père, sa mère, ses frères et sœurs, oncles, grands-parents, etc. Il est essentiel de préciser aux enfants que les adultes sont également soumis à cet interdit. Certains en effet pensent qu'il vaut pour les enfants mais que les adultes auraient le droit de le transgresser s'ils le voulaient.

Enfin, il est bon de rappeler à l'enfant qu'il existe dans le cœur des parents deux sortes d'amour : celui qu'ils éprouvent pour leurs enfants et celui qu'ils réservent à leurs conjoints, et que, de ce fait, les uns ne sont pas en concurrence avec les autres.

La mise en place de l'interdit de l'inceste ne se limite cependant pas aux paroles. Elle implique aussi que le père réfléchisse à ses actes : qu'il évite les câlins trop prolongés avec sa fille, les séjours à deux dans un lit… toutes situations qui incitent l'enfant à poursuivre son rêve.

Elle lui impose également de respecter l'intimité de sa fille, de ne pas aller continuellement « fouiller » par des paroles, des regards et des actes dans son intimité corporelle et mentale, ses sentiments, ses vêtements.

Elle oblige enfin le père à ne pas être dupe de lui-même : certains jeunes gens de l'entourage de sa fille lui sembleraient probablement beaucoup plus sympathiques par exemple s'il ne les soupçonnait pas d'avoir des vues sur elle… Il vaut mieux qu'il s'en rende compte.

Tout cela est toujours très difficile à réaliser pour un père. En fait, la mise en place de l'interdit de l'inceste ne se réalise qu'à trois conditions :

– si le père vient d'une histoire où l'on a été clair avec lui à ce sujet ;

– s'il a une vie personnelle, affective et sexuelle satisfaisante, car si ce n'est pas le cas il ira chercher ailleurs des compensations et il les trouvera parfois auprès de sa fille ;

– si la mère tient sa place et s'interpose pour protéger sa fille en cas de dérapages.

Si l'interdit de l'inceste n'est pas posé, quelles en sont les conséquences ?

Il est toujours très destructeur pour les enfants que l'interdit de l'inceste ne soit pas posé. Il faut, en effet, pour qu'ils aillent bien, qu'ils sachent où est leur place, et l'inceste mélange toutes les places.

Ce désordre – symbolique – est toujours générateur d'angoisses qui se traduisent par des symptômes corporels comme des obésités – qui servent de protection – des inhibitions intellectuelles et sociales et, plus tard, des échecs dans la vie affective et surtout dans la vie sexuelle. Les conséquences sont encore plus graves quand la relation incestueuse est ressentie par la jeune fille comme agréable car elle détruit alors sa vie et, souvent, celle de ses enfants, à l'instar d'une drogue dont on userait d'autant plus volontiers que son goût est agréable et que personne n'est là pour vous empêcher de la prendre.

« Je vis avec un handicapé »

Qu'est-ce qu'un handicapé ?

Un « handicapé » est quelqu'un qui provoque en général de l'émotion, de la crainte ou de la compassion parce que l'on considère d'abord ce qui lui manque : les bras, les jambes, la vue, l'ouïe ou autre chose.

L'existence de ce manque n'est pas niable et provoque toujours chez lui une grande souffrance. Pourtant, malgré ce manque, un handicapé est un être humain comme les autres.

Qu'est-ce qui autorise à considérer qu'un handicapé est quelqu'un qui est « comme les autres » ?

Si un handicapé vit c'est qu'il a trouvé en lui de quoi vivre malgré son handicap, de quoi le compenser sur un autre plan. Les aveugles de naissance, par exemple, ont une capacité à se diriger et une sensibilité tactile que les voyants n'ont pas. De plus – il ne faut jamais l'oublier –, un être humain ne se résume pas à un corps qui marche, bouge, entend et voit. Il représente aussi et avant tout une certaine quantité de « potentiel humain » : intelligence, sensibilité, érotisme et talents divers, et possède une capacité à communiquer avec lui-même, le monde et ses semblables, que les handicapés ont comme les autres.

Ils ne sont donc pas, comme on le croit trop souvent, des êtres diminués, mais des êtres que la vie a obligés et oblige à se construire autrement que les non-handicapés.

Comment expliquer que le regard des gens sur les handicapés soit aussi négatif ?

Nous vivons dans une société qui n'accepte pas facilement les différences et qui, surtout, n'apprend pas à ses enfants à vivre avec elles. Dès lors, celui qui est différent fait peur et, pour se défendre, on le rejette. De plus il y a autour du handicap tout un imaginaire : il est souvent vécu inconsciemment comme une sorte de châtiment pour des fautes que celui qui en est affligé ou ses ancêtres auraient commises. On retrouve à ce propos l'idée de tare chère au XIXe siècle que le langage courant évoque dans des expressions comme : « Mais qu'est-ce que j'ai fait pour mériter tout cela ? »

Confronté au handicap chacun de nous est sans doute renvoyé à des culpabilités enfouies dans les profondeurs de son enfance. L'enfant petit croit toujours, en effet, que les choses qu'il souhaite peuvent se réaliser et nous avons tous eu, un jour ou l'autre, des souhaits inavouables. Dès lors, nous craignons tous que la punition ne nous rattrape telle une maladie contagieuse à laquelle nous ne pourrions échapper. Le handicapé, par son manque, incarne le châtiment que, inconsciemment, nous redoutons.

Comment apprendre aux enfants l'accueil des handicapés ?

Il serait bon que les enfants apprennent dès l'école ce qu'ils peuvent apporter aux handicapés mais surtout ce que les handicapés peuvent leur apporter. Ils comprendraient ainsi qu'ils ne se résument pas à leur handicap et les regarderaient d'un autre œil.

Un enfant qui est dans un fauteuil roulant par exemple a dû, pour survivre, développer des qualités de réflexion, d'intuition et de communication que la plupart de ses camarades valides n'ont pas. Il a une expérience de la vie différente, une autre approche des problèmes et des êtres. Il a donc des choses à leur apprendre mais il a d'autant plus de mal à le faire qu'il vit comme tous les élèves dans un système scolaire qui fonctionne lui-même sur l'exclusion : dans les écoles traditionnelles si un enfant échoue dans les matières jugées importantes il est rare que l'on cherche à déceler les autres talents qu'il pourrait avoir (et il en a forcément). On le rejette lui aussi, on en fait un handicapé de la scolarité, alors qu'il est peut-être – potentiellement – un grand cuisinier, un sportif émérite, un peintre de talent ou peut-être même – qui sait ? – un prix d'excellence qui s'ignore… Il n'est pas rare en effet qu'un élève que l'on aide à se valoriser dans des matières dites « secondaires » se « réveille » tout à coup et se mette à comprendre le français ou les mathématiques.

Qu'est-ce qui est le plus difficile à vivre avec un handicapé ?

Le couple que forme la personne handicapée avec son compagnon ou sa compagne rencontre les mêmes problèmes que tous les autres couples : supporter l'autre au quotidien n'est jamais facile, mais il doit, en outre, affronter une difficulté que les autres ne connaissent pas. Le jeu est, en effet, faussé par l'existence d'une carte supplémentaire, le handicap, qui fait du duo un trio : on n'est jamais deux mais trois. Il y a toujours soi, l'autre et le handicap. Ce troisième toujours présent peut prendre différents visages :

– celui de l'aide matérielle à apporter au handicapé : elle varie selon le handicap mais elle est souvent lourde et pèse sur la vie privée et sur la sexualité. Il n'est pas aisé d'être à la fois soignant et amant ou maîtresse ;

– et celui de problèmes psychologiques :

• parce qu'il y a toujours un risque de prise de pouvoir de l'un et de dépendance de l'autre ;

• parce qu'il est important, lorsque l'on s'aime, de savoir que l'on peut se quitter. Or, dans le cas qui nous occupe, le non-handicapé ne peut envisager sans culpabilité de partir ;

• et parce que vivre avec un handicapé implique que l'on supporte le regard des autres, leurs idées fausses et parfois leur curiosité malsaine (notamment en ce qui concerne la sexualité).

Ce regard est toujours source de blessures narcissiques pour le handicapé et elles rejaillissent sur celui ou celle qui l'accompagne.

Comment aider quelqu'un qui vit avec un handicapé ?

Il est important que quelqu'un qui vit avec un handicapé se dise qu'il a le droit de « craquer ». C'est normal et cela ne signifie pas qu'il n'aime pas son compagnon ou sa compagne. On peut à la fois aimer un handicapé et détester, certains jours, son handicap, rêver qu'il disparaisse, qu'il aille « voir ailleurs ».

Il serait utile aussi de pouvoir parler avec l'autre sans gêne et sans culpabilité, de ses difficultés et de ses lassitudes. Cela lui permettrait sans doute, lui aussi, de faire entendre en retour la souffrance qu'il y a à être dépendant et la rage que l'on peut parfois en éprouver.

Arriver à ce niveau d'échanges est souvent très difficile car chacun s'efforce de se taire pour ménager l'autre et devient de ce fait prisonnier avec lui d'une montagne de non-dit. Si le silence ne peut être rompu dans le couple il est donc nécessaire que la personne handicapée et celui (ou celle) qui partage sa vie aient, chacun, un « extérieur » : des amis, des parents, des copains avec qui ils puissent parler sans crainte de ce qu'ils n'osent pas dire à l'autre.

« Mes enfants ne se supportent pas »

Est-il normal que des enfants se disputent ?

Tout dépend de la façon dont ils se disputent :

– les chamailleries même fréquentes entre enfants sont normales et inévitables ;

– les rivalités et les haines bien installées entre deux d'entre eux méritent, elles, que l'on s'interroge car elles ont toujours une histoire ;

– ce qui est tout à fait anormal (et qu'il faut interdire) c'est que ces rancœurs se traduisent par des actes violents qui risquent de mettre la vie d'un enfant en danger.

Que doivent faire les parents par rapport aux disputes dites « normales » ?

Le mieux est que les parents laissent les enfants régler leurs problèmes entre eux et évitent de s'en mêler. Il est en effet impossible, dans ce genre de situations, de savoir ce qui s'est vraiment passé : qui a raison, qui a tort et qui a commencé. De plus, si l'on prend l'habitude d'intervenir, les enfants ne tardent pas à profiter de l'aubaine… Cela devient pour eux un jeu de provoquer l'arrivée des parents et de voir à qui ils vont donner raison. Les disputes se multiplient et s'enveniment dans une guerre sans fin. Françoise Dolto avait coutume de raconter qu'elle disait à ses propres enfants d'aller se battre sur le palier et de ne l'appeler que s'il fallait emmener l'un d'eux à l'hôpital… C'était évidemment une boutade mais elle signifiait aux enfants que leur mère ne deviendrait pas un enjeu supplémentaire dans les différends qu'ils pouvaient avoir entre eux.

Comment expliquer les disputes fréquentes entre deux enfants ?

Elles ont souvent pour origine un conflit antérieur qui n'a pas été repéré ou dépassé. Il peut être lié par exemple à ce qu'a vécu l'aîné à la naissance du plus jeune, à cette « crise de jalousie » qui est en fait, pour lui, une crise d'identité, car il voit ses parents séduits par un bébé et il ne peut pas rivaliser avec lui car il lui est impossible de retourner en arrière et de redevenir un nourrisson.

Si l'enfant n'a pas eu l'occasion d'exprimer sa souffrance ou si l'on n'a pas su y répondre, elle risque de resurgir plus tard ou de se trouver réactivée à la naissance d'un autre enfant.

Certains problèmes sont-ils liés à l'attitude des parents ?

Les parents peuvent – même sans le vouloir et sans le savoir – « fabriquer » des problèmes entre leurs enfants :

– en donnant l'un en exemple à l'autre ;

– en laissant l'un jouer à l'autorité avec l'autre ;

– en faisant trop de différences entre eux ou en prétendant, au contraire, n'en faire aucune ;

– il arrive aussi que les parents laissent les enfants se « coller » ensemble et certaines haines frères-sœurs ont un caractère inconsciemment incestueux : si un garçon, en effet, a la tête occupée par sa propre vie sociale, par ses amours et ses amitiés à lui, il ne peut pas attacher une importance démesurée aux faits et gestes de sa sœur. S'il s'en occupe et s'en préoccupe trop c'est qu'il n'a pas suffisamment de vie extérieure.

Pourquoi dans certains cas les conflits dégénèrent-ils et deviennent-ils dangereux ?

Quand les conflits dégénèrent et mettent en danger les enfants c'est toujours le signe que, dans la famille, les limites ne sont pas en place.

Par leur agressivité anormale les enfants peuvent exprimer une violence qu'ils subissent ou l'absence d'une autorité paternelle. Le père est, en effet, dans une famille, pour les enfants, celui qui est supposé dire la loi, la respecter et la faire respecter.

Certains pères ne le font pas et d'autres éprouvent même inconsciemment un certain plaisir à voir leurs enfants transgresser cette loi.

Que faut-il faire quand la violence physique s'installe entre les enfants ?

Quand la violence physique s'installe entre les enfants il faut, bien sûr, essayer de comprendre ce qui se passe mais il faut surtout faire cesser au plus vite les actes dangereux. Dans la société, en effet – en dehors de la famille –, si l'on menace ou si l'on agresse quelqu'un on tombe sous le coup de la loi. Il faut que les enfants comprennent que l'on ne peut pas leur permettre de faire au sein de la famille ce qui est interdit à l'extérieur. Si l'on ne respecte pas cette règle, la famille devient pour eux une école de la délinquance. Il faut de plus qu'ils comprennent qu'être mineur ne signifie pas être à l'abri de la loi, qu'il existe des juges pour enfants auxquels on peut faire appel si l'on ne parvient pas à faire en sorte que les choses reprennent leur cours normal.

L'existence de la justice est un repère symbolique pour les enfants et il ne faut pas hésiter à en parler et à faire appel à elle dans les cas graves.

Il est dangereux de laisser les enfants et les adolescents se livrer à la violence car elle est pour eux un facteur de déshumanisation et ne peut qu'hypothéquer gravement leur avenir.

« Un bébé sur le tard »

Les parents qui ont des enfants tard semblent de plus en plus nombreux ?

Selon l'INSEE le nombre des naissances chez les mères de plus de trente-cinq ans a doublé en dix ans. Elles représentent maintenant treize pour cent des naissances et – chose curieuse – leur taux ne cesse d'augmenter alors que le taux global de la natalité, lui, diminue.

Avoir en enfant tard est-il une bonne ou une mauvaise chose ?

Pour un psychanalyste, ce qui est « bien » c'est de faire ce qui est vrai pour soi et de le faire au moment que l'on estime être le bon. De cela on est seul juge… La société cependant ne partage pas toujours ce point de vue et le fait d'avoir des enfants tard suscite, on le sait, beaucoup de critiques.

Nombre d'entre elles sont suspectes car fondées sur des positions de principe un peu douteuses qui semblent n'être avancées que pour rationaliser des motivations qui sont d'un tout autre ordre. Le désir en effet n'est pas une chose très bien vue… Il suscite toujours des réticences, et par « désir » il faut entendre là non pas seulement le désir sexuel mais le désir en général. Ce qui fait que l'on est vivant, que l'on peut encore chambouler ses habitudes et rejouer les cartes de sa vie. Beaucoup de gens se débrouillent pour vivre à l'abri de leur désir et l'âge leur fournit pour cela un excellent alibi. L'idée que certains veuillent fabriquer du vivant à l'âge où eux-mêmes commencent à vivre comme des morts ne peut donc que les déranger très profondément. Georges Brassens le chantait déjà, il y a quelques années : « Les braves gens n'aiment pas que l'on suive une autre route qu'eux. »

Quels sont les avantages et les inconvénients d'avoir un enfant tard ?

Avoir un enfant tard présente certains avantages : on sait peut-être un peu mieux ce que l'on fait, on est davantage « installé » matériellement et psychologiquement et l'on sait parfois mieux situer sa place par rapport à l'enfant.

La situation cependant n'est pas sans inconvénients :

– sur le plan médical : car le risque de fausses couches et de maladies chromosomiques s'accroît avec l'âge ;

– sur le plan psychologique : l'enfant à venir peut souffrir d'être le point de mire de ses parents (comme tous les enfants uniques) et d'avoir plus tard à s'identifier à des gens âgés.

Les difficultés n'ont cependant rien de rédhibitoire. Les parents peuvent toujours aider leurs enfants à rencontrer des adultes plus jeunes et, pour le reste, il faut se rappeler que l'âge n'est pas qu'une question d'état civil : on rencontre parfois de terribles vieillards de vingt ans.

Pourquoi avoir un enfant tard ?

– Il arrive que l'on n'ait pas eu d'enfant plus tôt parce qu'on ne l'a pas souhaité. Certaines personnes en effet ont tellement conscience de l'importance de cet acte qu'elles ne parviennent pas à s'autoriser à l'accomplir. D'autres attendent de rencontrer quelqu'un avec qui l'aventure ait un sens et qui soit à leurs yeux un père ou une mère « convenables » pour l'enfant.

Le problème peut venir aussi du rapport que le parent potentiel entretient avec le temps. Certaines personnes vivent en effet comme si elles étaient éternelles, sans avoir conscience de leur âge et des années qui passent parce qu'on ne les a pas, dans leur enfance, clairement situées à leur place.

– On peut aussi ne pas avoir eu d'enfants plus tôt parce que l'on n'a pas réussi à en avoir. Quel que soit le désir conscient que l'on ait de devenir père ou mère il arrive, en effet, qu'il ne soit pas en adéquation avec le désir inconscient et/ou que le corps résiste. Avoir un enfant renvoie toujours à la fois aux parents que l'on a eus et à l'enfant que l'on a été. On revit toujours à travers ses enfants ce que l'on a soi-même vécu au même âge et que, parfois, on a oublié consciemment parce que c'était douloureux.

Ce que l'on aurait à revivre est parfois trop difficile pour que l'on puisse envisager de le faire.

Comment expliquer le nombre croissant de grossesses tardives ?

L'accroissement du nombre de grossesses tardives reflète un changement des mentalités.

Avoir un enfant était autrefois pour une femme un destin obligé, voire une fatalité et, parfois, une punition liée à la sexualité. Grâce aux luttes qu'elles ont menées pour leur libération, grâce à la contraception et à l'avortement, les femmes ont gagné le droit d'avoir une vie sexuelle sans la payer du prix d'un enfant non désiré.

Avec les découvertes récentes de la science un pas de plus est aujourd'hui franchi et donne l'illusion que l'on pourrait non seulement éviter les naissances que l'on ne souhaite pas mais maîtriser totalement celles que l'on désire, que l'on pourrait devenir le *deus ex machina* de la fécondité.

C'est une idée dangereuse et fausse : la fertilité des femmes décroît avec l'âge (c'est inéluctable et on ne le leur dit pas suffisamment) et les fécondations *in vitro* ne réussissent que dans vingt pour cent des cas. La vie ne se laisse pas aisément mettre en laisse…

Quels conseils donner aux parents qui ont un enfant sur le tard ?

Les parents doivent l'aider à aller au maximum vers les autres, adultes ou enfants.

Il est nécessaire de lui expliquer clairement sa généalogie et la succession des générations dans sa famille. C'est notamment très important s'il a des cousins qu'il pourrait prendre, du fait de leur âge, pour des oncles.

Il est, de plus, utile qu'ils lui donnent un « parrain » plus jeune qu'eux, qui soit capable de prendre le relais de son éducation si la vie les empêche de continuer à l'assumer. C'est une précaution que devraient prendre tous les parents même s'ils ont vingt ans.

« J'ai vécu avec un mythomane »

Qu'est-ce que la mythomanie ?

Le mot mythomanie vient du grec *muthos*, qui signifie « histoire fabuleuse » et *mania*, qui veut dire « folie ». Il a été créé en 1905 par un psychiatre français, Ferdinand Dupré, pour désigner une tendance à modifier la vérité, à mentir, à fabuler ou à simuler.

Dupré distinguait quatre sortes de mythomanies :

– la « mythomanie vaniteuse », dont le modèle est Tartarin de Tarascon : on se vante ;

– la « mythomanie errante », souvent accompagnée de fugues : on peut penser à Marnie, le personnage d'Alfred Hitchcock ;

– la « mythomanie maligne », qui est le fait de personnes qui se sentent inférieures et qui compensent cette infériorité par des médisances, des lettres anonymes, de fausses dénonciations ;

– la « mythomanie perverse » où la tendance à fabuler est mise au service de l'escroquerie.

Ces deux dernières intéressent particulièrement la justice.

La mythomanie est difficile à repérer (il faut toujours du temps) et difficile à comprendre car, contrairement à ce que l'on pourrait croire, un mythomane n'est pas un menteur et il n'est pas non plus quelqu'un qui délire.

Pourquoi un mythomane n'est-il pas un menteur ?

Si l'on en croit le dictionnaire – le Littré – le mensonge est « un discours contraire à la vérité qui est tenu avec l'intention de tromper ». On retrouve chez les mythomanes comme chez les menteurs le « discours contraire à la vérité », mais on peut noter trois différences essentielles :

– On ne trouve la volonté de tromper que chez les mythomanes pervers, les autres mythomanes ne cherchent pas à tromper. Ils ont seulement besoin, pour pouvoir croire l'histoire qu'ils racontent, que l'autre y croie : il leur sert de caution.

– D'autre part, un menteur sait parfaitement qu'il ment. Le mythomane est quant à lui clivé, il est comme coupé en deux : une partie de lui sait que ce qu'il dit n'est pas vrai mais l'autre partie a besoin d'y croire et y croit.

Il est probable d'ailleurs que c'est parce que le mythomane croit – au moins en partie – ce qu'il dit que les autres le croient.

– Enfin, le menteur n'a pas un besoin vital de mentir. Il ment seulement parce que cela l'amuse ou l'arrange, alors que pour le mythomane mentir est une nécessité parce qu'il est essentiel pour lui d'inventer une autre réalité.

Si un mythomane n'est pas un menteur, qu'est-ce qui permet de dire qu'il ne délire pas ?

On se pose souvent à propos des mythomanes la question du délire. On peut, en effet, face à quelqu'un qui affirme indûment être le fils de l'ambassadeur d'Autriche évoquer les délirants qui se prennent pour Napoléon. En fait les deux cas sont très différents.

Un délirant est quelqu'un qui a vécu des choses si lourdes qu'il ne peut plus les dire en son nom, à la première personne. Il doit les exprimer de façon codée : se prendre pour le Christ, par exemple – celui qui, dans la tradition, meurt pour racheter les péchés des hommes – peut être une façon délirante d'énoncer que l'on a dû se sacrifier pour un autre. Le délirant vit en circuit fermé avec lui-même, il dit toujours la même chose et n'a aucun doute sur ce qu'il raconte, il n'est plus du tout dans la réalité et les autres n'existent pas pour lui.

Le mythomane, lui, reste dans la réalité – il se contente de l'enjoliver – et ce qu'il dit peut changer : il passe aisément d'un mensonge à un autre. Il ne croit pas totalement à ce qu'il énonce et les autres existent pour lui puisqu'il en a besoin. On ne peut donc en aucun cas penser qu'il délire.

Comment expliquer alors que, sans mentir et sans délirer, on raconte des histoires tout le temps ?

Il est très difficile de comprendre comment l'on peut, sans mentir et sans délirer, raconter en permanence des histoires.

Pour l'expliquer il faut faire référence à ce que Freud appelait le « clivage du moi ». C'est-à-dire au fait que, confrontées à une réalité insupportable, certaines personnes se dédoublent : une partie d'elles accepte cette réalité, l'autre partie la refuse et les deux parties réussissent à coexister sans folie au prix d'une gymnastique psychique bizarre. Freud a étudié ce clivage à propos des fétichistes dont il dit qu'ils n'ont pas supporté de découvrir la différence des sexes, c'est-à-dire l'absence de pénis chez la femme. Une partie d'eux a admis ce qu'ils voyaient et l'autre partie n'a sans doute rien voulu en savoir puisqu'ils ont besoin d'ajouter aux femmes dans la sexualité un « fétiche » qui est pour eux l'équivalent d'un sexe masculin.

Si l'on veut appliquer ce concept de clivage aux mythomanes, il faut admettre l'hypothèse qu'ils ont eu à vivre dans leur enfance des choses trop difficiles. Ils n'ont pas pu les oublier complètement, les rendre inconscientes, mais ils ont réussi quand même à ne pas devenir fous en « coupant » leur conscience en deux. Ils se sont clivés. Une partie d'eux-mêmes a intégré les souvenirs insupportables tandis que l'autre partie les a niés, et ils vont, leur vie entière, reproduire ce mode de fonctionnement : une partie d'eux admet la vie telle qu'elle est et l'autre la refuse.

Ils sont contraints de continuer à fonctionner de la sorte car admettre aujourd'hui la réalité telle qu'elle est les obligerait à reconnaître ce qu'ils ont eu à vivre autrefois. Il leur est impossible de le faire sans risquer la folie qu'ils ont jusque-là évitée.

Ils passent donc leur temps à fuir, de mensonge en mensonge, et à faire de leur vie un roman faute d'avoir trouvé en eux ce qui aurait pu leur permettre de l'écrire au lieu de le vivre.

« J'en veux à ma belle-mère »

D'où viennent ces termes : « belle-mère » et « belle-fille » ?

Les mots « belle-mère » et « belle-fille » sont apparus au XVe siècle pour remplacer les mots latins et empruntent au Moyen Âge le mot « beau » qui constituait une marque d'affection et de respect. On avait l'habitude de dire : « mon beau seigneur ».

Ces appellations sont troublantes pour les enfants qui prennent souvent les mots au pied de la lettre et qui s'imaginent de ce fait qu'une belle-mère est… une mère qui est belle.

Les rapports avec les belles-mères font l'objet de nombreuses plaisanteries, on ne les prend pas véritablement au sérieux et ils ont un peu l'image d'un mal endémique dont le seul traitement serait la dérision. Cela mérite que l'on s'interroge.

Ces problèmes se trouvent en effet à la jonction d'un certain nombre de valeurs établies comme la famille, le mariage et l'amour maternel, toutes choses auxquelles la société tient mais dont un psychanalyste sait bien que derrière des façades honorables se cachent souvent des réalités qui le sont moins... Parler sérieusement de ce type de difficultés reviendrait sans doute à affronter quelques vérités inavouables mais incontournables et le repli sur l'humour – pas toujours de très bon goût – protège de ce danger.

Pourquoi les belles-mères entrent-elles en conflit avec leurs belles-filles ?

Chaque cas est bien sûr particulier. Ce que l'on peut néanmoins dire aux belles-filles et qui est vrai dans toutes les situations, c'est que ce qu'elles sont n'est pas en cause. Les critiques qui leur sont faites sont des rationalisations : si elles changeaient du tout au tout leurs belles-mères trouveraient quand même quelque chose à leur reprocher.

Les reproches en effet n'ont rien à voir avec ce qui semble les motiver. La véritable motivation est ailleurs : ce que les belles-mères ne supportent pas c'est que leur fils ait, dans sa vie, une autre femme qu'elles. Elles refusent cette situation tout en ignorant leurs véritables sentiments car ils sont inconscients. Les conflits belles-mères/belles-filles sont en fait l'expression d'une rivalité à caractère incestueux.

Quelle est l'origine de cette rivalité ?

Les parents « rejouent » en général avec leurs enfants ce qu'ils n'ont pas réglé avec leurs propres parents. C'est une sorte de loi terrible de la condition humaine qui explique l'existence de telles rivalités.

On peut en effet supposer que les belles-mères qui persécutent leurs belles-filles sont des femmes qui dans leur enfance n'ont jamais pu renoncer à leur père et que l'on n'a pas aidées à le faire. Leurs propres parents n'ont pas été suffisamment clairs avec elles à ce propos. Certaines d'entre elles ont sans doute senti leur père malheureux et imaginé qu'elles pouvaient le rendre plus heureux que ne le faisait leur mère.

Personne ne les ayant « remis à leur place », elles continuent. Les critiques qu'elles adressent à leur belle-fille à propos de la couleur des rideaux ou de la cuisson du gigot sont une façon de dire que, à leur place, elles seraient plus efficaces.

De même si elles s'attaquent à son physique, c'est parce qu'il suscite le désir de leur fils, ce qui leur est intolérable.

Les belles-filles jouent-elles un rôle dans ces conflits ?

Il arrive que les belles-filles « rejouent », elles aussi, quelque chose, en général des relations qu'elles ont eues avec leur propre mère : elles sont tentées de prêter à leur belle-mère des sentiments que leurs mères avaient envers elles ou de chercher inconsciemment en elle la mère qu'elles n'ont pas eue.

Cependant, le plus souvent, elles entrent sans le savoir dans le jeu parce qu'elles ne comprennent pas de quoi il s'agit. Elles se sentent attaquées personnellement et se défendent. Elles se laissent ainsi attirer par la belle-mère sur son terrain et lui donnent ce qu'elle attend : une guerre dont elle espère sortir victorieuse, qui la maintient dans une problématique œdipienne « petite fille-maman », et qui lui procure souvent une certaine jouissance d'autant que, malheureusement, ces luttes intestines entraînent souvent des mésententes dans le couple.

À l'inverse si la belle-fille réussit à prendre de la distance et à comprendre que sa belle-mère n'est qu'une « pauvre petite fille » qui a mal grandi, cela change tout.

La belle-mère continue sa guerre mais elle la fait seule, tel Don Quichotte s'acharnant contre les moulins à vent…

Quels conseils donner à ceux qui aimeraient sortir de ces conflits ?

Il faudrait que, dans de tels conflits, les hommes – le beau-père et le mari – prennent leur place alors qu'ils sont dans bien des cas spectaculairement absents.

– Le beau-père joue souvent un rôle très ambigu. En effet il n'est pas rare que tout le monde s'accorde à le trouver « gentil », par comparaison sans doute avec sa femme, qui se distingue par sa férocité, mais force est de constater qu'il la laisse en général faire sans intervenir, ce qui n'est pas sans poser quelques questions.

– Quant au mari, il devrait avoir une attitude d'adulte responsable : qu'il protège la femme qu'il a choisie, ses enfants – souvent pris en otage dans ce genre de situations – et sa propre autorité et qu'il mette, lui, des limites aux persécutions. Quand les parents ne peuvent pas – ou ne veulent pas – mettre des limites à l'inceste, il faut bien que leurs enfants devenus grands les mettent.

– À tous on peut conseiller de méditer cette réflexion du philosophe Hegel, reprise par le psychanalyste Jacques Lacan. Il disait que « l'individu qui ne lutte pas pour être reconnu hors du groupe familial n'atteint jamais à la personnalité avant la mort [1] ».

Ce qui est une autre façon de dire que la famille est une excellente chose à condition que l'on en sorte, et que moins on tarde à le faire mieux cela vaut.

1. Jacques Lacan, *Les Complexes familiaux*, Paris, Navarin, coll. « Bibliothèque des analystes », 1984, p. 35.

« J'ai été placé en hôpital psychiatrique »

Comment se passe actuellement l'internement en France ?

Il y a, à l'heure actuelle en France, plusieurs modalités d'internement :

– La plus simple est l'« hospitalisation libre » : quelqu'un sent qu'il va mal et se fait hospitaliser. Il en va de cette hospitalisation comme de n'importe quelle autre : le patient peut sortir quand il le souhaite.

– Il y a d'autre part tous les cas où quelqu'un va mal, mais n'est pas en état de le reconnaître. Il va être hospitalisé sans son consentement.

Les hospitalisations de ce type sont régies par la loi du 27 juin 1990 qui prévoit deux formes d'internement : l'« hospitalisation à la demande d'un tiers », et l'« hospitalisation d'office ».

Qu'appelle-t-on « hospitalisation à la demande d'un tiers » ?

L'« hospitalisation à la demande d'un tiers » est une hospitalisation qui peut être demandée par un proche du malade à l'hôpital de référence. La demande doit être accompagnée de deux certificats de deux médecins différents et un troisième certificat sera établi par un troisième médecin à l'hôpital.

L'hospitalisation est contrôlée par le préfet et par une commission départementale à laquelle le directeur de l'hôpital doit envoyer chaque mois un certificat.

La sortie se fait sur avis du médecin, décision du préfet ou demande de l'entourage.

Qu'appelle-t-on « hospitalisation d'office » ?

L'« hospitalisation d'office » ne peut être décidée que par le préfet, à la demande du maire de la ville – et à Paris des commissaires – pour des personnes que l'on estime dangereuses pour elles-mêmes ou pour l'ordre public.

C'est le préfet qui est habilité à prolonger de six mois en six mois l'hospitalisation et lui seul peut prononcer la sortie.

Peut-on essayer de définir ce qu'est un malade mental ?

Un malade mental – ou celui que l'on appelle ainsi – est un être qui n'a, avec les autres, aucune différence notable : il n'a aucun problème organique, aucune prédisposition ou hérédité particulière. Il est seulement dans une souffrance telle que sa raison vacille et qu'il ne peut se conduire comme il le faisait auparavant. On peut, pour essayer de comprendre ce qui lui arrive, user d'une métaphore et poser que le psychisme ressemble en fait à une installation électrique.

Les installations électriques, on le sait, sont toutes faites des mêmes matériaux mais on peut rencontrer, à leur sujet, deux types de problèmes : certains renvoient à la solidité de l'installation initiale et d'autres à l'usage que l'on en fait, c'est-à-dire à l'importance des charges qu'on leur fait supporter.

En matière de psychisme l'installation initiale se construit dans l'enfance et l'adolescence : elle est plus ou moins solide (mais toutes les installations présentent des points de fragilité), et les épreuves de la vie d'adulte vont être ensuite autant de charges qui vont peser sur elle.

Si une charge à un moment donné est trop lourde et si elle vient frapper précisément une zone de fragilité de l'installation, celle-ci peut « sauter ». Aucun d'entre nous ne peut dire qu'il est à l'abri de ce genre de catastrophes.

Est-il toujours nécessaire d'interner quelqu'un ?

Il n'est pas toujours possible d'éviter l'hospitalisation. Elle est indispensable si quelqu'un va trop mal, s'il se met en danger ou s'il met en danger les autres.

Le problème, en fait, n'est pas tant le principe de l'hospitalisation que ce qui va se passer à l'hôpital. Or, sans même vouloir parler des pratiques barbares et inutiles comme les électrochocs par exemple, il faut bien constater que les services de psychiatrie sont encore trop souvent des lieux où l'on n'a pas d'autre réponse à offrir à la souffrance du malade que des médicaments. Ils sont sans nul doute très utiles mais ils ne peuvent pas soigner les causes des problèmes. Il faut, pour les atteindre, faire un travail sur soi et comprendre les raisons de sa difficulté à vivre.

L'hospitalisation n'est, de plus, pas sans danger :

– La personne internée risque, en effet, de se croire folle ou anormale.

– Elle risque de se croire malade, c'est-à-dire de prendre sa souffrance pour une maladie – semblables aux maladies organiques – et d'imaginer de ce fait qu'elle ne peut avoir sur elle aucune prise.

– Mais le danger le plus grand est sans doute qu'elle s'installe dans sa position d'hospitalisée parce qu'elle est confortable : à l'hôpital on n'a plus à se battre.

L'internement prolongé sans réel travail thérapeutique conduit ainsi souvent les patients à devenir des sortes de morts vivants qui ne peuvent plus vivre en société et qui restent à l'hôpital pour « faire les fous », parce qu'on les laisse le faire, ce qui est une atteinte grave à leur dignité.

A-t-on essayé, au cours de l'histoire, d'autres thérapeutiques ?

Savoir ce qu'est la « folie » et comment la traiter est un débat qui a traversé toute l'histoire de la psychiatrie et qui a donné naissance, dans les années 1960, à un courant que l'on a appelé l'« antipsychiatrie » qui s'est battu :

– pour montrer que la folie n'est pas donnée au départ mais se construit dans la relation aux autres ;

– et pour ouvrir les asiles et inventer d'autres formes d'accueil.

L'antipsychiatrie a donné lieu à de nombreuses actions, livres et films comme le magnifique *Family Life* du réalisateur anglais Ken Loach.

Cette lutte a eu, en Italie, un symbole : celui d'un cheval bleu que les malades de l'hôpital psychiatrique de Trieste avaient construit quand on a ouvert leur hôpital et qu'on les a « libérés ». Ce cheval a fait le tour de l'Italie et il est devenu le signe de ralliement de tous ceux qui luttaient pour que ceux que l'on appelle « les fous » puissent vivre avec les autres dans la cité et sans ségrégation.

« L'éducation sexuelle à l'école »

Pourquoi attacher de l'importance à l'éducation sexuelle ?

Tous les enfants, dès leur plus jeune âge, se posent des questions sur la sexualité mais beaucoup n'en disent rien parce qu'ils sentent la gêne ou l'angoisse de leurs parents. Les parents ne se rendent pas toujours compte de l'importance de ces interrogations. Certains pensent avoir à faire à une simple curiosité de l'enfant et estiment qu'il n'est pas urgent de la satisfaire. D'autres redoutent un intérêt excessif de sa part pour la sexualité et refusent de lui donner des informations pour ne pas l'encourager dans cette voie. La réalité est tout autre. Il s'agit pour l'enfant d'un problème d'identité. Il a besoin qu'on lui dise s'il est un garçon ou une fille, ce que cela signifie et ce que cela implique comme avenir. Sans ces explications il lui est impossible de savoir qui il est et il se trouve condamné à errer comme un voyageur perdu, sans carte routière, dans un pays inconnu. Il tourne en rond. Ce manque de repères peut avoir de nombreuses conséquences :

– des symptômes : comme l'énurésie, le « pipi au lit », qui est souvent le signe qu'un enfant, faute d'explications, croit que le sexe ne sert qu'à « faire pipi » ;

– des angoisses importantes : par exemple au moment des premières règles chez les filles et au moment des premières érections chez les garçons. Certains croient que les érections sont dues à une maladie et qu'ils l'ont attrapée à cause de la masturbation ;

– des retards scolaires : refuser d'apprendre à un enfant les choses de la vie c'est barrer la route à sa curiosité, c'est-à-dire au moteur essentiel pour apprendre ;

– enfin, on ne le dira jamais assez : un enfant non informé est, dans notre société, un enfant en danger car l'éducation sexuelle est la meilleure des protections contre les agressions sexuelles.

Une éducation sexuelle est-elle réalisable à l'école ?

Elle est souhaitable. Le travail de l'école n'est pas seulement de délivrer des connaissances, mais aussi d'aider les enfants à devenir autonomes par rapport à des parents qui ont souvent du mal à les laisser se débrouiller seuls, parce que eux-mêmes n'ont pas été encouragés à le faire quand ils étaient enfants. Donner, à l'école, une éducation sexuelle est une façon de dire à un enfant : « Tu as raison de vouloir savoir même si tes parents ont du mal à l'admettre. Tu en as le droit et la société te le prouve en mettant cela au programme. » L'éducation sexuelle à l'école ne remplacera évidemment jamais les discussions avec les parents qui sont d'une importance capitale pour les enfants, mais elle peut les aider à trouver des réponses à des questions angoissantes. De plus, elle permet de sensibiliser les parents, de leur faire comprendre que le problème est important et qu'il est possible d'en parler puisqu'on le fait dans un lieu aussi officiel que l'école. Il ne faut jamais oublier, en effet, qu'ils ont, eux aussi, à dépasser les interdits posés par leurs propres parents, ce qui n'est jamais facile.

Comment concevoir l'éducation sexuelle à l'école ?

Dès l'école maternelle, à trois ans, il est important d'apprendre aux enfants la différence des sexes et le fonctionnement du corps tout entier : la respiration, la digestion, etc.

Il serait utile de leur enseigner :

– tout ce qui concerne l'interdit de l'inceste (avec qui on a le droit de se marier ou pas) et l'interdit des relations sexuelles entre adultes et enfants ;

– tout ce qui concerne les liens de parenté : le sens des mots grand-père, grand-mère, oncle, tante, cousin, etc.

Certains enfants confondent tout et d'autres ont l'air de savoir mais en fait ils ne savent pas : il leur arrive par exemple de désigner leur grand-mère et de dire le mot « grand-mère », mais ils ignorent qu'on l'appelle ainsi parce que leur père ou leur mère « a été dans son ventre ».

Ensuite, il faudrait que les enseignants répondent aux questions quand elles viennent : « Comment fait-on les bébés ? » par exemple, quand un élève apprend à la classe qu'il a eu un petit frère.

Avec les adolescents il est bon de parler de tout ce qui fait la sexualité adulte : l'acte sexuel, l'homosexualité, la contraception, la masturbation et aujourd'hui, bien sûr, le sida.

Il ne s'agit pas de faire des cours magistraux mais d'organiser, quel que soit l'âge des élèves, des discussions où chacun est libre de dire ce qu'il imagine, ce qui lui fait peur, ce qu'il voudrait savoir.

Grâce à un tel programme dès trois ans et tout au long de la scolarité, on aurait moins de difficultés à faire comprendre les campagnes à propos des préservatifs !

Y a-t-il des pièges à éviter ?

Tout le problème est de trouver le ton juste et la « bonne distance » avec les enfants. L'éducation sexuelle c'est parler en tant qu'êtres humains à d'autres êtres humains de la sexualité humaine. Celle-ci ne s'enseigne pas comme la reproduction chez les rhinocéros. Mais l'adulte ne peut pas non plus adopter une attitude de copain séducteur. Il lui faut être prudent, surtout avec les adolescents. Cependant avant d'en arriver là, le problème de la législation se pose : dans l'enseignement primaire les textes ne prévoient rien pour l'éducation sexuelle. Dans le secondaire ils prévoient neuf heures par an en 4e et une heure en 3e… C'est peu !

« Les maniaques de la propreté »

Certaines personnes ont des comportements qui font dire à leur entourage qu'elles ont « la manie de la propreté », de quoi s'agit-il ?

Les comportements de ce type sont toujours un moyen d'exprimer une souffrance que l'on ne parvient pas à dire avec des mots et que l'on ne connaît pas consciemment soi-même. Ce sont des actes que l'on ne décide pas de faire. Ils nous sont imposés par l'inconscient qui est constitué de tout ce que nous avons dû, au cours de notre vie, rejeter dans l'oubli parce que c'était trop angoissant. Ces choses que nous avons oubliées consciemment ne cessent jamais de frapper à la porte pour se faire entendre et, pour essayer de passer les barrages de la conscience et ceux de la censure, elles se déguisent et prennent parfois la forme de ce genre de conduites illogiques ou, en tout cas, excessives.

Est-ce que toutes les manies de la propreté sont de même nature ?

Les conduites que l'on nomme « manies de la propreté » sont de nature très différente :

– Certaines sont dues à une phobie de la saleté ou des microbes, c'est-à-dire à une peur que l'on a en soi, dont on ignore consciemment la véritable origine et que l'on a accrochée à l'idée de saleté ou de microbes.

– D'autres s'apparentent plutôt à des actes compulsifs, c'est-à-dire à des actes qu'une personne est obligée de faire, de façon répétitive, sans autre raison que des raisons inconscientes.

Dans certains cas elle se sent en accord avec ce qu'elle fait parce qu'elle a réussi à élaborer un système de justifications conscientes auxquelles elle a fini par croire. Elle dira par exemple : « Je nettoie à cause de la pollution. » Dans d'autres cas au contraire elle se rend compte de l'absurdité de ses agissements et en souffre mais elle est incapable d'y renoncer parce que ce serait trop angoissant pour elle. Poussés à l'extrême ces actes s'apparentent aux rituels conjuratoires qu'accomplissent les personnes qui souffrent de névrose obsessionnelle parce qu'elles ont le sentiment que, si elles ne le font pas, des catastrophes s'abattront sur elles-mêmes ou sur leurs proches (« Si je ne compte pas jusqu'à dix ma sœur va mourir »). Il va sans dire que l'accomplissement de ces rituels représente pour ceux qui les pratiquent une véritable torture.

Pourquoi aurait-on la manie de la propreté plutôt qu'une autre manie ?

Si les choses oubliées se déguisent pour frapper à la porte de la conscience, elles ne se servent pas pour autant de n'importe quel déguisement. Celui qu'elles choisissent a toujours un rapport avec ce qui doit être dit :

– Si par exemple quelqu'un nettoie frénétiquement tout ce qui lui tombe sous la main il faut le prendre au mot : il a sûrement quelque chose à nettoyer ou, du moins, il le croit. Mais ce qu'il a à nettoyer ne se trouve pas dans sa maison, il faut le chercher dans son histoire, dans ce qui lui est arrivé depuis qu'il est au monde.

– Il peut sans le savoir parler ainsi d'une faute dont il s'accuse inconsciemment : on emploie dans notre langue les termes de tache et de souillure pour parler des fautes morales, et la religion chrétienne joue un rôle puisqu'elle propose nombre de métaphores à ce propos, de l'agneau sans tache à l'Immaculée Conception.

– Il peut s'agir des interdits visant le corps et la sexualité : on parle volontiers de pureté virginale, on dit aux enfants « c'est sale », quand ils s'intéressent à leur sexe et à leurs excréments, et ils intériorisent si bien ces interdits que plus tard ils éprouveront du dégoût pour ce qui leur procurait auparavant du plaisir. On parle de la même façon de la masturbation et les mains sont vécues comme « sales » parce qu'elles ont fait des choses qui sont supposées l'être (on le voit dans les dessins d'enfants). Les règles sont souvent perçues comme « sales » par les jeunes filles si on ne les a pas aidées à donner un sens à ces transformations de leurs corps à la puberté.

– On peut aussi imaginer des taches en rapport avec les origines : dans certaines familles de véritables romans familiaux se construisent autour d'une grand-mère que l'on soupçonne de s'être prostituée. Les enfants adoptés ou orphelins, faute d'explications suffisantes, peuvent se fantasmer des origines honteuses.

Comment se débarrasser de ces manies ?

Si l'on en souffre il est possible de faire un travail analytique. Il permet d'arriver à dire avec des mots ce que, jusque-là, on disait avec des actes. Mais il faut savoir que les mots en question sont uniques dans chaque cas. Dans la vie courante ou dans le dictionnaire, les mots laver et nettoyer par exemple sont synonymes. Dans l'analyse, ils ne le sont pas : si quelqu'un dans son enfance a été surpris par sa mère en train de se masturber et qu'elle lui a dit : « Va te laver », elle ne lui a pas dit : « Va te nettoyer. » Cela signifie que la peur et la honte de ce jour-là sont, pour l'intéressé, irrémédiablement associées à ce mot précis « laver » et de ce fait il devient le seul sésame possible pour retrouver le souvenir oublié. Ceci explique que l'analyse soit un travail aussi long et aussi besogneux et qu'il n'existe que des cas particuliers. Cela contraint chacun d'entre nous s'il veut faire une psychanalyse à devenir en quelque sorte l'inspecteur Colombo de sa propre histoire…

« Mon enfant est en prison »

Les parents souffrent quand l'un de leurs enfants est en prison, mais de quoi est faite précisément cette souffrance ?

Apprendre que l'un de ses enfants est en prison est toujours un choc terrible pour des parents et à ce choc s'ajoutent de la douleur et de la culpabilité parce qu'ils se sentent responsables de ce qui lui arrive… Mais la souffrance des parents ne s'arrête pas là, car il leur faut aussi affronter le regard des autres et l'univers de la prison.

Dans quelle mesure les parents souffrent-ils du regard des autres ?

Les parents souffrent de ce regard car il véhicule toujours peu ou prou l'idée que ne se retrouveraient en prison que des gens pas tout à fait « normaux ». C'est une idée assez commode pour ceux qui l'énoncent car elle leur permet de se sentir du bon côté de la barrière et elle vient de loin… Pour en retrouver l'origine il faut remonter au XIXe siècle, c'est-à-dire à l'époque où l'on expliquait la criminalité et la maladie mentale par la théorie de l'« hérédité-dégénérescence » : on pensait en effet qu'elles étaient dues à une dégénérescence organique dont on supposait qu'elle se transmettait par l'hérédité en s'aggravant à chaque génération. On affirmait, de plus, que cette dégénérescence – cette « tare » – était provoquée par l'alcoolisme ou la syphilis, c'est-à-dire par le sexe et les excès divers, et donc, en dernière analyse, par les « vices ». Cette vogue de l'« hérédité dégénérescence » a été suivie d'une vague de scientifisation. On s'est mis à tout classer en deux catégories : ce qui était normal et ce qui ne l'était pas. On a classé ainsi les pratiques sexuelles (c'est à cette époque qu'est apparu le mot « homosexualité »), les caractéristiques raciales, etc. Deux courants se sont peu à peu dégagés :

– l'un, hygiéniste, voulait classer pour mieux soigner ;

– l'autre, eugéniste, le faisait pour pouvoir éliminer les déviants, idéologie qui servira de base aux théories nazies.

À notre époque il n'est pas sans intérêt de réfléchir à cette partition entre l'hygiénisme et l'eugénisme car les théories génétiques soulèvent le même type de débats et la possibilité des mêmes dérives.

Y a-t-il eu d'autres explications de la délinquance ?

La psychanalyse a apporté une autre explication de la délinquance en posant que l'on ne naît jamais délinquant et qu'on ne le devient pas non plus par vice mais à cause de ce que l'on a vécu. On parle souvent d'éducation des enfants, on devrait plutôt parler à leur propos d'« humanisation » car c'est de cela qu'il s'agit. Françoise Dolto ne manquait pas de le rappeler en usant d'une jolie métaphore : elle disait qu'il y avait dans chaque enfant un gorille (ou une guenon) qu'il devait parvenir à civiliser. Cette « civilisation », cette humanisation du gorille ou de la guenon qu'il porte en lui n'est possible pour l'enfant que si les adultes l'y aident par des paroles et par l'exemple qu'ils lui donnent. L'enfant a besoin en effet de les voir se conduire en humains respectables et le traiter, lui aussi, comme un humain respectable en même temps qu'ils lui enseignent le respect des autres. Il a, en outre, besoin de vivre dans un monde où les limites et les places sont clairement situées, notamment celle du père qui représente l'autorité.

Il arrive que les parents se trouvent dans l'incapacité de donner ces repères à leurs enfants parce que eux-mêmes dans leur enfance ne les ont pas reçus. Les enfants vivent alors sans boussole dans un monde sans loi, et si la société – par le biais de l'école, de la justice – n'intervient pas pour pallier les carences familiales ils imaginent que la société tout entière est à l'image de leur famille et se conduisent en conséquence.

Le fonctionnement des prisons a-t-il une influence sur les familles ?

Les familles sont comme éclaboussées par l'univers de la prison : directement au moment des visites et indirectement par le biais de ce que vit leur enfant. Dans l'idéal républicain, le projet de la prison était double : punir ceux que l'on incarcérait mais aussi les « récupérer ». On est aujourd'hui très loin de cet idéal, puisque l'on sait que la prison fabrique essentiellement des récidivistes. Cela n'a rien d'étonnant puisqu'elle a autant de difficultés avec l'humanisation et avec la loi que le délinquant lui-même.

Les problèmes d'humanisation sont multiples : la promiscuité, la sexualité entre les détenus dont l'administration ne veut rien savoir et leurs conséquences terribles en termes de sida.

Les problèmes avec la loi sont légion puisque la prison vit sous le règne de l'arbitraire et de la loi du plus fort : loi de certains détenus, les « caïds », ou de certains gardiens par le biais de cette institution révoltante que sont les « prétoires », ces tribunaux de gardiens devant lesquels comparaissent les détenus qui y sont jugés à huis clos et sans le moindre défenseur par des gens que rien n'autorise à le faire. Justice parallèle et secrète qui n'est soumise à aucun contrôle et ne laisse aucun recours.

Faut-il dire à un enfant que ses parents sont en prison ?

Si les parents d'un enfant sont en prison, il faut lui dire la vérité et en parler avec lui. Les enfants comprennent très bien, à condition qu'on le leur explique, que l'on ait pu « faire des bêtises » parce que l'on n'avait pas compris certaines choses et que l'on paie pour cela sa dette à la société. Cela ne les empêche en aucun cas d'avoir de la considération pour celui de leurs parents qui est en prison et ils ont raison : on peut avoir fait des choses « pas bien » et être quand même « quelqu'un de bien ». Aucun être humain ne se résume à l'un ou l'autre de ses actes d'autant que les actes en question ne sont que le produit, la conséquence, de ce que son histoire l'a amené à vivre. Si son histoire avait été différente, il aurait été différent… et ses actes n'auraient pas été les mêmes.

Pour en savoir plus :

Robert Badinter, *La Prison républicaine*, Paris, Fayard, 1992.

Charlie Bauer, *Fractures d'une vie*, Paris, Le Seuil, 1990.

Michel Foucault, *Surveiller et punir*, Paris, Gallimard, coll. « Bibliothèque des Histoires », 1975.

Claude Lucas, *Suerte. L'exclusion volontaire*, Paris, Plon, coll. « Terre humaine », 1996.

« Je commence une psychothérapie »

La psychothérapie reste, aujourd'hui encore, un peu mystérieuse. En quoi consiste-t-elle ?

Faire une psychothérapie est une démarche radicalement différente de toutes les autres démarches que l'on peut entreprendre pour se soigner. En général, en effet, lorsque l'on est malade on va voir un médecin pour être pris en charge, car lui seul peut dire de quelle maladie on souffre et ce qu'il faut faire pour en guérir.

Cette répartition des rôles entre le médecin et celui qui vient le consulter est sans doute rassurante mais elle mérite que l'on s'interroge. Elle instaure en effet entre le médecin et le malade une relation aux termes de laquelle on trouve d'un côté le praticien, qui est en bonne santé (donc normal), qui a sur son patient un savoir et un pouvoir et, de l'autre côté, ce dernier nanti d'une maladie (donc « a-normal »), sur laquelle il ne sait rien et il ne peut rien.

Que le médecin le veuille ou non, le patient est donc d'emblée en position d'être son « objet » : objet d'étude et de soins.

La psychothérapie psychanalytique et la psychanalyse n'ont rien à voir avec cette conception.

En quoi la démarche pour faire une psychothérapie est-elle différente ?

La démarche est foncièrement autre sur différents points :

– le statut donné au patient : pour un psychanalyste le patient est quelqu'un qui souffre mais il n'est pas un « malade », ce qui fait une grande différence ;

– le savoir : un psychanalyste ne peut pas dire à quelqu'un ce qu'il a et ce qu'il doit faire car il n'en sait rien. Les problèmes de chacun sont le produit de son histoire et chaque histoire est particulière.

Un psychanalyste ne peut qu'aider son patient à chercher lui-même et à trouver lui-même de quoi il souffre, car lui seul le sait.

Il sait – en tout cas inconsciemment – ce qui lui est arrivé. Pour le savoir consciemment il a besoin de parler et qu'un autre l'écoute afin que, grâce à ce « dispositif » il finisse par « entendre » lui-même ce qu'il dit.

– la « prise en charge » : avant de commencer une psychothérapie ou une psychanalyse il faut savoir qu'il s'agit d'un travail. Pour l'entreprendre il ne suffit pas de souffrir, il faut aussi trouver le désir et la force de se prendre en charge soi-même, y compris financièrement, chaque fois qu'on le peut et l'expérience prouve qu'on le peut beaucoup plus souvent qu'on ne le croit.

Si dans une psychothérapie ou dans une psychanalyse c'est le patient qui travaille, à quoi sert le psychanalyste ?

Le psychanalyse sert à plusieurs choses :

– Il sert d'abord à « écouter » et à « entendre », mais ces termes ont, pour un psychanalyste, un sens particulier : il s'agit en fait pour lui de repérer ce qui se cache derrière les mots qui sont dits.

Une patiente par exemple peut dire : « Ma mère n'appréciait jamais les vêtements que je choisissais. Elle trouvait toujours qu'ils faisaient "mauvais genre". Les pulls moulants cela faisait "mauvais genre", les jupes courtes, cela faisait "mauvais genre"... » Le psychanalyste, frappé par l'expression employée (mauvais genre), peut la faire remarquer à sa patiente. Celle-ci sera sans doute étonnée de l'entendre s'arrêter à ces mots, devenus pour elle banals à force de répétition, mais il est néanmoins possible que l'interrogation subsiste en elle comme une énigme. Le mot, après avoir à son insu « travaillé » dans sa tête, se mettra peut-être un jour à sonner différemment à ses oreilles : on parle aussi de « genre » à propos du masculin et du féminin. On l'apprend même à l'école : il y a deux « genres », le masculin et le féminin.

Tout peut alors aller très vite : et si c'était le féminin qui avait été mauvais pour sa mère ? Le féminin et la féminité qu'elle manifestait en choisissant des pulls moulants et des jupes courtes ?

Si cette interprétation des paroles de sa mère est exacte elle lui permettra de donner un sens à tout un pan de ses relations avec elle, au lieu de les subir sans rien comprendre.

– Le psychanalyste sert aussi de support au transfert du patient. Ce que l'on appelle transfert consiste en deux choses :

• C'est d'abord le savoir que le patient « prête » à son psychanalyste. Le patient en effet est persuadé – quoi que dise le psychanalyste – que ce dernier sait de quoi il souffre et connaît la cause de ses maux. Or le psychanalyste, nous l'avons dit, ne sait rien. C'est le patient qui « sait » ce qui s'est passé dans son histoire mais il le sait d'un savoir inconscient : il ne sait pas lui-même qu'il sait. Le processus du transfert est le processus par lequel le patient, sans s'en rendre compte, « transfère » ce savoir qui existe en lui et qu'il ignore sur le psychanalyste. Ce transfert permet le fonctionnement de la cure analytique : le patient en effet va pouvoir chercher la vérité parce qu'il est persuadé qu'elle existe, que quelqu'un la connaît et que ce quelqu'un est le psychanalyste. Cette méprise va durer jusqu'à ce que, au terme de la cure, il se rende compte que c'est en fait lui qui savait et que le transfert n'a été qu'un artifice qui lui a permis de trouver ce qu'il avait à trouver.

• Le transfert est, d'autre part, ce qui permet au patient de revivre tout ce qu'il a vécu. Un psychanalyste est, en effet, pour ses patients un « inconnu ». Ils ignorent ce qu'est la réalité de sa vie, ce qu'il pense et ce qu'il croit. Il est pour eux une sorte d'écran vide sur lequel ils peuvent projeter tout ce qu'ils veulent.

De ce fait, chaque patient imagine, chez son psychanalyste, des sentiments qui le concernent : il va, selon les cas, penser que ce dernier le méprise, qu'il lui ment, qu'il le trouve stupide…

En réalité, le psychanalyste n'éprouve rien de tel mais le patient lui prête ces sentiments parce qu'il les a rencontrés autrefois. Le transfert permet qu'ils se réactualisent dans la cure et, surtout, qu'ils soient reconnus et identifiés : quand et par qui le patient a-t-il été méprisé ou a-t-il eu le sentiment de l'être ?

On transfère sur le psychanalyste – on déplace sur lui – les sentiments que l'on a besoin de retrouver pour pouvoir s'en débarrasser.

Quelle est la différence entre les psychiatres, les psychologues, les psychanalystes ?

On se repère souvent mal dans toutes ces catégories parce que l'on confond deux choses très différentes : la formation universitaire (les diplômes) et la formation psychanalytique.

Du point de vue de la formation universitaire il existe des psychiatres : ce sont des médecins qui ont fait une spécialisation de psychiatrie et des psychologues qui ne sont pas médecins.

La formation psychanalytique quant à elle n'a rien à voir avec l'université et les diplômes. Elle est la formation qui permet d'« écouter ». C'est-à-dire d'entendre le sens au-delà des mots qui sont dits (comme le montre l'exemple précédemment cité du « mauvais genre »).

Pour être psychanalyste il faut avoir fait soi-même une analyse personnelle longue et approfondie et avoir reçu une formation psychanalytique. Les psychanalystes peuvent, par ailleurs, avoir des diplômes de médecin mais ils peuvent aussi au départ être psychologues, philosophes ou même avoir une tout autre formation. Cela importe peu, car la formation psychanalytique n'est pas affaire de savoir universitaire. On n'apprend pas l'inconscient dans les livres. Pour se repérer dans ses méandres et déjouer ses pièges, il faut avoir fait une psychanalyse.

Quelle différence existe-t-il entre une psychothérapie psychanalytique et une psychanalyse ?

La définition des termes « psychothérapie » et « psychanalyse » donne lieu à beaucoup d'ambiguïtés.

On entend souvent dire, en effet, que la psychothérapie ne s'occupe que du présent alors que la psychanalyse implique que l'on s'interroge sur le passé. Il est vrai que les psychanalystes reçoivent deux catégories de patients :

– Certaines personnes viennent consulter parce qu'elles rencontrent dans leur vie présente une épreuve qu'elles ne parviennent pas à surmonter seules : un divorce, la mort d'un proche… Avant cet épisode elles n'éprouvaient pas de souffrances justifiant une consultation et, une fois le problème ponctuel réglé, elles ne poursuivront pas le travail entrepris.

– D'autres, au contraire, ressentent depuis longtemps une souffrance diffuse et généralisée et désirent mettre leur vie entière « sur le tapis » pour comprendre ce qui leur arrive.

On dit souvent de la première catégorie de patients qu'ils font une psychothérapie et de la seconde qu'ils font une psychanalyse, mais cette distinction reste artificielle car il n'est pas de présent qui ne plonge ses racines dans le passé. L'être humain en effet se construit un peu à la façon d'une maison : les fondations souterraines sont mises en place dans la petite enfance et le reste de l'édifice se construit par-dessus, au fil des années.

Si l'on entreprend des travaux dans les étages supérieurs – le présent – il faut savoir qu'ils vont nécessairement ébranler la construction dans sa totalité : c'est une vérité que tous les architectes connaissent et aucun d'entre eux ne prendrait le risque de s'attaquer aux murs du grenier d'une maison sans avoir au préalable étudié l'état de la totalité de l'édifice.

On peut déplorer qu'en matière de travail sur le psychisme on n'ait pas toujours la même prudence. Nombre de praticiens, en effet, s'autorisent à recevoir des patients pour une psychothérapie alors qu'ils n'ont aucune qualification pour le faire – ils n'ont pas fait, eux-mêmes, le moindre travail psychanalytique – et justifient leur pratique en prétendant qu'ils ne s'occupent que du présent.

Ils ignorent sans doute – faute de l'avoir expérimenté pour eux-mêmes – que le maniement de l'inconscient est aussi difficile et dangereux que celui de la dynamite. Celui qui s'y risque doit savoir les dangers qu'il encourt et connaître surtout ceux qu'il fait courir à son patient.

Par rapport à ces risques, le psychanalyste n'est pas plus à l'abri que les autres, mais si sa formation a une utilité c'est de l'avoir obligé à se confronter à cette vérité incontournable.

« Les rapports pères-fils »

Quel est le rôle d'un père pour un garçon ?

– Un père a d'abord, pour un garçon, le même rôle qu'il a pour tout enfant, garçon ou fille, un rôle dont la société méconnaît l'importance puisque, par exemple, de nombreuses écoles se contentent de ne voir que les mères des élèves qu'elles reçoivent, ce qui est vraiment problématique pour eux.

– Pour cerner ce rôle, il faut distinguer deux niveaux :

- ce que l'on pourrait appeler la « fonction paternelle » ;
- et le père qui remplit cette fonction.

La distinction est comparable à celle qui existe au théâtre entre le rôle qui est écrit dans une pièce et l'acteur qui le joue.

Pourquoi établir cette distinction entre le père et la fonction paternelle ?

La distinction entre le père et la fonction paternelle est fondamentale car il ne suffit pas, pour qu'un enfant se développe normalement, qu'il ait un père dans sa vie, il faut encore qu'il en ait un dans sa tête.

Certains enfants par exemple se conduisent normalement lorsque leur père est là et deviennent intenables aussitôt qu'il a le dos tourné. Cela signifie qu'ils n'ont plus de père dans la tête dès que le leur disparaît de leur champ de vision et, à partir de là, ils n'ont plus de limites, car le père est toujours pour l'enfant synonyme d'autorité, garant du maintien des limites. Le père réel – Monsieur X ou Monsieur Y – représente donc toujours beaucoup plus que lui-même, et la « fonction paternelle » est faite précisément de tout ce que le père représente, au-delà de lui-même, et que l'enfant doit intérioriser.

Cette intériorisation est déterminante car elle est la matrice de l'idée de règle et de l'idée de loi.

Lorsque nous sommes en voiture, par exemple, nous nous arrêtons quand nous voyons un feu rouge, même si aucun policier n'est là pour vérifier notre obéissance à la règle, et nous le faisons parce que nous avons intériorisé cette loi et que nous sommes capables de nous-mêmes de nous y soumettre.

Pour qu'un enfant parvienne à cela il faut qu'il comprenne que les interdits posés par son père continuent d'exister même en son absence. Cela implique que la mère les fasse respecter, qu'elle puisse dire à l'enfant : « Tu ne peux pas faire cela parce que ton père ne le permet pas. » De cette façon la parole du père reste présente même quand il n'est pas là et l'enfant réalise qu'une règle reste posée même si celui qui l'a énoncée n'est pas là pour la faire respecter.

On comprend de cette façon qu'une mère puisse faire exister un père pour son enfant même s'il est absent et même si l'enfant ne l'a jamais connu. Il suffit qu'elle parle de lui, qu'elle dise par exemple : « Si ton père était là, il te dirait… » Cela n'est évidemment possible que si elle-même a ce père dans la tête, si elle pense son enfant comme un être issu de deux personnes et non pas seulement d'elle.

À quoi sert la fonction paternelle ?

La fonction paternelle est vitale pour un enfant. Elle est l'un des piliers de sa construction psychique.

– Elle sert à l'enraciner dans ses deux lignées et à lui donner un point d'appui pour se séparer de sa mère et pour grandir.

– Elle lui permet l'accès à la symbolisation et au langage : si le père peut exister quand il n'est pas là, alors les mots peuvent exister quand les choses sont absentes : beaucoup de troubles du langage sont, en fait, des « pannes de père », si l'on peut dire.

– Enfin, nous l'avons vu, elle permet l'accès au respect des limites et de la loi, et son absence explique beaucoup de délinquances. On les attribue souvent à l'absence du père, stigmatisant ainsi la défaillance du père réel sans comprendre que c'est très souvent la fonction paternelle qui a manqué beaucoup plus que la personne parce que l'enfant n'a pas pu rencontrer une parole qui lui donne la possibilité de construire en lui une image de père au-delà des manques de son père réel.

À l'inverse, de nombreux adolescents racontent comment ils s'en sont sortis grâce à un enseignant, un éducateur… qui a su leur donner les repères que leur père n'avait pas pu leur donner.

Si la fonction paternelle est si importante, à quoi sert le père réel quand il est présent ?

Le père réel sert de moule privilégié pour la construction de cette fonction paternelle s'il tient sa place et si la mère respecte cette place.

L'essentiel de son rôle consiste à se situer en tiers entre l'enfant et sa mère, à aider l'enfant à grandir et à lui interdire sa mère au nom de l'interdit de l'inceste.

Il doit être aussi pour l'enfant un modèle, et il ne peut l'être que s'il lui apprend les règles de la vie humaine en lui montrant bien que lui-même y est soumis. Si un père ne tient pas cette place, il empêche l'enfant de construire en lui la fonction paternelle qui doit lui servir de boussole dans sa vie.

Un père délinquant ou violeur n'est pas seulement un mauvais exemple pour son enfant, il lui donne un enseignement à l'envers, il lui apprend un monde où tout est sens dessus dessous.

Si la société laisse l'enfant à ce père et si l'enfant voit le père impuni, les chances sont grandes qu'il prenne à son tour le chemin de la délinquance.

Quelle est la tâche particulière d'un père auprès d'un garçon ?

Le père est d'une importance capitale pour un garçon. C'est en effet lui qui peut le « nommer garçon », le soutenir pour qu'il soit fier de l'être et lui donner ce qu'il faut pour qu'il devienne son égal.

De plus, il est celui qui humanise la sexualité du garçon en lui faisant comprendre que l'acte sexuel humain n'est pas ce que beaucoup de petits garçons imaginent avant qu'on ne leur parle : une sorte de combat qui ressemble à un rut animal, mais un acte de paroles et d'amour. Les hommes qui deviennent à l'âge adulte des violeurs n'ont sûrement jamais reçu une éducation de ce type.

Quels sont les principaux problèmes psychologiques que rencontre un père avec son fils ?

Entre pères et fils les problèmes oscillent toujours entre « pas assez de père » et « trop de père ».

– Dans la catégorie « pas assez de père », on peut ranger les pères absents pour leurs fils. Leur absence fait de ces derniers quand ils sont petits des « bébés de leur maman », malheureux et peu sûrs d'eux. Devenus grands ils sont souvent dans le vide ou s'installent, pour le combler, dans une complicité incestueuse avec leur mère.

– Dans la catégorie « trop de père » on trouve :

• les pères tout-puissants qui ne transmettent rien à leurs fils parce qu'ils sont en rivalité avec eux ou qui, même, les écrasent ;

• les pères qui veulent la réussite de leurs fils mais qui ne la désirent que pour leur propre gloire ou pour « réparer » leur propre histoire. Jacques Brel parlait ainsi de « ceux qui seront pharmaciens parce que papa ne l'était pas » ;

• ceux qui font de leur fils un ami de cœur en oubliant leur rôle de père, ce qui est pour le fils un piège terrible parce que séduisant.

– Quels que soient les problèmes du père, une mère peut toujours aider son fils à les dépasser. Elle peut le faire en n'essayant jamais de le remplacer ou de faire de lui un portrait idéalisé. Si le père est défaillant, il faut que la mère le reconnaisse, en parle à son fils, et éventuellement protège ce dernier. Mais il faut aussi qu'elle lui explique que ce qui se passe est dû à l'histoire qu'a vécue son père, et essaie avec lui de rassembler les éléments qui lui permettent de le comprendre.

Il est fondamental qu'un enfant sache que les problèmes que ses parents ont avec lui ne sont pas dus à lui, mais à ce qui s'est passé avec leurs propres parents et qu'ils agiraient de la même façon avec n'importe quel enfant. Cela lui évite notamment de se dévaloriser.

« J'ai tenté de me suicider »

On dit que le suicide tue plus que les accidents de la route...

On évalue, selon les estimations, les tentatives de suicide à 150 000 à 200 000 par an. Elles provoqueraient 12 000 à 15 000 morts.

Par ailleurs, le suicide serait la première cause de mortalité chez les moins de trente-cinq ans. C'est donc une forme de souffrance que nous croisons souvent... sans la voir, ce qui est grave puisque l'on sait que le suicide est toujours le signe que quelqu'un est – au moins à un moment donné – dans une grande solitude.

Pourquoi en arrive-t-on à faire une tentative de suicide ?

Quelqu'un qui se suicide a toujours des raisons pour le faire, et elles sont toujours graves, quelle que soit la forme du suicide : que l'on y ait pensé avant ou que l'on agisse apparemment sur un coup de tête. C'est important de le rappeler parce que ce n'est pas toujours bien compris, notamment dans les services hospitaliers.

Les raisons qui poussent au suicide sont de deux ordres : certains tiennent sans nul doute aux difficultés que rencontre la personne dans sa vie présente, mais pour qu'elles la conduisent à mettre fin à ses jours il faut qu'elles entrent en résonnance avec des éléments de son passé qui sont devenus inconscients. Vivre une rupture amoureuse par exemple est difficile pour tout le monde. Néanmoins, c'est une épreuve que l'on pourra sans doute surmonter si l'on a une bonne image de soi. À l'inverse, si avant l'événement on se sentait déjà – même sans le savoir – dévalorisé, le risque est grand de « craquer ».

En fait le suicide a toujours des racines profondes dans le passé et le présent ne sert que de détonateur.

Quel rôle jouent les antécédents familiaux ?

Les antécédents familiaux ne jouent pas un rôle au sens où on l'entend d'ordinaire : il n'y a pas d'hérédité organique du suicide et il n'existe pas de « tempérament suicidaire ». Mais il est vrai que, d'une génération à l'autre, on se « repasse » des « valises » de problèmes.

De plus, l'exemple des parents est fondamental : si on les a toujours vus réagir aux problèmes par la dépression, on risque de croire que c'est la seule réponse possible…

La tendance au suicide peut donc se transmettre mais elle n'est pas héréditaire parce qu'il est possible de s'en débarrasser si l'on fait un travail sur soi.

Le suicide des adolescents est-il différent des autres ?

On a dit, à propos du suicide des adolescents, beaucoup de choses parfois très ambiguës. On a soutenu par exemple que le suicide serait un peu inévitable à cette période de la vie… Les affirmations de ce type sont très graves.

Il est vrai que les adolescents doivent faire « mourir » l'enfant qu'ils ont été et il est vrai aussi qu'ils jouent souvent avec le fantasme de leur mort pour se sentir propriétaires de leur vie. Mais normalement tout cela doit rester dans le registre du fantasme et de l'imagination. Quand un adolescent passe du fantasme aux actes c'est toujours le signe que quelque chose ne va pas dans la structure familiale.

Qu'est-ce qui peut pousser un adolescent au suicide ?

Un adolescent qui se suicide le fait toujours pour des raisons qui ont à voir avec ce qui se passe ou s'est passé dans sa famille. L'événement « déclencheur » qui le pousse au suicide peut avoir lieu dans sa vie sociale : au lycée, avec ses copains… mais la fragilité dont il fait preuve en ne pouvant pas le surmonter renvoie immanquablement à son histoire familiale.

De plus les conditions de vie dans sa famille sont très souvent, à elles seules, la cause du suicide :

– Elles peuvent être telles qu'elles le laissent dans la solitude la plus totale sans personne à qui parler et sur qui s'appuyer dans cette période difficile.

– Elles peuvent faire aussi que la vie n'ait aucun sens pour lui :

• il peut être confronté à des parents dépressifs qui ne croient plus à rien ou à des parents qui ne supportent pas qu'il devienne adulte et qui « cassent » systématiquement ses idées et ses projets ;

• il peut avoir des parents qui se servent de lui comme témoin, arbitre ou voyeur de leur vie privée, qui le mêlent à leur sexualité, lui font des confidences…

• ou qui se mêlent de sa vie relationnelle et sexuelle à lui, la prennent en otage et lui confisquent par là même son avenir.

Il faut savoir que, du fait du manque de repères des adultes, un grand nombre d'adolescents vivent chez eux l'horreur sans que personne ne s'en rende compte.

Que dire à quelqu'un qui a envie de se suicider ?

Dans notre jargon de psychanalystes le suicide est ce que nous appelons un « passage à l'acte » : on exprime quelque chose par un acte au lieu de le dire avec des mots. Face à quelqu'un qui veut se suicider il faut donc essayer de comprendre ce qu'il tente d'exprimer par cet acte, et le conduire à en prendre conscience. La première question qu'il devrait se poser est de savoir qui il veut tuer en se tuant : c'est peut-être le « nul » qu'il croit être parce qu'on lui a dit qu'il l'était depuis sa prime enfance, ou celui qui ne se croit pas « aimable » parce qu'on ne l'a jamais aimé, et il est sûrement vrai qu'il a besoin de se débarrasser de ce « nul » ou de ce « pas aimable » pour pouvoir vivre… Mais, il y a d'autres moyens pour cela que le suicide.

Lesquels ?

Il faut tuer ce « nul » ou ce « pas aimable » avec des mots et, pour cela, il faut faire un travail sur soi, pour parvenir :

– à faire la différence entre ce que l'on est vraiment et ce que l'on croit être à cause de l'histoire que l'on a eue ;

– et pour cesser de regarder sans le savoir le présent et l'avenir à travers des lunettes qui viennent du passé.

En fait, avant d'« agir » ses envies de suicide il faudrait pouvoir se donner un délai et aller en parler à quelqu'un. Sinon, on risque non seulement de mourir mais, en plus, de mourir en se mentant à soi-même car on ne se tue jamais pour les raisons que l'on croit. On se tue toujours pour des raisons inconscientes.

Pour en savoir plus :

Dr Xavier Pommereau, *L'Adolescent suicidaire*, Paris, Dunod, coll. « Enfances/Clinique », 1996.

« Je vis avec un homme plus jeune que moi »

Vivre avec un homme plus jeune qu'elle est souvent difficile pour une femme. Pourquoi ?

Il n'est jamais facile de vivre une histoire d'amour car toutes impliquent un risque : celui de ne plus être aimé. L'abandon plane comme une menace toujours possible à l'horizon des plus grandes passions, et quand une femme – qui n'a plus vingt ans – imagine que celui qu'elle aime pourrait la quitter, la question de son âge revient souvent au premier plan.

Une femme, en effet, doit faire face, sa vie durant, à propos de l'âge, à des échéances que les hommes ne connaissent pas et à des deuils (comme celui de la maternité) auxquels ses compagnons de l'autre sexe ne sont pas soumis.

De plus, on a toujours appris aux femmes qu'elles devaient, pour séduire, être de beaux objets et qu'un objet neuf est plus attrayant pour l'acheteur éventuel qu'un objet usagé…

Enfin, la société considère, aujourd'hui encore, comme une norme le fait qu'une femme soit plus jeune que l'homme dont elle partage la vie.

D'où vient cette habitude ?

Cela tient à des raisons historiques. Autrefois – et notamment au XIXe siècle – les hommes se mariaient tard. En fait, ils ne sacrifiaient au mariage que lorsqu'ils avaient « bien vécu » leur vie. Il va de soi que les jeunes filles n'avaient pas le droit d'en faire autant.

Léon Blum avait bien demandé en 1907, dans son livre sur le mariage, que les garçons et les filles aient droit à la même liberté avant le mariage, mais il va sans dire que sa demande est restée lettre morte.

Au XIXe siècle, à quoi servait le mariage ?

Au XIXe siècle, le mariage était tout sauf une partie de plaisir !

Il n'était jamais lié à l'amour : on se mariait pour unir deux familles et deux fortunes et « fabriquer » des héritiers pour perpétuer la tradition.

On subissait de plus l'influence considérable de l'Église pour qui la chair a toujours été le péché suprême. En outre, l'idéal romantique faisait de la femme un être éthéré et intouchable.

On se mariait donc par devoir, et en ce qui concerne le plaisir et l'amour, on allait « voir ailleurs » : c'est l'époque de la grande vogue de la prostitution et des maisons closes tant vantées par Maupassant.

Pourquoi la différence d'âge entre un homme et une femme dérange-t-elle ?

La différence d'âge dans un couple dérange si l'homme est plus jeune que la femme mais l'inverse est parfaitement admis.

On n'est pas vraiment choqué qu'un homme d'un certain âge sorte avec une jeune femme de quinze ans sa cadette alors que l'inverse paraît bizarre et malsain à la plupart des gens ; sans doute parce qu'une femme qui vit avec un homme plus jeune qu'elle est considérée d'emblée comme une femme que la sexualité intéresse. Quoi que l'on en dise, cela n'est pas encore facilement admis.

Le désir sexuel des hommes est jugé, aujourd'hui encore, plus légitime que celui des femmes. Une femme plus jeune que l'homme qui l'accompagne est, pour le public, en position d'« objet à désirer ». Si son compagnon est plus jeune qu'elle, elle est suspecte de désirer pour son compte. La société qui ne le supporte pas camoufle sa rancœur derrière des préceptes moraux et des bons sentiments… quand elle ne va pas jusqu'à leur adjoindre quelques justifications d'ordre esthétique !

« La paranoïa »

Il est fréquent que quelqu'un qui se plaint un peu trop de son entourage s'entende dire qu'il est « parano ». S'agit-il pour autant de paranoïa ?

Lorsque l'on parle de « parano » dans le langage courant on désigne les difficultés qu'une personne éprouve dans ses rapports avec les autres et le monde extérieur. Cette personne peut avoir des problèmes réels : par exemple subir réellement des agressions de la part de l'extérieur. Elle peut aussi imaginer une violence qui n'existe pas (ou peu). Nous vivons tous des épisodes de ce type parce que, ayant été confrontés dans l'enfance et l'adolescence à des situations plus ou moins difficiles, plus ou moins douloureuses, nous en gardons des plaies à vif que nous avons fini par ne plus sentir par habitude. Il faut souvent, pour survivre, réussir à « s'anesthésier ». À l'âge adulte, cependant, il arrive que la rencontre avec une personne, une parole ou un événement rouvre ces vieilles blessures et génère une souffrance que nous ne comprenons pas, puisque nous avons oublié consciemment à quoi ces plaies correspondent.

Est-ce juste d'affirmer que la « paranoïa » est la « maladie de la persécution » ?

C'est une définition restrictive. La paranoïa fait partie de ce que l'on appelle les psychoses. La psychose est un état de souffrance extrême qui envahit toute la personnalité et qui se caractérise par le délire. On dit de quelqu'un qu'il délire à partir du moment où il ne voit plus du tout la réalité telle qu'elle est mais telle qu'il l'imagine. De surcroît, il lui est impossible de renoncer à ses certitudes même si on lui démontre que ce qu'il dit est faux. Il est enfermé dans son monde et n'a plus aucune distance par rapport à ce qu'il pense. Dans la paranoïa on regroupe classiquement : les délires de persécution, les délires de jalousie, les délires de grandeur et les délires érotomaniaques : une femme par exemple, sera persuadée, en dehors de toute réalité, qu'elle est aimée par tel ou tel homme.

Pourquoi et comment devient-on paranoïaque ?

On ne naît pas paranoïaque, on le devient. À cause de ce que l'on a vécu dans l'enfance et l'adolescence. Quelqu'un qui délire dit toujours une vérité, mais cette vérité ne concerne pas sa vie présente, elle concerne sa vie passée. Il peut par exemple avoir la conviction qu'on le méprise et qu'on lui veut du mal alors que ce n'est pas vrai. Mais s'il le croit si fort c'est qu'il a eu à subir auparavant la malveillance des autres. En fait, le paranoïaque projette sur sa vie présente les épreuves douloureuses qu'il a rencontrées dans le passé.

Comment réagir si l'on se sent « parano » ?

En se disant d'abord que l'on n'est ni « anormal » ni « malade ». La souffrance n'est pas une maladie même si elle est terrible à vivre. Elle traduit seulement le mal que l'on a à dire ce que l'on a vécu. En fait, ce que l'on appelle « maladie », en matière de psychisme, c'est… du « mal à dire ». Ce dont nous souffrons aujourd'hui a toujours des racines dans le passé et il est possible de retrouver ces racines. Si l'on n'y arrive pas seul on peut aller voir un psychanalyste. Cette démarche n'implique pas que l'on soit « fou » ou « malade » et n'oblige pas à entreprendre une psychanalyse, qui est un travail au long cours. Consulter un psychanalyste c'est s'adresser à un professionnel qui peut – parce qu'il est formé pour cela – aider quelqu'un à trouver pourquoi il n'arrive pas à vivre sans souffrir autant.

Pour en savoir plus :

Sigmund Freud, « Remarques psychanalytiques sur l'autobiographie d'un cas de paranoïa (le président Schreber) », in *Cinq Psychanalyses*, Paris, PUF, 1970.

« L'hypocondrie »

Comment définir l'hypocondrie ?

– C'est l'un des mots les plus anciens du vocabulaire médical, et, chose étonnante, son sens est resté le même depuis l'Antiquité. On appelle toujours hypocondrie le fait de s'occuper continuellement de son état de santé et de se croire toujours malade alors qu'on ne l'est pas.

– Hippocrate est le premier à décrire ces troubles au Vᵉ siècle av. J.-C. Un siècle plus tard un autre médecin, Dioclès de Caryste, affirme qu'il s'agit d'une maladie organique due à un excès de bile noire. En effet les Anciens croient que le corps est composé de quatre fluides – quatre « humeurs » : le sang, le flegme, la bile rouge et la bile noire, et que l'excédent de l'un des quatre fluides provoque une maladie.

– Le nom « hypocondrie » est donné à cette affection au IIᵉ siècle apr. J.-C. par Galien, l'un des médecins les plus célèbres de l'Antiquité, qui pense que l'excès de bile noire, responsable du mal, est sécrété dans les « hypocondres », c'est-à-dire, selon la terminologie de l'époque, dans la partie de l'abdomen située sous les fausses côtes. Galien défend en outre l'idée que cette maladie n'est pas une maladie organique car les malades, dit-il, éprouvent de la crainte et de la tristesse.

– Néanmoins, on s'empresse d'oublier cette remarque et c'est seulement au XVIIIe siècle que l'on cesse de classer l'hypocondrie dans les maladies organiques pour la définir comme un trouble mental.

De plus, on la considère alors comme une maladie spécifiquement masculine (on dit des hommes qu'ils sont hypocondriaques et des femmes qu'elles ont des vapeurs) et elle devient un sujet de moqueries, comme l'attestent de nombreux ouvrages.

L'hypocondrie a toujours passionné les historiens de la médecine et les philosophes – comme, près de nous, Michel Foucault – car elle pose le problème des liens entre le corps et le psychisme.

Quand on a peur d'être malade ou quand on se sent souvent malade, peut-on dire que l'on est hypocondriaque ?

Avoir peur d'être malade ou se sentir souvent malade ne suffit pas pour que l'on puisse parler d'hypocondrie. Lorsque quelqu'un manifeste trop d'angoisses à propos de son corps, on préfère parler de « préoccupations hypocondriaques », mais la véritable hypocondrie est une affection spécifique et assez peu fréquente.

L'hypocondriaque est en effet quelqu'un qui n'accorde plus le moindre intérêt au monde extérieur et qui ne s'intéresse qu'à lui-même, plus précisément à son corps et parfois même à l'un de ses organes en particulier. Il vit en circuit fermé avec lui-même, à l'écoute de ce qu'il imagine à l'intérieur de son corps.

De plus il fait en permanence le siège des médecins, et son attitude est très ambivalente puisqu'il demande sans cesse des soins, des diagnostics et des investigations tout en étant persuadé que rien ni personne ne le guérira et qu'il est le seul qui sache vraiment ce qu'il en est.

La maladie présente divers degrés. Elle peut prendre des formes bénignes comme des formes très graves : certains hypocondriaques délirent en imaginant des transformations de leurs organes.

Le repli de ces malades sur eux-mêmes les fait passer pour des égoïstes, et l'on cite volontiers, à titre d'exemple, le malade imaginaire de Molière qui sacrifie sa fille à ses préoccupations maladives puisqu'il la marie à un médecin pour en avoir un à domicile… On a tort néanmoins de qualifier ces personnes de « malades imaginaires ». Elles sont vraiment malades… mais elles ne le sont pas comme elles le croient : elles sont malades de ce qu'elles imaginent.

Si la peur des maladies ne relève pas de l'hypocondrie, comment l'expliquer ?

– Tout le monde a, à des degrés divers, peur de la maladie et de la dégradation de son corps : ce n'est pas forcément pathologique, et l'idée de la mort n'est facile à supporter pour personne. La découverte de la mort est d'ailleurs une étape qui compte dans la vie des enfants et ce qu'on leur en dit est très important.

– Chez certaines personnes, cependant, ces peurs dépassent, par leur intensité, ce que l'on a l'habitude de rencontrer et s'apparentent plus ou moins à des phobies. Pour essayer de les appréhender, il faut se rappeler qu'une phobie est une peur que l'on a « accrochée » à un objet mais qui ne le concerne pas pour autant : quand on a la phobie des papillons ou des araignées on n'a peur en réalité ni de l'un ni de l'autre. On a, en soi, une peur dont on ignore l'origine et on l'a accrochée sur ces insectes.

Une personne qui a peur, au-delà du raisonnable, des maladies ou de la mort, exprime donc de cette façon une crainte qui l'habite et elle seule peut trouver quel en est le véritable objet.

Certaines personnes ne se contentent pas d'avoir peur. Elles sont vraiment malades sans que les médecins trouvent de quelles maladies elles souffrent. De quoi s'agit-il ?

Il s'agit de symptômes que l'on qualifie globalement d'hystériques. On désigne par là la faculté, que nous avons tous, de dire avec notre corps – par des symptômes – ce que nous ne parvenons pas à dire avec des mots.

C'est un moyen de « parler » des événements de notre histoire que nous avons oubliés consciemment parce qu'ils étaient douloureux, de nos relations avec les autres quand nous les vivons difficilement sans forcément en avoir conscience : on peut étouffer parce que l'on a sans le savoir des relations étouffantes avec quelqu'un, vomir à cause d'une contrariété que l'on n'a pas digérée.

Les épisodes de ce type sont source d'angoisses. Pour « s'en sortir » il faut réussir à rendre conscient ce qui, inconsciemment, provoque la maladie.

Le bébé que nous avons tous été n'avait en effet que son corps, ses pleurs et ses cris pour dire sa souffrance. L'adulte que nous sommes devenus a, lui, « les mots pour le dire [1] » et, s'il ne les a pas, il peut, grâce à un travail approprié, les trouver.

---

1. Marie Cardinal, *Les Mots pour le dire*, Paris, Le Livre de Poche, 1977.

Dans ce livre, dont on ne peut que recommander la lecture, l'auteur raconte comment, à partir d'un symptôme physique dont rien n'arrive à la soulager, elle entreprend une psychanalyse qui l'en libérera.

« J'ai découvert mon père à l'âge adulte »

Pourquoi éprouve-t-on le besoin de retrouver son père ?

On peut avoir à l'âge adulte, même si l'on a une vie équilibrée et satisfaisante, un besoin irrépressible de retrouver son père et de connaître son identité, car la question du père et celle de la vérité sur les origines sont essentielles à tout être humain.

Pourquoi la vérité sur les origines est-elle importante ?

Un être humain n'est pas une plante verte…

Un végétal, en effet, a des racines visibles qui lui permettent de puiser dans la terre ce dont il a besoin pour vivre. Si on l'arrache en prenant soin de ne pas les abîmer, on peut le planter ailleurs, il poussera sans problème.

Un être humain possède également des racines mais elles sont symboliques et invisibles, car les racines d'un être parlant sont faites de paroles. Elles le relient à sa généalogie, à son nom, à ce qui s'est passé dans les générations précédentes, et pour qu'il aille bien il faut qu'il ait le droit de les connaître consciemment. Il n'est pas impossible de transplanter un être humain mais il faut, si on veut qu'il se développe, lui restituer par la parole ses racines symboliques.

L'exemple le plus frappant est celui des enfants adoptés. Si on ne le leur explique pas ou si, pire encore, on essaie de leur faire croire que leurs parents adoptifs sont leurs géniteurs, ils vont mal et le manifestent. Un être humain, en effet, sait toujours tout ce qui lui est arrivé depuis sa conception, mais il le sait d'un savoir inconscient.

Ce savoir est enfermé dans un coffre-fort de la mémoire dont le conscient n'a pas la clef. Il est comme un savoir interdit. Si on dit la vérité à l'enfant, on lui donne la clef de ce coffre et l'autorisation de savoir consciemment ce qu'il sait inconsciemment. Si on lui ment – même par omission –, il est obligé d'exprimer par des symptômes son savoir inconscient.

On peut citer ainsi le cas d'un garçon amené en consultation chez un psychanalyste parce qu'il devenait délinquant. Or son père était en prison pour vol et on le lui cachait. Il ne savait pas consciemment pourquoi il accomplissait des actes délictueux mais il est clair que c'était, à son insu, une façon de dire qu'il connaissait inconsciemment la vérité. D'ailleurs, les symptômes ont cessé le jour où tout lui a été clairement expliqué.

Pourquoi a-t-on besoin de savoir la vérité sur son père ?

La question du père consiste en deux choses : savoir que l'on a un père et savoir qui est ce père.

– Savoir que l'on a un père ne va pas de soi. Quand ils sont petits, les enfants croient souvent que les mères sont si puissantes qu'elles font les enfants seules.

Apprendre qu'elles ont besoin d'un homme pour cela leur permet de relativiser cette toute-puissance, de se détacher d'elles et de grandir.

– Savoir qui est son père, c'est savoir de quel désir on est né et quelle est sa lignée paternelle. Il suffit d'ailleurs que les choses soient dites à l'enfant. Il pourra ensuite être élevé par un autre homme qui sera « son père d'amour et d'éducation », mais il a besoin de savoir qui est son géniteur, son « père de naissance », comme disait Françoise Dolto.

Ne pas savoir qui est son père… est-ce source de troubles psychologiques ?

Ne pas savoir qui est son père crée toujours des problèmes, même s'ils n'empêchent pas toujours l'enfant de vivre. Il peut en effet se construire en lui une idée de père en s'appuyant sur les hommes qui l'entourent et cela peut l'aider à surmonter l'absence. Cette ignorance a cependant des conséquences même si elles ne sont pas visibles. D'où la nécessité de le rappeler sans cesse aux parents qui disent souvent en consultation à propos de leur enfant : « Oh, il s'en fiche… d'ailleurs il ne pose jamais de questions. »

Un enfant peut avoir des questions plein la tête et ne jamais les poser parce qu'il sent qu'elles sont interdites ou trop douloureuses pour l'adulte. Il le protège en se taisant.

Si on connaît l'identité de son père, pourquoi a-t-on besoin, en plus, de le voir physiquement ?

Ce désir obéit à plusieurs raisons :

– Un besoin de mettre un visage et un corps sur le nom que l'on vient d'apprendre, un besoin d'établir un lien charnel, de voir à quoi ressemble ce père que l'on a découvert, et surtout de savoir si on lui ressemble. Il est toujours très important de pouvoir reconnaître dans ses parents quelque chose de soi (et vice versa…).

– Un besoin d'obtenir des réponses aux questions que l'on se pose et en premier lieu celle-ci : pourquoi n'est-il pas resté auprès de moi ? Pourquoi n'a-t-il pas pu dans la réalité être mon père ? La réponse à cette interrogation est essentielle car les enfants croient toujours qu'ils sont la cause de leur abandon : qu'on ne s'est pas occupé d'eux parce qu'ils n'étaient pas assez « bien ». Ce qui est faux dans tous les cas : quand un père ne s'occupe pas de son enfant, c'est toujours parce que l'histoire qu'il a eue l'empêche d'être un père. L'enfant réel n'y est pour rien. Un autre, à sa place, n'aurait pas obtenu davantage. Quoi qu'il en soit, ce genre de situation laisse toujours dans la tête des enfants qui les ont subies le désir inconscient que quelque chose soit un jour « réparé », qu'ils soient enfin « reconnus » par le père qu'ils n'ont pas connu, qu'ils obtiennent enfin ce qu'ils n'ont pas pu avoir.

C'est avec ces espoirs enfouis au plus profond d'eux et dont souvent ils n'ont pas conscience qu'ils abordent la rencontre avec le père retrouvé et l'on comprend aisément que cela la rende difficile.

Certains de ceux qui ont retrouvé leur père s'avouent souvent déçus. Comment l'expliquer ?

La rencontre avec un père que l'on retrouve n'est jamais facile, car le poids des demandes inconscientes évoquées ci-dessus pèse sur elle. À ces difficultés viennent s'en ajouter d'autres :

– Quand on ne connaît pas son père, on se fait souvent de lui une image idéalisée. La confrontation entre cette image et la réalité peut être difficile à supporter car on a à la fois peur d'être déçu et peur de décevoir.

De plus, il ne faut jamais oublier que l'image qu'un enfant se fait de son père – présent ou absent – dépend toujours de ce qu'en dit sa mère. Or on ne peut avoir vécu des années dans le silence d'une mère ou dans ses jugements négatifs sans qu'il en reste en soi des traces. « Calomniez… calomniez…, dit la sagesse populaire, il en restera toujours quelque chose… » On peut ainsi, en voyant son père, voir (sans le savoir) le portrait qu'en a peint la mère ou être, en tout cas, largement influencé par lui.

– À ce titre, on peut regretter que les « enfants grandis » qui retrouvent à l'âge adulte leur père (ou leur mère) ne se laissent pas plus de temps pour apprivoiser la réalité. Il est impensable de juger en une seule rencontre la personnalité de quelqu'un. Il faut toujours du temps pour le faire… et il en faut encore plus quand les années d'absence ont permis que s'accumulent, de part et d'autre, les malentendus.

On ne peut que souhaiter que chacun y réfléchisse et s'accorde des délais suffisants pour ne pas passer, une fois de plus, à côté de cet autre qu'il a tellement cherché.

Table

Remerciements 11

Préface 13

« La jalousie » 27
« Je me trouve moche » 31
« Mes parents divorcent, tout va bien » 35
« Je hais mon frère ou ma sœur » 39
« Annoncer son homosexualité à ses parents » ... 43
« Mon père n'était pas mon père » 50
« L'adoption » 56
« Le stress de la rentrée » 63
« Je suis nul(le) pour me vendre » 69
« J'ai été souffre-douleur » 73
« J'ai eu une panne sexuelle » 80
« Les têtes de Turc à l'école » 85
« La dyslexie » 91
« Je suis la fille de mon prof » 100
« L'arrivée du deuxième enfant » 105
« J'ai mes parents à la maison » 111
« J'ai dû faire piquer mon animal » 118
« Mon enfant est insomniaque » 124

« Papa malgré soi » 129
« Un accident a changé ma vie » 134
« Mon enfant ne mange pas » 140
« Comment j'ai appris à mon entourage ma séropositivité » 144
« Avoir un petit dernier » 149
« Expliquer à ses enfants comment on fait l'amour » 154
« Les gauchers contrariés » 158
« Je n'ai pas d'amis » 162
« Les menteurs » 168
« Les chouchous » 174
« J'ai encore fait pipi au lit » 179
« Élevé par ses grands-parents » 186
« J'ai mal vécu mon avortement » 192
« Les rapports mère-fils » 197
« Je hais les vacances » 203
« Les complexes » 209
« Je ne peux rien jeter » 215
« Les narcissiques » 221
« Se marier sans l'autorisation de ses parents » ... 225
« Les juges pour enfants » 229
« J'ai une sœur ou un frère adoptif » 237
« Veuve à trente ans » 241
« L'un de mes parents est homosexuel » 245
« Il/elle m'a trompé(e)… j'ai pardonné » 251
« Les SDF » 255
« J'ai élevé les enfants de mon mari » 259
« Je vis avec un alcoolique » 264
« J'ai vécu une grave crise d'adolescence » 268
« Mon enfant ne parle pas » 273
« J'ai peur quand je suis seul(e) » 279

« Ma totote, mon doudou, mon ninnin » 283
« Les rapports pères-filles » 288
« Je vis avec un handicapé » 293
« Mes enfants ne se supportent pas » 298
« Un bébé sur le tard » 302
« J'ai vécu avec un mythomane » 307
« J'en veux à ma belle-mère » 312
« J'ai été placé en hôpital psychiatrique » 317
« L'éducation sexuelle à l'école » 322
« Les maniaques de la propreté » 327
« Mon enfant est en prison » 332
« Je commence une psychothérapie » 337
« Les rapports pères-fils » 345
« J'ai tenté de me suicider » 352
« Je vis avec un homme plus jeune que moi » .. 357
« La paranoïa » 360
« L'hypocondrie » 363
« J'ai découvert mon père à l'âge adulte » 368

Claude Halmos dans Le Livre de Poche

L'Autorité expliquée aux parents n° 32092

« Autorité peut rimer avec aimer et respecter. » L'autorité aujourd'hui fait peur, car les parents craignent qu'elle soit, comme souvent autrefois, un instrument destiné à soumettre l'enfant au pouvoir des adultes. Et susceptible de ce fait de porter atteinte à sa personnalité et à sa créativité. Or une autre autorité existe qui ne détruit pas les enfants mais constitue au contraire le point d'appui essentiel de leur développement et de leur épanouissement. Dans le langage clair qu'on lui connaît, Claude Halmos, psychanalyste spécialiste de l'enfance, répond aux questions d'Hélène Mathieu. Elle explique aux parents pourquoi leur autorité est indispensable à leur enfant, mais aussi pourquoi celui-ci s'y oppose toujours. Un salutaire outil de réflexion pour les familles et pour la société.

Grandir n° 31908

Comment passe-t-on de l'état de nourrisson à celui d'adulte épanoui et civilisé ? Naturellement ? Ou grâce à l'éducation des parents ? Si c'est le cas, doivent-ils parler ou seulement sévir ? Existe-t-il une tendance à la délinquance que l'on pourrait dépister dès l'âge de trois ans ? Doit-on se contenter de sanctionner les délinquants ou chercher en outre à les éduquer ? S'appuyant sur l'œuvre de Françoise Dolto, *Grandir* apporte des réponses essentielles à ce questionnement et explique, dans un langage accessible à tous, le développement de l'enfant, les différentes étapes de sa construction psychique, et, surtout, le rôle déterminant qu'y jouent les parents. Grâce à son expérience de psychanalyste et par des exemples concrets, Claude Halmos montre comment l'enfant ne peut, sans l'aide de ses parents, passer d'une étape à l'autre et comment leur rôle consiste précisément, à chaque âge, à parler et à mettre des limites.

Du même auteur
chez NiL éditions :

POURQUOI L'AMOUR NE SUFFIT PAS, 2006.

L'AUTORITÉ EXPLIQUÉE AUX PARENTS, 2008.

Composition réalisée par FACOMPO (Lisieux)

Achevé d'imprimer en septembre 2011, en France sur Presse Offset par
Maury-Imprimeur - 45330 Malesherbes
N° d'imprimeur : 166899
Dépôt légal 1re publication : octobre 2011
LIBRAIRIE GÉNÉRALE FRANÇAISE - 31, rue de Fleurus - 75278 Paris Cedex 06

31/5702/1